군림천하 26

1판 1쇄 발행 2013년 4월 15일
1판 4쇄 발행 2024년 1월 10일

지은이 | 용대운
발행인 | 최원영
편집장 | 이호준
편집디자인 | 한방울
영업·관리 | 김민원 조은걸

펴낸곳 | ㈜ 디앤씨미디어
등록 | 2002년 4월 25일 제20-260호
주소 | 서울시 구로구 디지털로 26길 111 JnK디지털타워 503호
전화 | 02-333-2513(대표)
팩시밀리 | 02-333-2514
E-mail | papy_dnc@dncmedia.co.kr
블로그 | blog.naver.com/gnpdl7

ISBN 978-89-267-2949-6 04810
ISBN 978-89-267-1535-2 (SET)

* 저자와 협의하여 인지는 붙이지 않습니다.
* 이 책은 ㈜ 디앤씨미디어(파피루스)가 저작권자와의 계약에 따라 발행한 것으로 본사와 저자의 허락 없이는 어떠한 형태나 수단으로도 내용을 이용할 수 없습니다.

용대운 대하소설
군림천하
4부 천하의 문[天下之門]

君臨天下

26
육합귀진(六合歸眞) 편

目次

제262장	극독살인(劇毒殺人)	9
제263장	투망대어(投網待魚)	33
제264장	영웅실족(英雄失足)	55
제265장	검성면오(劍聖面晤)	91
제266장	양류요풍(楊柳搖風)	143
제267장	양자회동(兩者會同)	167
제268장	심야방객(深夜訪客)	203
제269장	수욕정이(樹欲靜而)	225
제270장	의외적청(意外的請)	249
제271장	심야풍정(深夜風情)	273

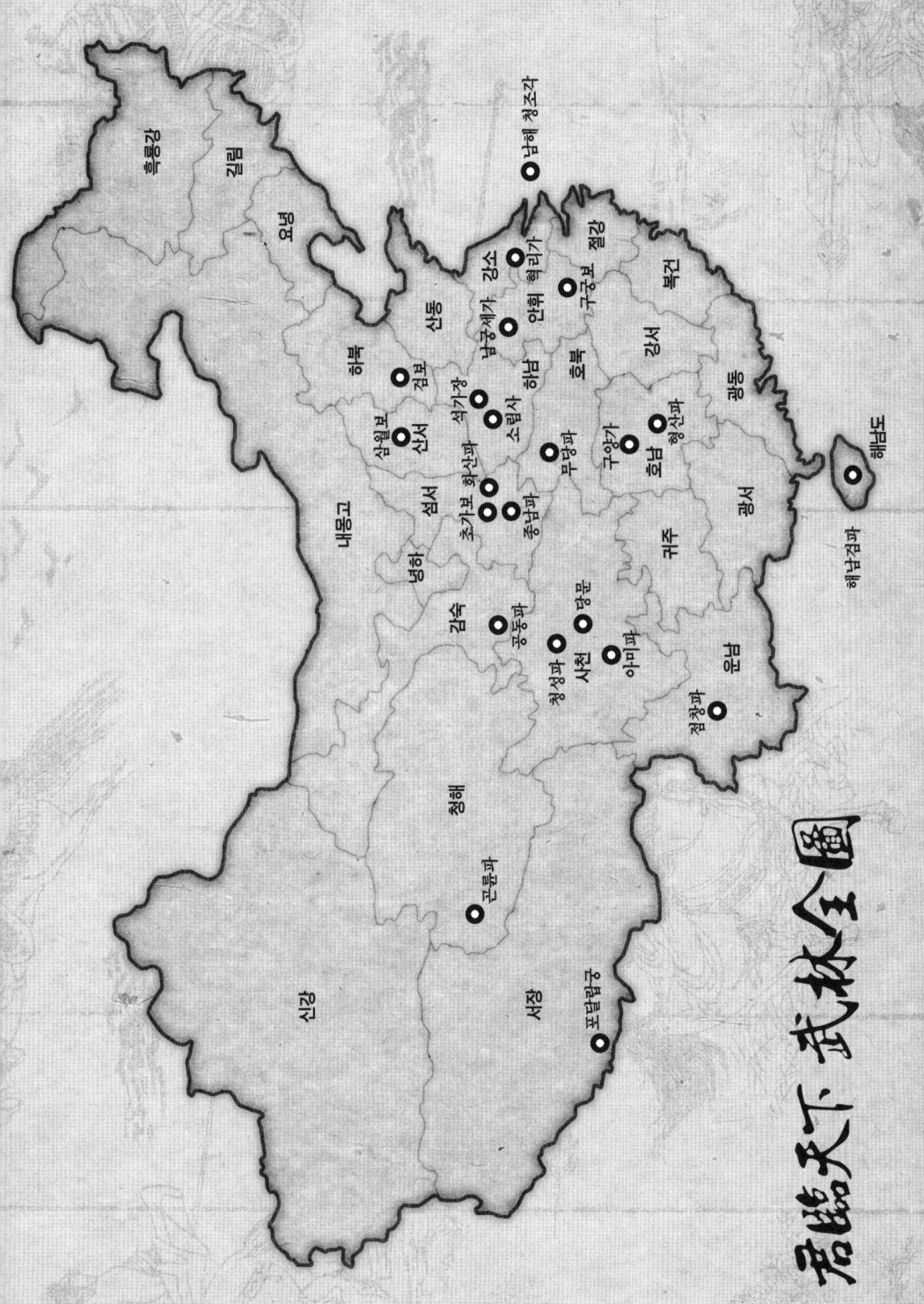

제 262 장
극독살인(劇毒殺人)

제262장 극독살인(劇毒殺人)

삽시간에 주위가 아수라장으로 변해 버렸다. 놀란 사람들의 비명과 의원을 불러 오라고 무작정 질러 대는 고함 소리 때문에 대청 안이 시장바닥보다 더욱 소란스러워졌다.

모용봉은 주위의 소란에는 전혀 신경 쓰지 않고 현우 도장의 시신을 살펴보았다.

자세히 보고 말고 할 것도 없었다. 전신의 피부가 검게 변해 있었고, 아직 채 온기가 식지도 않았는데 벌써부터 이상한 악취 같은 것이 풍겨 나오고 있었다. 이건 누가 보아도 치명적인 맹독에 의한 독살(毒殺)임을 알 수 있을 것이다.

강호가 아무리 넓다 해도 이토록 지독한 극독(劇毒)은 결코 많지 않았다. 더구나 현우 도장 같은 내공의 절정고수가 운기조차 해 보지 못하고 숨이 끊어질 정도로 빠른 효과를 나타내는 독은 오직 하나뿐이다.

"귀화(龜火)……!"

모용봉의 입술을 뚫고 신음 같은 나직한 음성이 흘러나오자 지켜보고 있던 중인들은 모두 경악을 금치 못했다.

"귀화라면 천하삼대극독 중에서도 가장 무섭다는……."

천하삼대극독은 세상의 모든 절독 중에서 가장 지독한 것으로, 앙천지독과 무형심인지독, 그리고 귀화를 가리키는 말이었다. 이 중 독 자체의 강력함은 앙천지독이 가장 강했고, 무형심인지독은 무취무형(無臭無形)의 은밀함에서 가장 뛰어났으며, 귀화는 혀에 살짝 닿기만 해도 즉시 숨이 끊어질 만큼 독성이 빠른 것으로 유명했다.

무림인들은 이중에서도 귀화를 가장 두려워했다. 앙천지독이나 무형심인지독은 중독된 상태라 할지라도 내공을 끌어올려 대항이라도 해 볼 수 있지만, 귀화는 그럴 여유조차 주지 않고 사람의 목숨을 앗아 버리기 때문이었다.

귀화에 당하지 않으려면 항시 내공이 몸을 보호하고 있는 만공진류(滿空眞流)나 어떠한 독에도 쓰러지지 않는 백독불침, 금강불괴의 경지에 올라 있어야 한다. 강호 무림에 고수가 장강의 모래알처럼 많다지만 그런 경지의 고수가 얼마나 되겠는가?

하나 천하삼대극독은 그 강력한 효과만큼이나 사용하기가 극히 까다로워서 무림에 나타난 횟수가 열 손가락으로 헤아릴 수 있을 정도에 불과했다. 특히 귀화는 지난 십 년 동안 단 한 번도 출현한 적이 없었다.

평소 현우 도장과 친분이 두터웠던 비룡신군(飛龍神君) 위해동(威海動)이 무거운 표정으로 물었다.

"정말 귀화가 확실한 건가?"

위해동은 무당파와 가까운 대홍산(大洪山) 일대를 장악하고 있는 인물로, 과거 무림대집회 당시에는 무당파의 현령 장문인 대신에 화중지단의 단주로 선임되기도 했던 명숙(名宿)이었다. 현우 도장이 쓰러지자 그는 누구보다도 먼저 다가와 그의 시신을 살폈는데, 친우의 갑작스런 죽음을 목격해서인지 그의 음성에는 경악과 분노의 빛이 고스란히 담겨 있었다.

모용봉은 주저하지 않고 고개를 끄덕였다.

"현우 도장 같은 분이 자신이 중독된 걸 알고도 독이 전신으로 퍼지기 전에 막지 못할 정도로 즉효성이 뛰어난 극독은 오직 귀화뿐입니다. 특히 귀화는 부식독(腐蝕毒)의 일종이라, 중독된 사람은 제일 먼저 내장 부위부터 썩는다고 하더군요."

재차 현우 도장의 시신을 바라본 위해동의 얼굴이 더할 나위 없이 딱딱하게 굳어졌다.

"그러면 귀화가 확실하겠군."

아닌 게 아니라 현우 도장의 시신은 이미 악취가 진동할 정도로 빠르게 썩어 들어가고 있었다. 특히 내장 부위는 이미 진물이 흐를 정도로 썩어서 가슴이 움푹 꺼져 있었다. 그 모습은 보는 사람으로 하여금 섬뜩한 느낌을 불러일으키는 것이었다. 현우 도장의 갑작스런 죽음도 놀라운 일이었지만, 그 사인(死因)이 무림인이 가장 두려워하는 귀화에 의한 것이라고 하자 주위에 있던 모든 사람들의 얼굴에 두려움의 빛이 떠올랐다.

침통한 표정으로 현우 도장의 시신을 보고 있던 무당파의 고수 두 사람 중 얼굴이 네모지고 나이를 조금 더 먹은 중년 도인이 위해동을 향해 정중하게 인사를 했다.

"무량수불. 위 대협, 저는 무당파의 청현(靑賢)이라 합니다. 일전에 본 파에서 뵌 적이 있었는데, 기억하시는지요."

위해동은 그의 얼굴을 찬찬히 보고는 이내 고개를 끄덕였다.

"물론이네. 현수(玄修) 도장의 고제(高弟)이자 무당십이검 중의 한 사람을 어찌 몰라보겠는가? 그나저나 어찌 된 영문인지, 자세한 사정을 말해 줄 수 있겠나?"

무당십이검은 무당파의 일대제자들 중에서 가장 뛰어난 검객들로, 소림사의 팔대신승에 비견되는 최고의 인재들이었다. 그들의 나이는 이십 대부터 사십 대까지 천차만별이었지만, 그들이 당대 무당파의 최고 기재들이라는 것은 누구도 부인하지 못하는 사실이었다. 많은 사람들은 다음 대의 무당파 장문인은 그들 중 한 사람이 될 것이라고 굳게 믿고 있었다.

청현은 무당십이검 중에서도 나이가 많은 편에 속하는 인물이었는데, 사람됨이 진솔하고 행동거지가 무거워서 무당파 내에서 상당한 신망을 얻고 있었다. 그는 이번에 같은 무당십이검 중의 한 사람인 청명(靑冥)과 함께 사숙인 현우 도장을 보필하여 구궁보로 왔는데, 갑작스런 참변으로 모두들 정신이 없는 와중에도 침착함을 유지하고 있었다.

"말씀드릴 것이 별로 없습니다. 모용 공자께서 제의하신 건배에 사숙께서 앞에 놓여 있던 술잔을 들고 화답하셨는데, 술을 드시자마자 안색이 변해 다급한 표정을 지으시더니 이내 쓰러지시고 말았습니다."

위해동의 시선이 자신도 모르게 현우 도장의 시신 옆에 굴러다니고 있는 술잔으로 향했다. 술잔은 비어 있었지만, 위해동은 그 안에 아직도 끔찍한 절독이 담겨져 있는 것 같아 절로 눈살이 찡그려졌다.

"저 술을 마시고 변을 당했단 말인가?"

청현은 신중한 음성으로 대답했다.

"저는 그렇게 생각하고 있습니다."

위해동의 얼굴이 더할 나위 없이 침중하게 굳어졌다. 청현의 말이 판단 여하에 따라서는 상당히 심각한 문제를 야기할 수 있는 것임을 직감적으로 알아차렸던 것이다. 그의 시선이 청현과 청명을 차례로 훑고 지나갔다.

"자네들 두 사람은 술을 마시지 않았나?"

"사숙께서 계시는 자리인지라 저희는 술잔을 들기만 했을 뿐, 마시지는 않았습니다."

위해동의 시선이 자연스레 청현과 청명의 앞에 놓인 술잔으로 향했다. 과연, 그들의 술잔에는 아직도 술이 고스란히 남아 있었다. 위해동이 무심코 그 술잔들을 잡으려 하자 모용봉이 급히 그를 제지했다.

"위 대협, 잠시만."

위해동은 내뻗었던 손을 거두며 그를 돌아보았다.

"왜 그러는가?"

모용봉은 품에 손을 넣었다가 하나의 기다란 은침(銀針)을 꺼내 들었다.

"이것은 철면군자 노 신의께서 만드신 은형신침(銀衡神針)이란 것인데, 어떤 종류의 독이든 그 흔적을 알아볼 수 있으니 이걸 사용하십시오."

철면군자 노방이 만든 침이라는 말을 듣자 위해동은 이내 고개를 끄덕였다.

"노 신의가 그런 침을 만들었다는 말을 들은 적이 있네. 이게 바로 소문의 그 물건이로군. 잠시 빌리겠네."

위해동은 모용봉의 손에서 은형신침을 건네받고는 그것을 조심스레 술잔으로 가져갔다. 은형신침의 길이는 어른의 손바닥만 했는데, 여타의 침술에 쓰이는 침과는 달리 끝이 다소 뭉툭하고 중앙에 아주 가느다란 금색 실선이 그어져 있었다.

장내의 이목이 온통 집중된 가운데 위해동은 은형신침을 술이 담겨 있는 청현과 청명의 술잔에 집어넣었다. 하나 예상과는 달리 은형신침에서는 어떠한 이상도 나타나지 않았다.

"이 술에는 독이 없는 것 같군."

위해동은 고개를 갸웃거리더니 바닥을 구르고 있는 빈 술잔으로 시선을 돌렸다. 그 술잔은 현우 도장이 마신 잔이었다. 은형신침을 그 술잔에 이리저리 갖다 대 보던 위해동이 다시 모용봉을 돌아보았다. 그의 얼굴에는 약간의 당혹감이 어려 있었다.

"은형신침도 독에 닿으면 다른 은침처럼 변색(變色)되는 것이겠지?"

"그렇습니다. 노 신의의 말씀으로는 아무리 적은 분량이라 할지라도 인체에 해로운 독은 종류를 가리지 않고 알아낼 수 있다고 하더군요. 독의 종류에 따라 여러 가지 색으로 변하기 때문에 어떤 독의 일종인지 어렵지 않게 파악할 수 있습니다."

"그런데, 보게."

위해동은 은형신침을 쳐들었다. 은형신침은 전혀 색의 변화가 없었다.

모용봉도 의외였는지 눈을 번뜩이며 위해동의 손에 들린 은형신침과 현우 도장이 마신 술잔을 번갈아 바라보았다.

상황을 보고 있던 청현이 조심스럽게 끼어들었다.

"술잔이 비어 있기 때문에 그런 게 아니겠습니까?"

모용봉은 고개를 저었다.

"아무리 술잔이 비어 있다고 해도 그 전에 독이 든 술이 담겨 있었다면 은형신침의 색은 변했을 겁니다."

"그렇다면……?"

"현우 도장께서 드신 술에는 독이 들어 있지 않다는 말이지요."

"하지만 사숙께서는 분명히 술을 드신 직후에 쓰러지셨습니다."

골똘히 생각에 잠겨 있던 위해동이 묵직한 음성으로 입을 열었다.

"그렇다고 반드시 독이 든 술을 마셔서 그렇게 되었다고 볼 수는 없네. 솔직히 조금 전부터 약간 의아하다는 생각이 들긴 했네.

제262장 극독살인(劇毒殺人) 17

현우 도장 같은 사람이 자신이 마시는 술에 독이 들어 있다는 걸 전혀 눈치채지 못할 정도면 무형심인지독 같은 무색무취(無色無臭)의 절독이어야 하는데, 귀화는 즉효성이 뛰어난 대신에 약간의 독특한 냄새가 난다고 들어서 말일세."

모용봉도 그 점에 대해서는 같은 생각인지 즉시 그의 말을 받았다.

"저도 귀화는 냄새로 알 수 있고, 앙천지독은 색깔로 알 수 있으며, 무형심인지독은 당해야만 알 수 있다는 말을 들었습니다. 귀화가 술에 들어 있었다면 마시기 전에 현우 도장께서 알아차리셨을 겁니다."

청현이 의아함을 참지 못하고 물었다.

"그렇다면 대체 사숙께서는 어떻게 귀화에 중독되신 겁니까?"

"이제부터 알아봐야지요. 제가 잠시 현우 도장의 유해를 보아도 되겠습니까?"

"그렇게 하십시오."

모용봉이 앞으로 나설 듯하자 위해동이 그에게 은형신침을 건네주고는 한 발 뒤로 물러섰다. 아무래도 사태가 당초 예상보다 복잡하게 흘러갈 조짐이 보이자 일의 주재를 오늘 생일연의 주인인 모용봉에게 맡기는 것이 더 낫다고 판단한 것이다.

모용봉은 은형신침을 현우 도장의 시신에 갖다 대었다. 살짝 닿기만 했는데도 은형신침은 검붉은색으로 변해 버렸다. 그 광경을 본 모용봉이 재차 입을 열었다.

"원래 은형신침은 생물에서 추출한 독에 닿으면 붉게 변하고,

광물(鑛物)의 독에는 짙은 남색으로 변합니다. 그리고 혼합독에는 지금처럼 검붉은색을 띄게 됩니다. 귀화는 특수한 몇 가지 독을 배합하여 만드는 것으로 알고 있는데, 전후 상황을 보면 현우 도장께서 당하신 것은 귀화가 맞는 것 같군요."

장내에는 많은 사람들이 모여 있었지만, 모두의 시선은 모용봉에게 집중되어 쥐 죽은 듯 조용했다. 모용봉은 중인들의 시선을 한 몸에 받으면서도 침착하고 차분한 태도로 현우 도장의 시신을 살펴보고 있었다.

현우 도장의 시신은 그동안 독기에 완전히 침식당해서 가슴과 배 부분이 움푹 꺼져 있었고, 검게 변색된 피부에서는 조금씩 진물이 배어나오고 있었다. 게다가 악취까지 풍기고 있어서 마음이 약한 사람은 제대로 쳐다보지도 못하고 고개를 돌려 버릴 정도로 끔찍한 형상이었다.

나무젓가락을 이용해 시신의 옷깃을 들추고 한동안 살펴보던 모용봉이 무엇을 발견했는지 나직한 침음성을 발했다.

"음……."

위해동이 급히 물었다.

"사인을 알아냈나?"

모용봉은 말없이 현우 도장의 상반신 옷자락을 들춰 보였다. 위해동은 물론이고 청현과 청명이 모두 바짝 다가와 안력을 돋우어 옷자락이 들춰진 부분을 뚫어지게 바라보았다. 위해동이 갑자기 짤막한 경호성을 터뜨렸다.

"엇? 여기 이 자국은……?"

청현과 청명의 안색도 딱딱하게 굳어졌다.

현우 도장의 목덜미 부분에 아주 작은 구멍이 뚫려 있었던 것이다. 그 구멍은 모공(毛孔)보다 조금 더 큰 정도에 불과할 만큼 미세하여 그들이 신경을 집중하지 않았다면 제대로 발견할 수 없었을 것이다.

위해동은 그 구멍을 자세히 살펴보다가 물었다.

"자네는 이쪽으로 독이 들어왔다고 생각하는가?"

"유해의 세세한 곳까지 보지는 않았지만, 일단은 그럴 가능성이 높다고 생각합니다. 이 부분은 신체의 주요한 혈맥이 지나는 곳이기 때문에 흉수가 이쪽으로 귀화가 묻은 침을 찔렀다면 혈맥을 타고 바로 머리로 독기가 침투했을 겁니다."

"그럴 수도 있겠군. 그렇다면 흉수는 현우 도장이 술을 마시기 위해 고개를 쳐든 순간에 침을 찔러 넣은 것이겠군."

"당시에는 건배를 하기 위해서 주위가 상당히 어수선한 상태였기 때문에 아무래도 주의가 소홀해지기 쉬웠을 겁니다. 그렇더라도 현우 도장 같은 분이 전혀 눈치채지 못할 정도로 은밀하게 독침을 찌르기가 쉽지는 않았을 텐데……."

모용봉은 무언가 생각에 잠긴 듯한 모습이었다.

위해동 또한 모용봉의 말을 듣고 보니 사태가 그렇게 단순한 것 같지 않았다. 처음에는 그저 술잔 속에 든 독을 이용한 독살로만 생각했었는데, 독침을 이용한 살인이라면 이야기가 전혀 달라지는 것이다.

현우 도장 정도의 뛰어난 고수에게 독침을 찌른다는 것은 결코 쉬운 일이 아니다. 흉수는 가공할 암기 실력을 가지고 있음이 분명했다. 하나 아무리 장내가 소란스러운 상태였다고 해도 절세고수의 눈을 피해 가느다란 침을 목표한 곳에 정확하게 명중시킬 정도의 암기 고수는 강호 무림에서도 흔치 않았다. 게다가 그런 고수가 주변에 있다면 현우 도장이 방비하지 않았을 리 없었다.

무심코 생각을 굴리던 위해동의 시선이 자신도 모르게 한쪽에 나란히 서 있는 청현과 청명에게 향했다.

'아니면 그가 전혀 방비하지 않을 만큼 가까운 곳에 있는 누군가가 흉수이거나…….'

마침 모용봉도 비슷한 생각을 했는지 그의 시선도 청현과 청명 쪽으로 향해 있었다.

청현은 별다른 표정의 변화 없이 가만히 있는 데 비해 청명은 안색이 살짝 굳어졌다. 그것을 본 모용봉은 청명이 무척이나 눈치가 빠르고 총명한 인물임을 짐작할 수 있었다. 청명은 모용봉과 위해동이 자신들에게 시선을 두는 의미를 너무도 쉽게 파악해 버린 것이다.

청명은 약간 경직된 표정으로 그들을 마주 보았다.

"두 분께서는 저희에게 하교(下敎)하실 말씀이 있으십니까?"

그가 직설적으로 물어 오자 위해동은 쓴웃음을 지으며 고개를 내저었으나, 모용봉은 오히려 기회라고 생각했는지 담담한 표정으로 그를 응시한 채 조용하게 입을 열었다.

"두 분께 현우 도장께서 변을 당한 전후의 상황에 대해 좀 더 자세하게 여쭙고 싶군요. 현우 도장의 죽음이 술에 의한 독살이 아님이 분명해진 이상 당시의 상황을 보다 면밀하게 파악해야 할 필요가 있다고 봅니다."

그제야 청현도 자신들이 의심을 받을 만한 처지에 놓여 있음을 깨달았는지 표정이 무겁게 굳어졌다. 청명과 청현은 서로를 힐끗 돌아보더니 이내 고개를 끄덕이고는 다시 모용봉에게로 시선을 돌렸다.

"모용 공자의 말씀에 일리가 있다고 생각합니다. 무엇을 알고 싶으십니까? 저희가 아는 대로 소상하게 밝히도록 하겠습니다."

두 사람이 기꺼이 조사에 응하겠다는 의사를 밝히자 모용봉은 그들의 현명한 결정에 감사를 표한 후 자신이 하고 싶었던 질문을 던졌다.

"두 분께서는 이 연회장에서 줄곧 현우 도장의 곁을 지키신 것으로 알고 있습니다."

"그건 당연히 저희가 해야 할 일이었습니다."

"두 분의 충정에 감복했습니다. 현우 도장의 가장 가까운 곳에 계신 분들이니 현우 도장께 무슨 일이 생겼다면 제일 먼저 아셨으리라 생각됩니다. 현우 도장께서 쓰러지기 전에 무언가 이상한 일은 없었습니까?"

모용봉의 말은 듣기에 따라서는 그들 두 사람이 가장 의심스러울 수도 있다는 의미로 해석될 수 있기에 청명의 안색은 그리 밝지 않았다. 그래도 청명은 평정을 잃지 않고 자신이 아는 한도 내에서 성심껏 답변해 주었다.

"특별히 눈에 띄는 일은 없었습니다. 사숙께서는 여느 때와 다름없으셨고, 누군가 거슬리는 몸짓이나 행동을 했던 사람도 없었습니다."

"현우 도장께서 독침을 맞으셨다면 아무리 귀화의 독성이 빨리 퍼진다고 해도 어떤 식으로든 그분에게 반응이 있었을 듯한데, 쓰러질 당시 그분의 표정이나 태도는 어떠했는지 기억나시는 게 있습니까?"

청명은 잠시 기억을 되새겨 보려는 듯 곰곰이 생각에 잠겨 있다가 이내 신중한 음성으로 입을 열었다.

"당시에는 워낙 주위가 소란스러웠고 저희도 사숙을 계속 주시하고 있는 상황이 아니었기 때문에 그분이 특이한 반응을 보이셨는지는 잘 모르겠습니다. 다만 쓰러지기 직전에 그분의 얼굴이 몹시 과격하게 일그러졌다는 것만은 분명하게 기억하고 있습니다."

"그 상황에 대해 좀 더 자세하게 말씀해 주실 수 있습니까?"

"사숙께서는 건배를 하신 후 몇 차례인가 입맛을 다셨습니다. 그러고는 이내 표정이 변하시더니 안면 근육이 크게 일그러지며 답답한 신음을 토하시고는 이내 바닥에 쓰러지시고 말았습니다."

"……."

"제가 당황하여 사숙께 다가갔을 때, 이미 사숙께서는 더 이상 숨을 쉬고 계시지 않는 상태였습니다. 그 후로 제일 먼저 위 대협께서 달려오셨고, 이어 모용 공자께서 사람들을 헤치고 다가오신 겁니다."

모용봉은 다시 몇 가지 질문을 더 던졌으나 청명도 더 이상은 생각나는 게 없는지 그 이상은 별달리 대답하지 못했다. 생각해 보면 그런 다급한 상황에서 현우 도장의 표정이나 행동을 세세하게 살펴본다는 건 불가능에 가까운 일이었기에 그가 제대로 된 답변을 하지 못하는 것도 당연한 일이라고 할 수 있었다.

그나마 청명은 현우 도장의 옆쪽에 있었기에 쓰러질 때의 얼굴이라도 보았지만, 청현은 뒤에 있었는지라 현우 도장이 숨이 끊어질 때까지도 얼굴조차 제대로 보지 못해서 전혀 도움이 되지 못했다.

모용봉은 현우 도장이 독에 당해 쓰러질 때의 상황에 대해서는 더 이상 알아낼 것이 없다고 판단하고는 이내 질문의 화살을 다른 곳으로 돌렸다.

"두 분께서는 무당에서부터 현우 도장과 동행(同行)을 하셨다고 들었는데, 특별히 두 분이 선별된 이유가 있습니까?"

청명은 모용봉의 말 속에 숨은 뜻을 알아차리고 즉시 입을 열었다.

"모용 공자께서는 현우 사숙의 제자도 아니고 특별한 관계도 아닌 저희들이 현우 사숙을 모시게 된 것이 궁금하신 모양이군요. 별다른 이유는 없고, 현우 사숙께서 저희 두 사람을 지목해서 함께 산문을 나서게 된 것뿐입니다."

"그렇군요. 무당에서 본 보까지 오시는 길에 현우 도장께 별다른 일은 없었습니까?"

"별다른 일이 어떤 것인지는 모르겠지만, 특별히 기억에 남는 일이나 변고(變故)는 없었던 것으로 기억합니다. 사형께서는 어떠셨습니까?"

청명이 묵묵히 침묵을 지키고 서 있는 청현을 돌아보며 묻자 청현은 고개를 내저었다.

"나도 별일은 없었던 것으로 기억하네. 너무 조용하고 평안한 여행이라 조금 심심하다는 생각마저 들었을 정도였지."

하긴 무당파의 최고 고수 중 한 사람과 무당십이검의 두 사람이 동행하는데 시빗거리나 특별한 문제가 일어난다는 게 더 이상한 일일 것이다.

"현우 도장께 개인적인 문제나 걱정거리가 있는 것 같지는 않았습니까?"

모용봉의 질문이 자신들이 아닌 현우 도장의 신상으로 넘어가자 청명의 반응은 부쩍 예민해졌다. 아무래도 존장(尊長)에 대한 일이라서 그만큼 신중해지고 조심스러워질 수밖에 없는 모양이었다.

"그건 저희로서는 감히 알 수도 없고, 말씀드릴 수도 없는 일이라고 생각되는군요."

모용봉은 차분한 음성으로 그를 다독이듯 말했다.

"오늘 이곳에는 수많은 무림의 명숙들이 모여 있습니다. 이런 자리에서 유독 현우 도장만이 변을 당하신 것이 단순히 그분의 운이 나쁘기 때문만은 아닐 거라는 게 제 생각입니다. 두 분의 생각은 어떠십니까?"

청명의 눈살이 살짝 찡그려졌다. 모용봉이 거론하는 내용이 그다지 마음에 들지 않아도 무작정 부인하기에는 나름대로의 일리가 있다고 판단했기 때문이다.

청명이 머뭇거리고 있는 모습을 본 청현이 대신 입을 열었다.

"사실 사숙께서는 본 파를 떠나 이곳으로 오시면서 계속 무언가를 고민하시는 것 같았습니다."

모용봉의 눈이 번쩍 빛났다.

"현우 도장께서 무슨 일로 고민하셨는지 알고 계십니까?"

"그것까지는 제가 알 수 없습니다. 다만 그분께서 미간을 찌푸리시면서 깊은 상념에 잠겨 계시는 모습을 몇 번 목격했을 뿐입니다."

현우 도장은 혈수흑도라는 별호만큼이나 성정이 뜨겁고 과격한 인물이었다. 고민할 일이 생기면 어떤 식으로든 단숨에 해치워 버리지, 그걸 안고 끙끙거릴 성격은 아니라는 뜻이었다.

그런 현우 도장을 고민스럽게 하는 일이 대체 무엇이었을까?

모용봉은 잠시 생각에 잠겨 있다가 문득 청명이 어딘지 모르게 안절부절못하는 것 같은 모습을 보고는 무언가를 느낀 듯 그의 두 눈을 빤히 쳐다보았다.

"혹시 청명 도장께서는 그 점에 대해 알고 계시는 것이 있으십니까?"

청명은 몇 번이나 망설이다가 힘겹게 입을 열었다.

"솔직히 말씀드리면 한 가지 떠오르는 일이 있습니다."

"그게 무엇인지 알 수 있겠습니까?"

"별로 대단한 것은 아닙니다. 제가 잘못 생각한 것인지도 모르고……"

"그런 일은 우리 모두가 사정을 듣고 판단하는 것이 더 낫지 않겠습니까?"

 모용봉의 말에 청명은 어쩔 수 없다는 듯 가느다란 한숨을 내쉬고는 천천히 말문을 열었다.

 "사숙께서는 아침에 자리에서 일어나시면 제일 먼저 차를 드시는 습관이 있어서 늘 식전에 제가 차를 가져다 드렸습니다. 그러던 어느 날, 제가 아침 일찍 차를 가져다 드리러 들어가 보니 사숙께서는 의자에 앉은 채 무언가 혼잣말을 중얼거리고 계셨습니다. 그분의 복장을 보니 밤새 주무시지 않고 그 자리에 앉아 계셨던 것 같았습니다."

 중인들은 모두 이목을 집중시킨 채 그의 말에 귀를 기울였다.

 "그때 사숙께서 중얼거리신 말은 '그가 어찌 그럴 수가…….'라는 것이었습니다."

 옆에서 듣고 있던 위해동이 참지 못하고 불쑥 물었다.

 "현우 도장이 말한 '그'가 누구를 가리키는 것인가?"

 청명은 씁쓸한 얼굴로 고개를 흔들었다.

 "그건 저로서도 알 수 없습니다. 제가 들은 말은 그것이 전부였으니 말입니다. 사숙께서는 이내 제가 들어온 것을 아시고 더 이상 아무 말씀도 하지 않으셨습니다."

 위해동은 허탈한 표정을 숨기지 않았다.

 "그건 너무 막연한 말이로군."

 "죄송합니다. 제가 공연히 쓸데없는 말을 한 것 같군요."

 "아닐세. 자네를 추궁하는 것이 아니라 그저 안타까웠을 뿐이네."

위해동의 얼굴에는 한 줄기 착잡한 빛이 감돌고 있었다.

"명색이 그의 가장 오래된 친우라면서 그에게 밤을 꼬박 새울 정도로 큰 고민이 있다는 것도 전혀 모르고 있었으니 창피막심한 일일세. 진즉에 알았다면 그와 좀 더 깊은 이야기를 나누었을 텐데, 그러지 못한 것이 못내 아쉽고 후회스러울 뿐이네."

청명으로서는 그저 고개를 숙일 수밖에 없었다.

모용봉이 다시 청명을 향해 물었다.

"두 분은 이곳에서도 계속 현우 도장과 함께 계셨지요?"

"그렇습니다."

"현우 도장의 신분이나 명성으로 보면 이곳에 오신 후 현우 도장을 찾아온 분들이 적지 않았을 듯싶군요."

"맞습니다. 어제는 물론이고, 오늘 이 연회장에서도 상당히 많은 분들이 사숙께 인사를 드리러 오셨습니다."

"그분들을 대할 때 현우 도장께서 평소와는 다른 행동을 하시거나 특이한 반응을 보인 분은 없었는지 궁금하군요."

청명도 이 질문의 의미가 상당히 중요하다고 생각했는지 표정이 한층 더 진지해졌다.

그는 잠시 생각에 잠겨 있더니 청현을 돌아보았다.

"저는 특별하게 떠오르는 사람이 없는데, 사형은 어떠십니까?"

청현도 무심코 고개를 끄덕이려다 이내 고개를 흔들었다.

"나도 그렇…… 아니, 조금 이상한 일이 있기는 했군."

청명은 어리둥절한 얼굴로 그를 바라보았다.

"그게 무엇입니까?"

"사제는 미처 몰랐을 수도 있겠군. 그때 유 대협의 일행분들이 인사 오셨을 때 말일세."

"환상제일창 유중악, 유 대협 말씀입니까?"

"그렇다네. 그때 마침 사숙을 찾아온 다른 손님들이 계셔서 자네가 그분들을 상대하느라 유 대협과 친구분들은 내가 모셨지 않나?"

"확실히 그랬던 것 같습니다."

"그때 사숙께서 그들 중 한 사람의 손을 잡고 꽤 오랫동안 대화를 나눈 적이 있다네."

청명이 뭐라고 말하기도 전에 위해동이 급히 물었다.

"두 사람이 무슨 대화를 나누었나?"

청현은 쓴웃음을 지어 보였다.

"당시 두 분은 전음을 사용하셔서 저로서는 알 수가 없었습니다."

"음, 아쉬운 일이군."

위해동이 침음하는 사이, 이번에는 모용봉이 입을 열었다.

"현우 도장 같은 분이 손까지 마주 잡고 인사를 나눌 정도라면 현우 도장과 상당히 친한 사이였던 모양이군요."

"그런데 그렇지가 않았습니다. 제가 알기로는 그분은 사숙과 생면부지여서 그때도 유 대협의 소개로 처음 사숙을 만나게 된 자리였습니다."

그제야 모용봉도 무언가 이상함을 깨달은 듯 얼굴에 호기심 어린 표정이 떠올랐다.

"생전 처음 만난 사람을 현우 도장께서 손까지 붙잡고 오랫동안 전음을 나누었단 말입니까?"

"그래서 저도 기이하다는 생각을 했었습니다. 그때는 무심코 지나쳤는데, 지금 기억을 되살려 보면 확실히 조금 특이한 장면이었습니다. 사숙께서 누구를 보고 그렇게 정색을 하며 관심을 표하는 모습은 처음 보았으니 말입니다."

모용봉은 묻지 않을 수 없었다.

"그분이 누구입니까?"

"유 대협과 함께 오신 다섯 분 중의 한 분이신데, 아쉽게도 저는 소개를 받지 못해서 흑삼객(黑衫客)이라는 명호 외에는 그분에 대해 아는 것이 없습니다."

모용봉의 시선이 한쪽으로 향했다. 그곳은 환상제일창 유중악이 자신의 친우들과 있는 자리로, 마침 유중악과 그 일행들도 이쪽을 보고 있었다.

그 일행 중 한 사람이 앞으로 걸어 나왔다.

"아무래도 청현 도장의 말씀은 이 사람을 지칭하는 것 같소이다."

검은 유삼(儒衫)을 입은 준수한 용모의 중년인이 다가와 모용봉을 향해 포권을 했다.

"안녕하시오. 내가 흑삼객이란 보잘것없는 명호를 가지고 있는 사람이오."

모용봉도 그를 향해 마주 인사를 했다.

"보잘것없다니 당치 않소. 흑삼객이라면 강서와 복건(福建)에서는 일대기객(一大奇客)으로 적지 않은 명성을 날리고 있는 호걸이라고 알고 있소. 나는 모용봉이라 하오."

자타가 공인하는 구궁보의 소주인인 모용봉이 정중하게 인사를 하자 흑삼의 중년인도 소홀히 할 수 없는지 재차 고개를 숙이며 포권을 했다.

"정식으로 인사를 드리겠소. 나는 흑삼객 임지홍이라 하오."

제263장 투망대어(投網待魚)

흑삼객이라는 별호는 복건성 일대에서는 상당히 널리 알려진 이름이었으나, 강북에서는 거의 아는 사람이 없었다. 그래서 무당 십이검 중의 한 명인 청현도 별호만 듣고는 그가 누구인지 제대로 알지 못했던 것이다.

모용봉은 임지홍과의 인사가 끝난 후 궁금하게 생각하고 있는 사항에 대해 물음을 던졌다.

"임 대협께서는 현우 도장과 상당히 오랫동안 전음을 주고받으며 대화를 나누셨다고 하는데, 그게 사실이오?"

임지홍은 조금도 망설이거나 주저하지 않고 선뜻 시인을 했다.

"확실히 현우 도장과 적지 않은 이야기를 나눈 적은 있었소."

아무리 모용봉이라도 다음 질문은 조심스러울 수밖에 없었다. 그것은 자칫 무림인의 은밀한 비밀을 들춰내는 것이 될 수 있기 때문이다.

"그때 두 분이 무슨 이야기를 나누었는지 알 수 있겠소?"

예상대로 임지홍은 고개를 내저었다.

"현우 도장과 나와의 지극히 개인적인 일을 의논했을 뿐이니 밝히지 못하는 점을 양해해 주었으면 하오."

임지홍이 딱 부러지게 거절하자 모용봉도 더 이상은 그 일에 대해 물을 수 없었다. 그렇다고 단순히 현우 도장과 대화를 나누었다는 것만으로 그를 흉수로 의심하여 추궁할 수도 없는 노릇이었다.

모용봉은 슬쩍 화제를 돌렸다.

"임 대협께서는 전에도 현우 도장을 뵌 적이 있소?"

"아니오. 이번이 처음 뵙는 것이오."

"임 대협께서 우연히 유 대협과 동행했다가 현우 도장을 만난 건 아닐 듯한데……."

임지홍은 모용봉이 이렇게 물어보는 의도를 짐작하고 있는지 눈을 빛내며 맑고 분명한 목소리로 말했다.

"현우 도장을 긴히 뵈어야 할 일이 있어서 평소 친분이 있던 유 대협께 소개를 부탁드렸소. 유 대협께서 기꺼이 응해 주셔서 덕분에 어렵지 않게 현우 도장을 만날 수 있게 된 것이오."

"임 대협이 현우 도장을 긴히 만나야 했던 이유가 무엇인지도 말할 수 없소?"

"조금 전에도 말했다시피 그건 전적으로 나의 개인적인 일이니 이런 자리에서 밝힐 일은 아니라고 생각하오."

임지홍의 태도는 당당했고, 음성이나 표정에 한 점의 가식이나 거짓을 찾아보기 힘들었다. 그래서 그가 자세한 사정을 밝히지 않는 것에 불만을 가진 사람들도 그것을 겉으로 드러내지 못했다. 사실 별다른 증거도 없이 의심뿐인 상황에서 지극히 개인적인 일을 이렇게 공개된 석상에서 밝히라고 무작정 강요하는 것은 무리한 일이 아닐 수 없었다.

모용봉은 임지홍의 단정한 얼굴을 응시하고 있다가 다시 물었다.

"임 대협께서는 이번 현우 도장의 죽음에 대해 혹시 짐작 가는 일이나 조금이라도 의심스러운 상황을 아시는 것이 있소?"

임지홍은 결연한 동작으로 고개를 흔들었다.

"전혀 없소. 혹시라도 내가 현우 도장과 대화를 나눈 것이 이번 일과 어떤 관련이 있지 않을까 생각하고 있다면, 전혀 그렇지 않다는 걸 다시 한 번 분명하게 말씀드리겠소. 그 일은 순전히 내 개인적인 신상(身上)에 관한 사소한 문제였을 뿐이오."

임지홍이 이렇게까지 단호하게 부정을 하자 모용봉도 더 이상은 그에게 물어볼 수가 없었다.

"알겠소. 답변해 주셔서 감사하오."

임지홍이 가볍게 포권을 하고 자리로 돌아가자 위해동이 모용봉에게 다가왔다.

"이번 일은 아무래도 간단하게 해결될 문제가 아닐 것 같군. 일단 현우 도장의 유해를 조용하고 안전한 곳으로 옮긴 다음 다시 사건을 조사하는 것이 어떻겠나?"

모용봉은 자신이 결정할 수 없는 일이라 청현과 청명을 바라보았다.

"두 분의 생각은 어떠십니까?"

청현은 무거운 표정으로 청명과 의견을 주고받더니 이내 승낙을 했다. 그들 입장에서도 사숙의 시신을 중인환시리에 방치하다시피 공개해 두고 있는 현재의 상황이 그다지 마음에 들지 않았을 것이다.

곧 현우 도장의 시신이 다른 곳으로 안치(安置)되었고, 어수선한 장내도 차츰 진정이 되었다.

모용봉은 현우 도장의 시신이 있던 자리에 선 채로 한동안 묵묵히 주위를 둘러보았다. 그 모습이 심상치 않아 보였던지 위해동이 나직한 음성으로 물었다.

"왜 그러는가?"

"현우 도장께서 이 위치에서 독침을 맞았다면 흉수가 어느 방면에 있어야 했을지를 잠시 가늠해 보았습니다."

위해동은 모용봉의 시선이 향해 있는 쪽을 바라보다가 고개를 휘휘 내저었다.

"너무 막연한 방향이라 나로서는 짐작도 할 수 없군. 자네에게 좋은 생각이 있다면 사람 애태우지 말고 어서 말해 보게."

모용봉의 음성은 담담했으나, 그의 눈빛은 이상하리만치 날카롭게 빛나고 있었다.

"독침 같은 가느다란 암기는 일직선으로밖에 날릴 수 없습니다. 따라서 현우 도장께서 쓰러진 자세와 목덜미의 흔적을 유추해 보면 독침이 날아온 방향은 저쪽 외에는 달리 없습니다."

위해동의 시선이 자연스레 모용봉의 손가락이 향하는 곳으로 향했다. 그곳은 현우 도장이 쓰러진 곳에서 북서쪽 방향으로, 점창파의 고수들이 자리하고 있었다. 점창파 고수들도 마침 그 모습을 보고 있었는지 모두들 표정이 굳어졌다.

이번에 구궁보에 온 점창파 고수들 중 최고 연장자이자 가장 지위가 높은 사람은 장로인 비류단홍검(飛流斷鴻劍) 초일재(楚溢才)였다. 그는 강직한 성품에 쾌검의 달인으로 명성이 높은 인물이었다.

초일재는 그동안 자리에 앉은 채 조용히 사태의 추이를 지켜보고 있었는데, 모용봉이 자신들 쪽을 손으로 가리키자 살짝 눈을 치켜뜨고는 냉엄한 음성을 내뱉었다.

"모용 공자는 지금 본 파를 현우 도장을 해친 흉수로 지목하는 건가?"

그의 나이는 이미 육십을 넘었고, 강호에서의 배분이나 명성으로 보아 모용봉에게 하대를 하는 것이 그리 어색해 보이지는 않았다. 하나 그의 차가운 눈빛과 딱딱한 음성은 단순히 강호의 선배가 후배를 대하는 것을 넘어, 그의 지금 심정이 그다지 좋지 않다는 걸 여실히 보여 주고 있었다.

모용봉은 그를 향해 조용한 음성을 내뱉었다.

"그럴 리 있습니까? 다만 독침이 그쪽 방향에서 날아왔을 가능성이 높은 만큼 그 점에 대해 초 대협의 도움을 받았으면 합니다."

초일재는 모용봉의 의중을 파악하려는지 한동안 그를 가만히 응시하고 있다가 거의 알아차리기 힘들 만큼 살짝 고개를 끄덕였다.
"자네가 그렇다면 그런 거겠지. 노부가 무엇을 도와주면 되겠는가?"
약간은 가시가 돋친 말임에도 모용봉은 전혀 표정의 변화가 없이 차분한 음성으로 말했다.
"독침은 그 특성상 십 장 이상의 거리에서는 거의 효과를 보기 힘듭니다. 더구나 현우 도장 같은 분이 인지하지 못할 정도의 위력을 발휘하려면 아무리 실력이 뛰어난 암기의 고수라 할지라도 사오 장 이내에서 발출해야 합니다."
"그러고 보니 자네가 서 있는 곳에서 여기까지의 거리가 삼 장 정도 되어 보이는군."
"제 생각에는 지금 초 대협께서 계신 곳의 사방 이 장 이내가 홍수가 독침을 발출할 수 있는 최대한의 사정거리가 아닐까 합니다."
초일재는 날카로운 눈으로 모용봉을 쳐다보더니 한 차례 주위를 쓰윽 둘러보았다. 둘러보고 자시고 할 것도 없었다. 그의 좌우에는 점창파의 제자들이 있었고, 앞쪽으로는 지금 모용봉이 서 있는 곳까지 뻥 뚫려 있었다. 뒤쪽에는 군소문파의 고수들이 십여 명 앉아 있었는데, 그들 중 뚜렷하게 눈에 띄는 고수는 보이지 않았다.
"결국 본 파가 가장 의심스럽다는 말이로군."
초일재가 혼잣말처럼 중얼거렸으나, 장내의 모든 고수들은 똑똑하게 들을 수 있었다.

초일재는 천천히 자리에서 일어났다. 그가 일어나자 주위에 있던 점창파의 고수들도 모두 일어나 그의 주위에 둘러섰다. 그 바람에 장내에 심상치 않은 분위기가 감돌았다.

초일재는 한 손을 들어 흥분해 하는 점창파의 제자들을 제지시키고는 차갑게 가라앉은 음성을 내뱉었다.

"그래, 자네가 노부에게 바라는 도움이란 게 무엇인가? 노부가 독침을 날려 현우 도장을 살해한 범인이라고 자백이라도 하라는 것인가? 아니면 본 파의 제자 중에 흉수가 있으니 내 손으로 그를 잡아내라는 것인가? 자네의 본심을 말해 보게."

"제가 그런 생각을 할 리 있습니까? 다만 한 가지만 부탁드리고 싶군요."

"그게 무엇인가?"

모용봉의 시선이 처음으로 초일재의 두 눈을 정면으로 응시했다. 모용봉과 눈이 마주친 순간, 초일재의 철탑처럼 흔들림 없이 냉정했던 눈빛이 살짝 흔들렸다. 물처럼 고요한 모용봉의 두 눈 깊숙한 곳에서 의미를 알 수 없는 괴이한 광망이 이글거리고 있는 것을 보았던 것이다.

"초 대협은 점창파의 절학인 회풍무류검을 최고의 경지까지 익히셨을 뿐 아니라, 지난 삼십 년간 점창파에서 아무도 익히지 못했던 비전(秘傳)의 암기수법인 단사성선(單絲成線)을 완성한 고수라고 들었습니다."

전혀 예상치 못했던 말에 초일재의 얼굴에 순간적인 당혹감이 떠올랐다.

그가 점창파 최고의 암기수법인 단사성선을 익힌 것을 아는 사람은 점창파 내에서도 불과 열 명도 채 되지 않았다. 그런데 모용봉이 그것을 어찌 알고 있단 말인가? 더구나 그의 질문을 던진 시기와 방법이 실로 묘해서 초일재로서는 원치 않는 의심을 받게 될지도 모르는 상황이었다.

초일재는 마음속의 당혹감을 억누르며 슬쩍 눈살을 찌푸렸다.

"그건 이런 자리에 어울리지 않는 말이로군."

초일재가 무어라고 하던 모용봉은 자신이 하고자 하는 말을 계속했다.

"제가 알기로는 단사성선은 은침(銀針)이나 은사(銀絲) 같은 암기를 발출하는 데 있어서는 가히 무림 최고의 수법 중 하나라서 일단 발출하면 상대는 영문도 알지 못한 채 쓰러지고 만다고 하는데, 희대의 암기 수법이라는 그 단사성선을 볼 수 있는 영광을 저에게 주시지 않겠습니까?"

중인들의 시선이 모두 초일재에게 쏠렸다. 개중에는 아직도 일이 어떻게 진행되는지 몰라 어리둥절해 하는 자들도 있었지만, 대다수는 무언가 심상치 않음을 느끼고 흥미로워 하거나 설마 하는 마음으로 의혹 어린 표정을 짓고 있었다.

초일재는 얼굴을 딱딱하게 굳힌 채 모용봉을 응시했다.

"자네가 그걸 어떻게 알고 있는지 모르지만, 굳이 이런 상황에서 노부의 솜씨를 보겠다고 하는 이유를 의심하지 않을 수 없군."

모용봉은 양팔을 벌려 보였다.

"제게 특별한 의도는 없습니다. 다만, 조금 전에 말씀드렸다시

피 모든 일을 분명히 하기 위해서 초 대협께서 약간의 도움을 주시기를 바라고 있을 뿐입니다."

초일재는 다시 평소의 냉정함을 되찾은 모습이었다.

"그래서 노부가 단사성선을 펼친다면?"

"저를 비롯한 이곳에 계신 모든 분들은 모처럼 제대로 된 눈요기를 하는 것이고, 무당파의 두 분 도장들도 현우 도장의 시신에 나 있는 자국과 전혀 다른 무공임을 어렵지 않게 알아보시고 마음을 놓으실 겁니다."

"자네의 말은 노부의 단사성선이 흉수가 사용한 것과 다른 무공임을 입증해 보이라는 것이군."

모용봉은 굳이 대답하지 않았다.

"노부가 자네의 말에 따르지 않겠다면?"

"그건 전적으로 초 대협께서 판단하셔야 할 문제이지요. 다만 저로서는 초 대협께서 스스로의 미혹을 벗을 수 있는 기회를 박차 버린 것에 안타까움을 느낄 것입니다."

"자네는 지금 노부를 협박하고 있는 건가?"

"그럴 리 있습니까? 오히려 저로서는 단순히 솜씨를 한번 보이면 되는 일인데, 초 대협께서 너무 민감하게 생각하시는 것 같아 의아스럽군요."

적지 않은 사람들이 모용봉의 말이 일리가 있다고 생각했는지 고개를 끄덕이고 있었다.

초일재는 잠시 생각에 잠기더니 이내 냉소를 날렸다.

"자네는 이곳이 구궁보라는 것에 너무 큰 자신감을 가지고 있는 것 같군."

모용봉은 고개를 저었다.

"본 보와는 상관없습니다. 저는 그저 제 이름을 믿고 있을 뿐입니다."

"굉장한 자부심이로군."

"초 대협은 본인을 믿고 계십니까? 아니면 점창파를 믿고 계십니까?"

초일재의 얼굴이 다시 살벌하게 굳어졌다.

"말조심하게."

그때, 그의 귀로 모용봉의 전음이 들려왔다.

"아니면 당신의 배후에 있는 그 사람을 믿는 것입니까?"

초일재의 얼굴이 흉악하게 일그러졌다. 그는 더 이상 참지 못하고 막 무어라고 소리치려 했다. 바로 그때, 그의 바로 뒤에 서 있던 점창파의 제자 하나가 수중의 검을 뽑아 초일재의 목덜미를 그대로 찔러 버렸다.

"끄윽!"

초일재는 답답한 신음을 토하더니 뒤를 돌아보며 무어라고 입을 열려다 그대로 바닥에 쓰러지고 말았다. 초일재의 신경은 온통 모용봉에게 집중되어 있었기 때문에 그의 뛰어난 무공으로도 전혀 대항해 보지 못하고 허무하게 죽음을 맞이한 것이다.

설마 문하 제자가 자신을 향해 검을 휘두르리라고 누가 생각할 수 있겠는가?

중인들은 눈앞에서 벌어진 뜻밖의 사태에 놀라 입을 딱 벌리고 있었다. 특히 점창파의 제자들은 눈으로 보고도 믿어지지 않는지 망연자실한 모습들이었다.

점창파의 제자들이 뒤늦게 정신을 차리고 초일재를 살해한 흉수를 찾아보았을 때는 이미 흉수가 막 그 자리를 벗어나 대청을 가로질러 가고 있었다.

"소정병(邵丁秉)! 네놈이 감히……!"

초일재의 적전제자(嫡傳弟子) 중 대제자(大弟子)인 마조현(馬朝現)이 이를 부드득 갈며 흉수를 향해 몸을 날렸고, 그 뒤를 나머지 제자들이 우르르 따라갔다.

흉수는 더욱 빠르게 신형을 움직여 대청을 반쯤 벗어나려 했으나, 그때 어디선가 어른의 손바닥만 한 크기의 유엽비수가 날아와 흉수의 옆구리에 틀어박혔다. 그 유엽비수가 날아오는 속도가 워낙 빨라서, 흉수가 무언가 이상함을 느끼고 몸을 피하려 했을 때는 이미 유엽비수가 그의 옆구리를 파고든 상태였다.

"크윽!"

흉수는 답답한 신음을 토하며 한 차례 몸을 휘청거리더니 이를 악물고 유엽비수가 박혀 있는 옆구리를 움켜쥔 채 재차 몸을 날리려 했다. 하나 그때는 이미 분노한 점창파 고수들에 의해 단단히 둘러싸여 있는 상태였다.

"소정병! 네놈이 무슨 짓을 저질렀는지 아느냐?"

마조현은 눈가에 눈물마저 글썽인 채 성난 외침을 토해 냈다. 사실 그는 소정병과는 어려서부터 친하게 지내던 사이여서, 아직도 그가 자신의 사부를 살해한 것이 믿어지지 않았다. 소정병은 검에 대한 재질도 뛰어나고 성격도 침착해서 이번에 초일재가 점창산을 내려올 때 선뜻 자신을 수행할 인원으로 낙점한 인물이었다. 이번에 함께 온 다른 고수들이 모두 초일재의 적전제자들임을 생각해 본다면 소정병의 합류는 그만큼 그가 평소에 초일재의 눈에 들었다는 의미였다.

그런 소정병이 난데없이 검을 휘둘러 초일재를 암살했으니 마조현의 심정이 어떠하겠는가?

마조현의 가슴이 분노와 원한, 그리고 원인 모를 억울함으로 터질 듯이 날뛰고 있건만 소정병의 얼굴 표정은 의외로 침착하고 냉정해 보였다. 그는 마조현에게는 시선도 주지 않은 채 자신의 옆구리에 꽂혀 있는 유엽비수를 움켜잡더니 힘껏 뽑아냈다.

"음!"

핏물이 솟구치며 악다문 그의 입술을 뚫고 나직한 신음성이 흘러나왔다.

소정병은 피 묻은 유엽비수를 내려다보더니 날카로운 눈으로 한쪽을 돌아보았다.

그쪽에는 짙은 녹색 장삼을 입은 헌칠한 키의 청년이 차가운 눈을 번뜩이며 서 있었다. 그를 보자 중인들 틈에서 짤막한 외침이 흘러나왔다.

"당문오공자(唐門五公子) 중 둘째인 당호(唐浩)다!"

당문오공자는 사천당문이 자랑하는 최고의 후기지수들로, 모두 직계 후손들이었다. 사천당문에는 그들 외에도 당문칠영이 있었으나, 실력이나 무공은 물론이고 혈통 면에서도 당문오공자와는 비교할 대상이 아니었다. 그런 만큼 그들의 자부심은 남달라서 오만하다는 평가를 받을 정도였다.

당호는 원래 한쪽에서 장내의 상황을 지켜보고만 있었으나, 소정병이 자신이 있는 쪽으로 다가오자 순간적인 호승심을 이기지 못하고 유엽비수를 날린 것이다.

하나 당호가 무어라고 입을 열기도 전에 마조현이 주위를 돌아보며 크고 분명한 음성을 내뱉었다.

"이 일은 점창파 내부의 일이니 우리가 이번 일을 마무리 지을 때까지 누구도 나서지 말아 주기를 부탁드리겠소. 이것은 점창파의 일대제자인 마조현이 본 파에서 구궁보로 파견 나온 모든 제자들의 대표로서 공식적으로 밝히는 바이오."

당호의 눈살이 살짝 찡그려지며 막 움직이려던 걸음이 멈춰졌다. 뿐만 아니라 그들에게 다가가려던 모용봉과 위해동 등 많은 사람들도 모두 그 자리에 선 채 사태의 추이를 지켜보고 있었다.

마조현이 이렇듯 공개적으로 점창파의 일임을 선포한 이상 타파의 사람들이 함부로 개입할 수는 없는 상황이었다. 적어도 마조현보다 배분이 높은 점창파의 선배 고수가 나서거나 마조현 본인이 요구하지 않는 한 누구도 그들의 일에 섣불리 끼어들 수 없게된 것이다.

마조현은 단번에 좌중의 시선을 집중시킴과 동시에 그들의 불필요한 개입을 차단해 버리고는 다시 소정병에게로 시선을 돌렸다.

"이제 솔직히 말해 보아라, 정병! 너는 대체 무엇 때문에 사부님을 암살한 것이냐?"

소정병은 옆구리의 상처를 지혈하고는 마조현을 쳐다보더니 이내 고개를 저었다. 할 말이 없다는 것인지, 아니면 어떤 말을 해도 소용이 없다는 것인지 의미를 알기 어려웠으나 마조현의 얼굴은 더욱 일그러질 수밖에 없었다.

"정병, 마지막으로 묻겠다. 네가 사부님께 검을 휘두른 이유가 무엇이냐? 이번에도 답하지 않겠다면 나도 더 이상 묻지 않겠다."

그의 음성에는 결연한 각오와 비장한 심정이 고스란히 담겨 있었다.

소정병은 물끄러미 마조현을 바라보더니 고개를 떨구었다. 다시 고개를 쳐들었을 때, 그의 얼굴에는 한 줄기 야릇한 미소가 떠올라 있었다. 무언가 복잡하고 많은 의미를 담고 있는 듯한 미소였다.

"조현, 자네에게는 아무런 감정이 없네. 왜인지 아나?"

마조현은 그의 말을 어떻게 받아들여야 할지 몰라 우두커니 그를 쳐다보고 있었다.

소정병은 혼잣말처럼 나직하게 중얼거리듯 말했다.

"자네는 이번 일에 대해 아무것도 모르고 있기 때문이지."

말이 끝나자마자 소정병은 들고 있던 유엽비수를 그에게 던졌다.

땅!

마조현이 황급히 유엽비수를 검으로 쳐 내는 순간, 소정병의 신형은 그의 머리를 훌쩍 뛰어넘어갔다.

"도망칠 수 없다!"

마조현은 벼락같은 노성을 터뜨리며 유엽비수를 쳐 낸 검으로 소정병의 하반신을 쓸어 갔다. 소정병은 몸이 허공에 떠 있는 상태에서 아래로 검을 내리그었다.

차창!

두 사람의 검이 허공에서 격렬하게 맞부딪히며 요란한 검명을 토해 냈다. 하나 세찬 검기가 사라지자 드러난 광경은 중인들의 예상을 뛰어넘는 것이었다.

옆구리에 부상을 입고 있던 소정병이 부상에도 전혀 아랑곳하지 않고 계속 앞으로 몸을 날리고 있는 데 비해 마조현은 머리를 산발한 채 부러진 검을 들고 피를 토하며 비틀거리고 있었다. 비슷한 경지로 보였던 두 사람의 격돌이 한쪽의 일방적인 우세로 끝나 버린 것이다.

소정병이 달려가는 곳에는 한 떼의 무림인들이 서 있었다. 소정병은 다른 곳은 시선조차 주지 않고 그중 한 사람을 향해 미친 듯이 몸을 날리고 있었다.

하나 그가 채 그 인물에게 다가가기도 전에 그의 옆에 서 있던 사람이 앞으로 성큼 나서며 오른손을 휘저었다.

쐐액!

무시무시한 파공음과 함께 시퍼런 섬광이 소정병을 향해 쏘아져 갔다. 소정병은 이를 악문 채 그 섬광을 장검으로 쳐 냈다.

따앙!

귀청이 찢어질 듯한 굉음이 터져 나오며 무서운 기세로 다가들던 소정병의 신형이 한 차례 휘청거렸다. 그의 장검을 든 손이 부르르 떨리는 것으로 보아 적지 않은 충격을 받은 게 분명해 보였다.

하나 놀라운 일은 뒤이어 일어났다. 그가 장검으로 쳐 낸 그 섬광이 허공에서 빙글 회전하더니 다시 그의 뒷등을 향해 더욱 빠르게 날아들었던 것이다.

소정병은 두 눈을 부릅뜬 채 번개같이 몸을 선회하며 장검으로 자신의 뒤쪽에서 날아오는 섬광을 후려쳤다.

땅!

다시 한 번 요란한 굉음과 함께 그의 신형이 뒤로 주르르 밀려났다. 하나 섬광의 움직임은 그것이 끝이 아니었다. 장검에 튕겨져 나가는 듯하던 섬광이 더욱 빠르게 선회하며 그의 앞가슴으로 날아들었던 것이다.

"회선무궁(廻旋無窮)!"

누군가가 그 섬광의 움직임을 보고는 놀란 외침을 토해 냈다.

소정병은 피가 나도록 입술을 깨물며 그 섬광을 다시 후려쳤다. 하나 그때 그의 손은 이미 확연히 알아볼 수 있을 정도로 덜덜 떨리고 있었고, 검을 쥔 손아귀가 찢어져 피가 흘러나오고 있었다.

따앙!

소정병은 세 번째로 섬광을 쳐 냈으나 더 이상 견디지 못하고 폭포수처럼 피를 토하며 털썩 무릎을 꿇었다.

"우웩!"

그가 한바탕 시커먼 피를 게워 내는 순간에도 섬광은 다시 매섭게 회전하며 그의 목을 향해 육박해 들어왔다.

그 광경을 본 모용봉이 다급하게 소리를 내질렀다.

"곽 대협! 아직 그를 해쳐서는 안 되오!"

그 말을 듣기라도 한 듯 소정병의 목을 향해 무서운 기세로 날아들던 섬광의 방향이 살짝 틀어지며 소정병의 아랫배에 가서 틀어박혔다.

"큭!"

소정병은 답답한 신음을 토하며 그대로 바닥에 쓰러지고 말았다.

그제야 사람들은 소정병의 아랫배에 둥근 원반 하나가 박혀 있는 것을 볼 수 있었다. 그 원반의 주위에는 날카로운 톱날이 달려 있었다. 그토록 가공할 위세를 보였던 섬광의 정체는 하나의 비륜(飛輪)이었던 것이다.

중인들의 시선이 일제히 비륜을 던진 주인에게로 향했다.

그의 차갑게 번뜩이는 두 눈과 굳게 다물어진 입술은 보는 사람을 섬뜩하게 만드는 냉혹함을 담고 있었다. 바닥에 쓰러져 끙끙거리고 있던 소정병이 그를 올려다보고는 나직한 신음성을 흘렸다.

"곽자령……!"

무표정한 얼굴로 소정병을 향해 다가오는 그 사람은 다름 아닌 팔비신살 곽자령이었다. 방금 전에 그가 던진 것은 지금의 독보적인 명성을 만들어 준 그의 독문병기 혈선륜(血旋輪)이었다.

곽자령은 그의 앞에 우뚝 선 채로 묵묵히 그를 내려다보았다.

무표정하게 소정병을 내려다보는 그의 시선은 왠지 한없이 비정해 보였다.

곽자령은 허리를 숙여 소정병의 아랫배에 박혀 있는 혈선륜을 뽑아냈다. 조금도 망설이지 않고 사람의 몸에 박힌 혈선륜을 뽑는 그의 모습은 냉혹하기 이를 데 없는 것이었다.

소정병은 그때까지도 지혈도 하지 못하고 계속 바닥에 비스듬히 누워 있었으나, 곽자령이 혈선륜을 뽑고 일어나자 그를 올려다보며 무어라고 입을 열려 했다.

그때, 한 사람이 그들에게 다가왔다.

"도움을 주셔서 감사합니다, 곽 대협."

소정병과 일검을 겨루고 낭패스런 처지에 빠졌던 마조현이 다가와 그를 향해 포권을 했다.

곽자령은 무심한 시선으로 그를 응시하다가 천천히 입을 열었다.

"도움이랄 것도 없네. 그가 내가 있는 쪽으로 오지 않았다면 손을 쓰는 일은 없었을 것이네."

마조현도 그 점이 이상하기는 했다. 자신을 물리친 소정병이 왜 하필이면 강호에서 무시무시한 명성을 날리고 있는 곽자령이 서 있는 곳으로 달려갔는지 언뜻 이해가 되지 않았던 것이다. 단순히 운이 나쁘다고 하기에는 소정병의 태도에는 무언가 필사적인 구석이 있어 보였다.

그의 그런 의심을 증명이나 하려는 듯, 바닥에 쓰러져 있던 소정병이 한 사람을 돌아보며 버럭 소리를 질렀다.

"유 대협! 당신은 계속 이렇게 보고만 있을 셈이오?"

피를 토하듯 절규하는 그의 음성에 중인들은 모두 놀란 표정을 감추지 못했다.

소정병의 시선을 받고 있는 사람은 곽자령의 옆에 있는 환상제일창 유중악이었던 것이다. 유중악은 담담한 표정으로 뒷짐을 진 채 그 자리에 가만히 서 있었으나, 그를 응시하는 소정병의 눈은 뜨거운 무언가를 내뿜고 있었다.

그제야 마조현은 소정병이 목표로 했던 사람이 곽자령이 아닌 그의 옆에 있던 유중악임을 알 수 있었다.

대체 소정병은 무엇 때문에 절체절명의 순간에 유중악을 향해 달려갔던 것일까? 그리고 그가 내지른 고함은 대체 어떤 의미를 담고 있는 것일까?

제264장 영웅실족(英雄失足)

　중인들의 시선이 온통 유중악에게 집중되었다. 그중 적지 않은 사람들의 눈에는 당혹감과 희미한 의혹의 빛이 어려 있었다.
　유중악은 장내의 따가운 시선을 한 몸에 받으면서도 전혀 당황하거나 흔들리는 모습을 보이지 않았다. 그는 여전히 당당했고, 태도에는 여유가 있었으며, 눈빛은 정명(精明)했다. 그를 보는 사람이라면 누구라도 그가 마음속에 한 점 부끄럼이 없는 떳떳한 심정의 소유자임을 믿어 의심치 않을 것이다.
　모용봉조차도 유중악의 그런 모습에 내심 찬탄하는 마음이 들었다. 또한 그만큼 아쉽고 안타까웠다.
　유중악은 오늘 끝없는 나락으로 떨어질 것이며, 그동안 쌓아 온 모든 명성이 철저하게 짓밟힐 것이다. 그것은 그의 힘으로는 도저히 피할 수 없는 일이며, 누구도 그것을 막거나 제지할 수 없을 것이다. 일이 여기까지 진행된 이상, 반드시 그렇게 될 것이다.

장내에는 많은 사람들이 있었지만, 선뜻 나서서 바닥에 쓰러진 소정병을 추궁하거나 사태를 진정시키려는 자는 없었다. 그도 그럴 것이, 사건이 무섭도록 빨리 확대되고 있고 전혀 예상치 못한 쪽으로 번질 가능성도 있어서 섣불리 나섰다가는 오히려 오물을 뒤집어쓸지도 모르는 상황이었다.

중인들이 어쩔 줄 몰라 하고 있을 때, 모용봉이 천천히 앞으로 나섰다.

그를 보자 사람들 사이에서 비로소 안도의 한숨이 흘러나왔다. 모용봉은 누가 뭐라 해도 당금 무림에서 가장 영향력이 큰 인물이었고, 모용 대협의 유일한 후계자로서 무림인들에게 절대적인 지지를 받고 있었다. 무엇보다도 그는 오늘 연회의 주인이었고, 이번 사건의 가장 큰 피해자 중 한 사람이었다. 자신의 생일연이 뜻밖의 살인으로 엉망진창이 되었으니 생일연의 당사자인 그가 사건의 해결에 나서는 것은 여러모로 가장 자연스럽고 합당한 일이었다.

모용봉은 먼저 마조현을 향해 입을 열었다.

"마 대협, 아무래도 이번 사건은 단순히 점창파에 국한된 일만은 아닌 듯하군요. 사태의 공정한 해결을 위해서 제가 조사를 진행해도 되겠습니까?"

마조현도 마침 소정병을 어떻게 해야 할지 몰라 망설이고 있던 참이라 즉시 머리를 끄덕였다.

"모용 공자의 말씀이 타당합니다. 이번 일은 모용 공자께서 주재(主宰)하시는 것이 옳다고 봅니다."

마조현은 이번 일이 자신의 역량을 넘어서는 것이라고 판단했는지 뒤로 순순히 물러났다.

모용봉은 아직도 바닥에 쓰러진 채 피를 흘리고 있는 소정병에게 다가가 그의 아랫배에 있는 상처를 지혈한 후 그의 혈도를 몇 군데 점했다. 그런 다음 그의 얼굴을 찬찬히 살펴보더니 차분한 음성으로 물었다.

"기분이 어떻소?"

예상치 못했던 엉뚱한 질문에 잔뜩 긴장한 눈으로 모용봉을 보고 있던 소정병이 어리둥절한 표정으로 되물었다.

"내 기분은 왜 물어보는 거요?"

"자신의 손으로 문파의 존장을 살해한 사람의 기분은 과연 어떠한지 궁금한 생각이 들었소."

소정병은 눈살을 찌푸린 채 아무 대답도 하지 않았다. 모용봉은 아랑곳하지 않고 계속 입을 열었다.

"귀하가 초 대협을 살해한 이유는 묻지 않겠소. 물어보았자 대답을 들을 수는 없을 것 같으니 말이오. 혹시 내 생각이 틀린 거요?"

소정병은 그의 말을 듣지 못한 사람처럼 여전히 입을 굳게 다물고 있었다.

모용봉은 그의 반응에는 조금도 신경 쓰지 않고 말을 계속했다.

"귀하가 초 대협을 살해할 때 사용한 수법은 정통적인 점창파의 검법과는 조금 달라 보이더군. 혹시 귀하는 점창파의 것 외의 다른 무공을 익히지 않았소?"

소정병의 눈빛이 살짝 떨렸다. 하나 그는 이내 눈을 부릅뜨며 냉소를 날렸다.

"무슨 헛소리를 하는 거요? 내가 사용한 초식은 본 파의 분광 십팔수검 중의 분광비격이오."

"분광비격은 확실히 빠르고 날카로운 검초지. 하지만 단순히 그것만으로 초 대협 같은 절정 고수의 목에 저토록 선명한 구멍을 만들어 낼 수는 없소."

아닌 게 아니라 초일재의 시신을 보면 왼쪽 턱 밑에 섬뜩한 피 구멍이 생생하게 뚫려 있었다. 그 구멍이 어찌나 예리하고 날카로웠던지 검이 아니라 커다란 송곳이나 뽀쪽한 창으로 뚫은 것 같았다.

마조현이 초일재의 시신에 나 있는 혈흔을 자세히 살펴보고는 이를 부드득 갈았다.

"이건 분광비격의 흔적이 아니다. 분광비격은 검첨(劍尖)을 이용하기 때문에 그 구멍이 이렇게 깊거나 선명하지 않고 아주 작은 상처만을 낼 뿐이다. 이 망할 자식!"

마조현이 금시라도 소정병을 향해 달려들 듯하자 모용봉이 손을 들어 그를 제지시키고는 소정병의 두 눈을 똑바로 바라보며 말했다.

"당신이 사용한 건 분광비격이 아니라 천왕격정(天王擊頂)이라는 초식이오."

소정병의 얼굴에 흠칫하는 기색이 떠올랐다. 모용봉은 그의 표정 변화에 아랑곳하지 않고 말을 계속 했다.

"천왕격정은 원래 검법이 아니라 창법(槍法)의 일종이오. 그래서 검으로 그 초식을 펼치면 저렇게 검도 아니고 창도 아닌 묘한 흔적이 남게 되는 것이오."

옆에서 듣고 있던 위해동이 참지 못하고 물었다.

"대체 천왕격정이 어떤 무공인데 그러나?"

그는 모용봉이 중인의 기대를 한 몸에 받은 채 나서서는 기껏 흉수가 사용한 무공만을 계속 거론하는 모습이 의아했던 것이다.

"천왕격정은 조화십이창법(造化十二槍法)이라는 무공의 한 초식입니다."

"조화십이창법?"

"그리고 조화십이창법은 전대(前代)의 천하제일창(天下第一槍)이셨던 조화신창(造化神槍) 감화(甘華), 감 대협의 독문절학입니다."

그 말에 위해동은 물론이고 주위에 있던 모든 중인들의 얼굴이 경악으로 물들었다.

조화신창 감화는 삼십 년 전의 사람으로, 지금까지도 많은 사람들의 입에 오르내리는 전설적인 고수였다. 하나 단순히 그것 때문에 사람들이 놀라고 당황해 하는 것은 아니었다.

조화신창 감화는 이미 오래전에 세상을 떠났지만, 그의 절학은 그의 제자에게 전해져 더욱 화려한 모습으로 부활했다. 그것이 바로 여의조화창(如意造化槍)이었다. 사람들은 여의조화창법의 무궁

무진한 조화와 환상과도 같은 창의 움직임에 넋을 잃었고, 그 창법의 주인에게 환상제일창이라는 영광된 이름을 붙여 주었다.

다시 말해서 당대의 조화십이창법의 주인은 환상제일창 유중악이었던 것이다.

모용봉은 소정병을 뚫어지게 응시했다.

"당신에게 천왕격정을 가르쳐 준 사람이 누구요?"

소정병의 이마에 진땀이 흐르기 시작했다. 조용한 시선이었으나 모용봉의 전신에서 뿜어 나오는 기세가 서서히 그의 전신을 무겁게 압박했던 것이다.

소정병은 끝내 아무 대답도 하지 않았다. 하나 마지막 순간에 그가 슬쩍 고개를 돌려 유중악을 힐끔거리는 모습을 장내의 모든 사람들이 목격할 수 있었다.

사람들의 시선이 다시 유중악에게 집중되었다. 조금 전과는 확연히 다른 짙은 의혹과 불신감이 가득 담겨 있는 시선들이었다.

유중악은 그때까지도 여전히 그 자리에 우뚝 선 채 미동도 하지 않고 있었다. 조금 전에는 여유 있고 당당해 보였던 그 모습이 지금은 왠지 속을 알 수 없고 의뭉스러워 보였다.

모용봉은 천천히 유중악에게로 시선을 돌렸다. 느릿한 움직임이었으나 중인들은 무거운 중압감이 자신들의 마음을 짓누르는 듯한 느낌에 몸을 떨어야 했다.

유중악의 시선도 모용봉을 향해 있었다. 한동안 두 사람은 서로를 응시한 채 아무런 말이 없었다. 먼저 입을 연 사람은 의외로 유중악이었다.

"자네를 처음 본 건 칠 년 전의 진회하(秦淮河)에서였지."

모용봉은 눈을 빛내고 있다가 고개를 끄덕였다.

"그때쯤으로 기억합니다. 가을이 깊은 어느 날 저녁이었지요."

유중악의 음성은 그리 크지 않았으나 말꼬리가 분명했고 좋은 울림을 가지고 있어서 듣는 사람의 마음에 묘한 평온함을 불러일으켰다.

유중악은 그런 음성으로 다시 입을 열었다.

"그때 자네는 약관의 나이로 처음 보는 나에게 무척이나 강한 인상을 남겼었네. 그때 자네를 나에게 소개했던 낙혼진군(落魂眞君) 하홍(賀紅)의 말이 지금도 기억이 나는군."

하홍은 무이산의 패자로서, 지금은 모용봉의 절친한 측근인 경천사객의 일인이 된 인물이었다. 그와 유중악은 몇 년 전만 해도 상당히 친밀한 관계를 유지하고 있었으나, 어찌 된 일인지 최근에는 서로 소원해져서 지금은 전혀 왕래를 하고 있지 않았다.

"그때 하홍은 자네가 '당대 무림의 제일가는 기재로서, 앞으로 무림은 그에 의해 좌우될 것이다'라고 했네. 나는 그 말에 일견 수긍을 했고, 한편으로는 고개를 갸우뚱했지. '무림을 좌우한다'라는 말은 결코 일개 젊은이에게 붙일 수 있는 말이 아니었기 때문이지."

모용봉은 담담한 음성으로 물었다.

"지금은 어떻게 생각하십니까?"

"한 가지는 확실하더군. 당금의 무림은 확실히 자네가 좌우하고 있네. 오늘 일을 보면 더욱 분명하게 알 수 있지."

모용봉은 빙긋 웃었다. 오늘 그를 계속 유심히 지켜보았던 사람이라면 그가 연회장에 나와서 처음으로 웃는 것임을 알고 놀라움을 금할 수 없을 것이다. 자신의 생일연에서 웃음 한 번 보이지 않던 그가 유중악의 무언가 비아냥이 섞인 듯한 말에 처음으로 미소를 지어 보인 것이다.

"저를 그렇게 보아주시니 고마운 일이군요. 저도 그때 유 대협을 소개해 주겠다며 저를 데려가던 하 대협의 말을 똑똑히 기억하고 있습니다."

이번에는 유중악이 물었다.

"그가 자네에게 나를 무어라고 소개하던가?"

"'천하제일의 호한이며 강호에서 가장 가슴이 뜨거운 남자'라고 하더군요. 저는 지금도 그 말에 전적으로 공감하고 있습니다. 특히 '가슴이 뜨겁다'라는 말은 유 대협을 나타내는 말로는 너무도 적절한 표현이 아닌가 생각합니다."

두 사람의 대화는 시종일관 부드럽고 조곤조곤해서, 모르는 사람이 보았다면 두 명의 친우가 우정을 나누는 광경으로 생각했을 것이다. 다행히 이곳에 모인 사람들은 지금까지의 상황을 모두 지켜보았을 뿐 아니라 강호의 경험이 풍부한 인물들이어서 눈에 보이지 않는 두 사람 사이의 팽팽한 긴장감을 너무도 잘 알고 있었다.

유중악은 모용봉의 미소 띤 얼굴을 한동안 응시하고 있더니 의미모를 말을 내뱉었다.

"자네는 정녕 이렇게까지 해야 했나?"

모용봉은 고개를 갸웃거렸다.

"제가 해야 할 말을 유 대협께서 하시니 난감한 일이군요. 저는 소정병이 어떤 식으로든 유 대협과 관계가 있는 인물이라고 판단하는데, 유 대협께서는 어떻게 생각하십니까?"

사람들은 모용봉이 그렇게 물어보면 유중악이 당연히 부인하리라 생각했으나, 웬일인지 유중악은 조금도 망설이지 않고 시인을 하는 것이었다.

"소정병은 내가 잘 알고 있는 사람일세."

사람들은 자신에게 불리할 것이 뻔한 상황에서도 선뜻 시인을 하는 유중악의 배포에 놀라면서도 그것이 의미하는 바가 무엇인지를 알고 표정이 무거워졌다. 자신들이 철석같이 믿고 있는 어떤 절대적인 존재가 조금씩 무너지고 있는 듯한 참담한 느낌이 들었던 것이다.

유중악은 중인들의 그런 심정을 아는지 모르는지 계속 말을 이었다.

"소정병의 삼촌인 소인혁(邵仁爀)은 나와 절친한 사이였네. 그래서 나는 그가 어렸을 때부터 몇 번이나 만난 적이 있었네."

소인혁은 인자검(仁慈劍)이라는 별호로 한때 상당한 명성을 날렸던 검객이었으나 몇 년 전에 불의의 사고로 세상을 떠난 인물이었다.

모용봉은 다시 물었다.

"그에게 천왕격정의 수법을 알려 주셨습니까?"

유중악은 이번에도 부인하지 않았다.

"어렸을 적에 그에게 조화십이창법의 한두 가지 초식을 알려 준 적이 있었네. 하나 그가 그것을 지금까지 익히고 있는지는 알지 못하네."

모용봉은 한쪽에 있는 초일재의 시신을 가리켰다.

"소정병이 초 대협을 살해한 수법이 천왕격정이 확실합니까?"

유중악의 심정이 어떠하든 그의 대답은 막힘이 없었다.

"그런 것 같네."

중인들은 이렇게 직설적으로 물어보는 모용봉의 태도에도 놀랐고, 그런 노골적인 질문에도 선뜻 시인을 하는 유중악의 모습에 더욱 큰 놀라움을 느꼈다. 하나 한편으로 생각하면 초일재를 살해한 소정병이 유중악이 알려 준 무공을 사용했다고 해서 그것이 유중악의 사주를 받아 벌인 일이라고 속단할 수는 없었다. 다시 말해서 흉수가 사용한 무공이 유중악에게서 배운 것이라는 점 외에는 아직 아무것도 밝혀진 것이 없었던 것이다.

하나 모용봉의 다음 질문은 중인들의 마음에 다시 커다란 의혹을 불러일으키게 하는 데 족한 것이었다.

"유 대협은 어제 본 보로 오신 후, 늦은 밤에 몇 사람을 연거푸 방문하지 않았습니까?"

유중악은 이번에는 아무 대답도 하지 않았다. 다만 의미를 알 수 없는 눈으로 모용봉을 빤히 응시하고 있을 뿐이었다.

모용봉은 다시 거듭된 질문을 던졌다.

"유 대협이 어젯밤에 은밀히 만난 분들 중에는 혹시 오늘 살해당한 무당파의 현우 도장도 계시지 않았습니까?"

"……!"

"그리고 현우 도장과 무언가 언쟁을 벌인 후, 이번에는 점창파의 초 대협을 만나지 않았습니까?"

중인들의 얼굴에 점차로 경악 어린 빛이 떠올랐다. 모용봉의 질문이 의미하는 바가 점점 더 분명해졌던 것이다.

모용봉은 마지막으로 비수처럼 예리한 질문을 던졌다.

"원래 점창파에서 이번에 오시기로 한 분은 독검취응 백리장손, 백리 대협이었습니다. 그런데 갑자기 초 대협으로 바뀐 것은 초 대협의 강력한 주장 때문이었다고 들었습니다. 초 대협은 유 대협의 친우인 오조추혼(五爪追魂) 신불이(申不易)와 생사지교를 맺을 정도로 친한 사이여서 평소에도 유 대협과도 상당한 친분이 있다고 하는데, 혹시 초 대협이 그런 결정을 하게 된 것은 유 대협의 지시나 부탁 때문이 아니었습니까?"

유중악은 입을 굳게 다문 채 침묵을 지켰다. 그의 침묵은 그 자신뿐 아니라 대청 전체를 무거운 정적에 잠기게 했다. 중인들은 말로 표현 못할 침중함과 답답함을 가슴에 담은 채 그가 무슨 말이든 해 주기만을 기다리고 있었다.

모용봉의 말이 잘못되었다고, 그가 너무 섣부른 추측을 한 것이거나 무언가를 착각한 것이었다고 말해 주기를 바랐다. 그것은 자신의 마음속 동경(憧憬)이 깨어지지 않기를 바라는 인간의 원초적인 욕망이었다.

한참 후에야 열린 유중악의 입에서는 의외의 말이 흘러나왔다.

"자네는 나를 철저하게 조사했군."

유중악이 모용봉의 말에 시인도 부인도 하지 않고 전혀 엉뚱한 이야기를 꺼내자 적지 않은 사람들의 얼굴에 희미한 실망의 빛이 떠올랐다. 그들은 유중악이 좀 더 완강하게 부인하기를 원했으나, 유중악은 순간의 위기를 모면하기 위해서 공개된 자리에서 거짓을 말하는 성격이 아니었다. 그리고 그것이 모용봉이 파악한 그의 가장 큰 약점 중 하나였다.

"초 대협이 내 친구인 신불이와 절친한 사이라는 것도 사실이고, 신불이의 소개로 초 대협과 친분을 맺은 것도 사실이네. 그리고 초 대협이 이번 연회에 참석하게 된 것도 내가 신불이를 통해 그에게 부탁했기 때문일세."

유중악은 중인들의 기대와는 반대로 오히려 모용봉의 주장이 사실임을 스스로 밝혔다. 중인들이 놀라고 당혹해 하는 모습에는 전혀 신경 쓰지 않고, 유중악은 자신이 할 말을 계속했다.

"그래서 자네가 이번 사건에 나를 연계시키려 하는 것이겠지. 하지만 분명히 말해서 오늘 벌어진 두 건의 살인 사건은 전혀 내가 의도한 것이 아니었네."

모용봉은 날카로운 음성으로 물었다.

"현우 도장과 초 대협의 죽음에 유 대협은 아무런 관련이 없다는 말씀입니까?"

유중악은 다시 잠깐 침묵에 잠겼다가 입을 열었다.

"관련이 아주 없다고 할 수는 없겠지. 그들이 이곳에 온 것은 모두 나의 부탁에 의한 것이었으니 말일세."

모용봉의 눈이 번쩍 빛났다.

"초 대협뿐 아니라 현우 도장이 오신 것도 유 대협의 부탁 때문이었단 말이군요. 유 대협이 그분들을 이곳에 오시게 한 이유가 무엇입니까?"

유중악은 고개를 저었다.

"지금은 밝힐 수 없네."

모용봉의 입가에 냉랭한 미소가 떠올랐다.

"밝힐 수 없다는 말입니까? 밝히지 못한다는 말입니까?"

유중악은 의미를 정확히 알 수 없는 말을 중얼거리듯 내뱉었다.

"언제고 밝힐 수 있을 때가 오겠지. 나는 그렇게 믿고 있네. 또한 지금은 그럴 시기가 아니라는 것도 분명하게 알고 있지."

모용봉의 눈썹이 거의 알아차리기 힘들 만큼 살짝 찌푸려졌다. 하나 모용봉은 그 점에 대해서는 더 이상 유중악을 추궁하지 않았다.

대신 그는 공격 방향을 조금 바꾸었다.

"유 대협께서는 오늘 현우 도장께 흑삼객 임 대협을 소개해 주셨다고 했는데, 그것도 이번 일과는 아무 관련이 없는 일입니까?"

이번에는 유중악의 눈썹이 한 차례 꿈틀거렸다. 지금까지 어떠한 일이 있어도 전혀 표정의 변화가 없던 그로서는 처음으로 보여 주는 이례적인 모습이었다.

"그것도 밝힐 수 없는 것으로 해 두지."

모용봉은 그가 그런 식으로 대답하리라는 것을 알고 있는 사람처럼 쉬지 않고 질문을 던졌다.

"초 대협이 자신의 제자들 외에 하필이면 유 대협과 친분이 있는 소정병을 대동하게 된 것도 혹시 유 대협의 입김이 들어간 것은 아닙니까?"

유중악은 이번에는 입을 다물었다.

모용봉은 다시 물었다.

"소정병이 연회장에서 줄곧 초 대협의 지척에 있었던 것은 혹시라도 초 대협의 신상에 무슨 일이 있을 때 그것을 제지하기 위한 유 대협의 사전 지시가 있었기 때문은 아니었습니까? 소정병이 마지막 순간에 다급하게 유 대협을 찾은 이유가 무엇이라고 생각하십니까? 그것도 밝힐 수 없는 일들 중 하나입니까?"

유중악은 여전히 침묵을 지켰다.

옆에서 그들의 대화를 듣고 있던 위해동이 답답함을 참지 못하겠는지 불쑥 끼어들었다.

"여보게, 청천. 대체 무슨 내막이 있는지 속 시원하게 밝히면 안 되겠나? 오늘의 자네는 그동안 보았던 평상시의 모습과 너무 달라서 당혹스럽기조차 하군."

위해동은 유중악과 몇 차례 술자리를 함께 한 적이 있어서 어느 정도의 안면이 있는 사이였다.

유중악은 위해동을 가만히 바라보았다. 그 시선은 여전히 담담했으나 위해동은 그 조용한 시선이 껄끄러운지 표정이 살짝 굳어졌다. 그는 한층 진지해진 얼굴로 엄숙한 음성을 내뱉었다.

"항상 남들 앞에 당당하고 매사에 충실하던 자네의 모습을 보여 주게. 현우 도장과 초 대협을 이곳에 부른 이유는 무엇인가?

그리고 그들은 왜 차례로 살해당해야만 했나? 그들의 죽음과 자네는 대체 어떤 관련이 있나? 이런 의문이 완벽하게 해소되지 않고서는 자네에게 쏠리고 있는 의혹의 빛을 거두기 힘들 걸세."

유중악의 옆에 서 있던 친우 중 한 사람이 분노와 격동으로 벌겋게 상기된 얼굴을 하고 무어라고 입을 열려 했으나, 유중악은 손을 살짝 들어 그를 제지시키고는 천천히 입을 열었다.

"그분들을 이곳에 오게 한 이유는 조금 전에도 말했다시피 당장은 밝힐 수 없소. 설사 그것이 그분들의 죽음의 직접적인 이유가 된다고 해도 말이오."

그 말을 할 때의 유중악의 얼굴은 어느 때보다 진중했고, 음성은 조금의 떨림이나 막힘도 없이 안정되어 있었다. 몇몇 중인들이 불만 섞인 탄식을 토해 냈으나 유중악은 망설임 없이 자신의 뜻을 명백하게 밝혔다.

"내가 말할 수 있는 건 이번 일에 관한 한 나는 누구에게도 당당할 수 있다는 것이오. 그분들을 이곳에 오시게 한 것이 결과적으로 그들을 죽음으로 인도한 격이 되고 말았지만, 내 의도는 한없이 순수한 것이었소."

위해동이 가슴을 치며 고함치듯 언성을 높였다.

"그러니 그 이유가 무엇인지 말해 보란 말일세. 그들을 모용 공자의 생일에 구궁보로 오게 한 이유가 무엇인가? 이곳에서 대체 무슨 일을 벌이려고 한 것인가?"

그 말에 중인들의 표정이 모두 변했다.

그제야 사람들은 살인 사건이 벌어진 이곳이 중원 무림의 성지

(聖地)와도 같은 구궁보의 연회장이며, 오늘이 모용 공자의 생일임을 새삼 깨달은 것이다. 그렇게 되자 이번 사건의 내막이 더욱 궁금해지고, 유중악의 침묵이 더욱 의미심장하게 느껴질 수밖에 없었다.

유중악은 왜 하필이면 모용봉의 생일에 그들을 이곳으로 오게 한 것일까? 그리고 이런 상황에서도 그 이유를 밝히지 않는 까닭은 무엇일까? 아무리 그 의도가 순수했다고 해도 두 명의 무림 명숙이 비참하게 살해되고 모든 사람들이 의혹 어린 눈길을 보내고 있는 현재의 상황에서 무작정 입을 다물고 있는 것이 과연 옳은 일이란 말인가?

만일 그에게 입을 다물고 있어야 할 필연적인 이유가 있다면 그 이유는 과연 무엇일까?

수많은 의문들만큼이나 짙은 의혹이 중인들의 머릿속을 어지럽혔다. 그리고 그것은 점차 유중악에 대한 불신으로 이어졌다.

유중악이 무림인들 사이에서 절대적인 지지를 받았던 가장 큰 이유는 그가 늘 당당했기 때문이다. 그가 무림구봉 중의 일인이고 최고의 풍류남아로 손꼽히고 있다고 하지만, 그렇다고 천하제일의 고수나 천하제일의 미남자는 아니었다. 무림에는 그보다 더 강한 무공을 지닌 자도 있고, 그보다 더 잘생기거나 말을 잘하는 미남자도 적지 않았다. 다만 그보다 더 무림인들에게 신뢰를 받는 존재가 없었을 뿐이다.

그런데 그러한 그의 신화가 깨어지려 하고 있었다. 그의 가장 큰 장점이자 무기인 주위의 신망(信望)이 급속도로 무너지고 있는 것이다.

모용봉은 한 차례 주위를 둘러본 후 조용한 음성으로 입을 열었다.

"유 대협이 굳이 이유를 밝히지 않겠다면 나도 더 이상 묻지 않겠소. 다만 한 가지만은 대답해 주길 바라겠소."

유중악의 시선이 그를 향했다. 유중악은 직감적으로 무언가 거대한 함정이 눈앞에 도사리고 있다는 것을 깨달았지만 그렇다고 묻지 않을 수는 없었다.

"무엇인가?"

모용봉은 유중악의 얼굴을 뚫어지게 응시하며 맑고 분명한 목소리로 물었다.

"유 대협이 노리는 목표는 나요, 내 조부님이오?"

주위 사람들은 아연실색한 표정이었다. 개중에는 자신이 잘못 들었나 싶어 자신의 귀를 후비는 사람들도 있었고, '맙소사'라고 중얼거리며 고개를 절레절레 흔드는 자들도 있었다. 하나 대부분은 딱딱하게 굳어진 얼굴로 유중악의 입에서 나올 말을 기다리고 있었다.

유중악의 얼굴 또한 순간적으로 경직되었고, 두 눈가로 한 줄기 신광(神光)이 번뜩이고 지나갔다.

모든 사람들이 초조하게 지켜보고 있는 가운데, 유중악의 옆에 서 있던 흑삼객 임지홍이 붉게 상기된 표정으로 앞으로 나서려 했다. 하나 그는 움직일 수 없었다. 곽자령이 그의 소매를 굳게 움켜잡고 있었던 것이다.

제264장 영웅실족(英雄失足)

임지홍이 붉게 충혈된 눈으로 돌아보자 곽자령은 고개를 저었다. 절대로 나서지 말라는 무언(無言)의 신호였다. 임지홍은 금시라도 눈물이 떨어질 듯한 얼굴로 몇 번이나 망설였으나 끝내 입술을 질끈 깨물고는 아무 말도 하지 않았다.

그를 제지한 곽자령의 표정은 철탑처럼 차갑게 굳어 있어, 그의 지금 심정이 어떠한지는 누구도 알 수 없었다. 하나 임지홍의 소맷자락을 잡고 있는 그의 손끝은 거의 알아차릴 수 없을 만큼 가늘게 떨리고 있었다.

유중악은 마침내 굳게 다물어진 입술을 열었다.

"자네가 이겼군. 나는 모용 대협에게 용무가 있었네."

그것은 한 영웅의 몰락이 시작되었음을 나타내는 결정적인 순간이었다.

그날 오후, 유중악은 구궁보에 올 때와 마찬가지로 자신의 친우들 다섯 명과 함께 조용히 구궁보를 떠나갔다. 하나 그의 처지는 짧은 시간 사이에 너무도 판이하게 바뀌어져 있었다.

이곳에 올 때는 그를 향해 뜨거운 환호를 보내던 사람들이 모두 등을 돌린 채 아는 척을 하지 않았다. 대신 차가운 경멸과 짙은 분노, 그리고 조롱이 가득 담긴 눈빛만이 그에게 쏟아지고 있을 뿐이었다.

사람들 사이에서는 그가 이번 생일연에서 모용단죽을 제거하려고 고수들을 몰래 불러 모았으며, 그 제안을 거절한 현우 도장을 초일재로 하여금 살해하게 했고, 흉수가 초일재임이 드러날 위기에 처하자 은밀히 숨겨 두었던 소정병으로 하여금 초일재마저 살해하게 했다는 소문이 정설(定說)처럼 굳어져 가고 있었다.

뚜렷한 물증(物證)이 없어서 구궁보에서 그를 구금하거나 제지하지 못했지만, 그러한 사실이 밝혀지자 유중악이 황급히 꼬리를 말고 도망쳤다는 말은 삽시간에 중원천지로 넓게 퍼져 나갔다. 적지 않은 사람들이 그러한 말을 듣고 고개를 갸웃거렸으나, 유중악이 연회장에서 보인 어딘가 의심스러운 언행(言行)이 알려지자 그에 대한 의혹이 점점 더 짙어지고 있었다.

다만 극소수의 사람들만이 이번 일의 내막이 알려진 것보다는 훨씬 더 복잡하고 기괴하며, 어쩌면 진실은 전혀 다를지도 모른다고 의심하고 있었다.

그들 중에는 강호의 절대적인 존재로 떠오르고 있는 종남파의 젊은 장문인도 있었다.

* * *

숙소로 돌아온 진산월을 동중산이 찾아온 것은 유중악이 쫓기듯 구궁보를 떠난 직후였다.

"장문인, 잠시 들어가도 되겠습니까?"

"들어오너라."

방문을 열고 들어온 동중산은 진산월을 향해 공손하게 머리를 조아렸다.

"쉬고 계신데 제자가 방해를 하여 죄송합니다."

"아니다. 마침 나도 복잡한 생각을 정리하고 싶어서 너와 이야기를 나누려고 했다."

"역시…… 유 대협 때문입니까?"

진산월은 고개를 끄덕였다.

"너도 무언가 미심쩍은 것이 있어서 나를 찾아온 것이 아니겠느냐?"

동중산은 부인하지 않았다.

"제자는 몇 가지 점이 이해가 되지 않아 의아한 마음이 들었습니다. 장문인이시라면 그 점에 대해 나름대로의 해석을 가지고 계실 것 같아 염치 불구하고 방문을 두드렸습니다."

"무엇이 그리 궁금했느냐?"

진산월이 순순히 자신과의 대화에 응하는 모습을 보이자 동중산은 다시 한 차례 머리를 조아리고는 자신이 오늘 벌어진 일에서 의문스럽게 느꼈던 점들에 대해 말을 꺼내기 시작했다.

"사람들은 유 대협이 살해된 초일재 대협에게 사주하여 자신의 제안을 거절한 현우 도장을 암살했다고 말합니다. 그리고 초 대협의 범행이 발각될 상황에 대비하여 소정병을 초 대협의 지척에 있도록 해서, 결국 초 대협마저 소정병의 손에 쓰러지고 말았다고 하더군요."

진산월은 묵묵히 동중산의 말을 듣고만 있었다.

"전후 사정을 보면 그런 의심이 전혀 근거가 없는 것만은 아니라고 봅니다. 유 대협 본인이 직접 시인한 내용으로 판단해도 이번 일을 전후해서 그의 행동에 몇 가지 의문스러운 점이 있고, 소정병이 유 대협에게 배운 무공으로 초 대협을 살해한 것도 분명한 사실이니 말입니다. 하지만…….”

동중산은 말을 멈추었다가 자신의 생각을 다시 한 번 머릿속으로 정리하고는 침착한 음성으로 입을 열었다.

"유 대협이 그런 일을 계획했다면 왜 굳이 소정병으로 하여금 자신에게 배운 무공을 사용하게 했느냐 하는 점이 이해가 되지 않는군요. 그렇게 되면 자신에게 제일 먼저 의심의 화살이 올 게 너무도 뻔한데 말입니다. 둘째는 유 대협이 아무리 부탁을 했다고 해도 유 대협과 단순히 친분이 있는 정도에 불과한 초 대협이 선뜻 무당파의 중요 인사인 현우 도장을 살해했다는 것이 쉽게 납득이 되지 않는다는 것입니다. 더구나 암기를 이용한 독살이라는 다소 어울리지 않는 방법으로 말입니다."

"……."

"세 번째는 소정병을 잡을 때 곽자령, 곽 대협이 왜 살수(殺手)를 쓰지 않았나 하는 점입니다. 곽 대협이 유 대협의 가장 친한 친우 중 한 사람으로 이번 일을 공모했다면 소정병의 입을 막기 위해서라도 그를 죽여야 했을 텐데, 모용 공자의 한마디에 단순히 부상을 입히는 것에 그치고 말았습니다. 차라리 살인멸구를 했다면 훨씬 더 비밀 엄수를 하기에 좋았을 텐데도 말입니다."

진산월이 여전히 아무 말도 하지 않고 자신의 말에 귀를 기울이고 있자 동중산은 음성을 가다듬고는 자신의 생각을 마저 밝혔다.

"넷째로 모용 공자의 추궁에 대한 유 대협의 반응도 저에게 많은 의문을 주었습니다. 유 대협이 정말 이번 사건을 사전에 계획한 것이라면 최악의 상황에 대비해서 어떤 식으로든 변명할 답변을 마련해 두었을 텐데, 유 대협은 이런 식의 전개가 되리라는 것을 전혀 몰랐던 사람처럼 당혹스러워 했습니다. 모용 공자의 거듭된 질문에 그가 침묵을 지킨 것은 전혀 음모를 꾸미는 사람의 모습에 어울리지 않는 것이었습니다."

동중산은 한숨인지 탄식인지 모를 숨을 내쉬고는 말을 이었다.

"휴우. 그의 침묵은 보는 사람을 정말 힘들게 하더군요. 마지막으로 제자는 유 대협을 이번 일의 범인으로 몰면서도 뚜렷한 물증이 없다는 이유로 그를 순순히 내보내 준 모용 공자의 처사에도 의문을 가지고 있습니다. 유 대협이 진정으로 모용 대협을 노리고 이번 일을 계획한 것이라면 모용 공자는 없는 핑계를 대서라도 그를 구궁보 밖으로 나가지 못하게 했을 겁니다. 그런데 이렇게 많은 상황증거가 있음에도 불구하고 그를 강제하지 않은 것은 모용 공자의 의중에 무언가 다른 생각이 있는 게 아닌가 하는 의구심을 들게 하더군요. 제자가 너무 소심한 것입니까?"

말없이 동중산의 말을 듣고 있던 진산월은 동중산의 마지막 말에 살짝 미소를 지었다.

"소심하다기보다는 생각이 많다고 해야겠지."

동중산도 멋쩍은 웃음을 흘렸다.

"제자가 보기에도 그런 것 같습니다."

"네 의문에 답하기에 앞서, 나는 세 가지 점에 주목해야 한다고 생각한다."

동중산은 황급히 물었다.

"그게 무엇입니까?"

"첫째, 모용봉은 왜 은형신침을 꺼낸 것일까? 둘째, 모용봉은 왜 현우 도장의 시신을 치운 다음에야 비로소 초 대협을 흉수로 지목한 것일까? 그리고 셋째로 흑삼객 임지홍은 대체 누구일까? 이 세 가지 의문에 대한 해답을 구하면 너의 모든 의문은 자연스레 해소되리라고 생각한다."

동중산은 멍하니 진산월을 쳐다보고 있다가 고개를 절레절레 흔들었다.

"제자가 아둔해서인지 장문인의 말씀에 담겨 있는 깊은 뜻을 전혀 짐작하지 못하겠습니다."

"너는 오늘 벌어진 일을 파악하는 데 있어 가장 먼저 염두에 두어야 하는 것이 무엇이라고 생각하느냐?"

동중산은 가만히 생각에 잠겨 있다가 머리를 저었다.

"제자는 알지 못하겠습니다. 하교해 주십시오."

진산월의 얼굴 표정은 여느 때처럼 담담했으나 음성에는 이상한 힘이 담겨 있었다.

"과연 현우 도장을 살해한 흉수가 누구냐 하는 것이다."

"예? 그건 초 대협이라고……."

"모용봉은 초 대협일지 모른다고 의심을 제기하기는 했으나 확실한 증거는 단 한 가지도 내놓지 못했다. 또한 그가 제기한 의문점들조차도 모두 그의 일방적인 주장일 뿐이다."

동중산은 외눈을 빛내며 진산월의 입을 주시했다.

"오늘 벌어진 모든 일의 시초는 현우 도장의 죽음이다. 그러니 그의 죽음에 대한 모든 의문을 풀어야만 비로소 오늘 일의 전모를 파악할 수 있게 된다. 그런데 모용봉은 가장 중요한 현우 도장의 죽음에 대한 조사는 대충 넘어가고 초 대협이 살해당한 일에만 관심을 집중시켰으니, 일이 끝난 후에도 무언가 미진함을 느낄 수밖에 없는 것이다."

동중산은 생각에 잠겨 있다가 이내 고개를 끄덕였다.

"장문인의 말씀을 듣고 보니 확실히 모용 공자는 시작부터 방향을 잘못 잡은 것 같군요."

"잘못 잡은 것인지, 일부러 그렇게 잡은 것인지는 누구도 모르는 일이지."

혼잣말처럼 중얼거린 진산월의 말에 동중산은 무언가를 느낀 듯 가뜩이나 빛나던 외눈에 형형한 안광을 뿌렸다.

"장문인의 말씀은……."

"먼저 현우 도장의 죽음을 놓고 보면 모용봉은 독침(毒針)에 의한 살인이라고 주장했다. 그런데 현우 도장이 술을 마신 직후에 중독된 모습으로 쓰러진 상태라면 당연히 음독(飮毒)에 의한 살인을 먼저 의심해 보는 것이 자연스런 수순이 아니겠느냐?"

"그래서 위해동, 위 대협이 모용 공자에게서 건네받은 은형신침으로 술잔을 조사하지 않았습니까?"

"그렇지. 그가 술잔에 독이 있는지를 조사하긴 했지. 하지만 생각해 보아라. 현우 도장이 당한 독은 천하에 산재한 극독 중에서도 가장 효과가 빠른 귀화라는 것이다. 효과가 빠르다는 것은 신경독

(神經毒)이면서 또한 그만큼 휘발성이 강한 독이라는 뜻이다."

동중산은 잠시 생각에 잠겨 있다가 이내 고개를 끄덕였다.

"술잔에 묻은 독이 이미 공기 중으로 날아가 버렸을 수도 있겠군요."

"술이 남아 있는 상태였다면 아마 귀화의 독기도 남아 있겠지만, 술잔에 술은 남아 있지 않은 것으로 보였다. 그렇다면 술잔에 묻어 있는 술의 미약한 수분에서 독기를 찾아야 하는데, 귀화같이 즉효성이 뛰어난 독은 그만큼 빨리 증발되기 때문에 독기가 남아 있지 않을 확률이 높지."

"하지만 독기가 남아 있을 가능성도 있지 않겠습니까?"

"그래서 나는 모용봉이 시기적절하게 은형신침을 꺼낸 것에 대해서도 의문을 가지고 있다."

"하지만 은형신침은 철면군자 노 신의의 물건이 아닙니까? 노 신의의 평소 언행으로 보아 은형신침이 잘못된 것일 가능성은 별로 없어 보입니다."

"노 신의가 모용봉에게 은형신침을 준 것은 사실이겠지. 하지만 그때 모용봉이 꺼내서 위해동에게 건넨 것이 노 신의의 은형신침이라는 보장은 어디에도 없다."

동중산은 진산월에 대해 절대적인 신심(信心)이 있지만 지금은 반신반의하는 심정이었다.

"모용 공자가 진짜 은형신침이 아닌 가짜 은형신침을 사용했을 거란 말씀입니까?"

"정황상 그런 의심을 하지 않을 수 없다. 나는 모용봉이 굳이 은형신침이라는 기물(奇物)을 꺼낸 것에 의구심이 들었다. 그냥 아무 은침이라도 독의 유무를 판단하는 것에 지장이 없는데, 모용봉은 굳이 노 신의의 이름을 빌어서까지 은형신침이라는 특이한 물건을 꺼내 들었다. 그래서 그 은형신침으로 독을 검출하지 못하면 누구라도 술잔에는 독이 없다고 믿을 수밖에 없는 상황이 되어 버린 것이지."

동중산은 진산월의 말에 일리가 있음을 인정했다. 확실히 당시에는 그도 모용봉이 은형신침을 꺼내 든 것이 너무 거창한 일이라고 생각했던 것이다.

"술잔에 독기가 증발했거나 은형신침이 가짜일 가능성은 분명히 존재하니, 결국 현우 도장이 술을 마시고 독살당한 것이 아니라는 결론은 시작부터 잘못된 것이로군요."

"내가 독침으로 인한 살인이 아닐 가능성이 높다고 판단하는 이유는 한 가지가 더 있다. 독침으로 인한 살해가 확실했다면 모용봉은 가장 먼저 시신에서 독침부터 찾아냈을 것이다."

"독침 중에는 인체에 들어가면 녹아 버리는 종류도 상당수 있기 때문에 많은 사람들은 독침을 찾지 못한 걸 이상하게 생각하지 않는 것 같습니다."

"그건 독침을 찾아보고 결정을 내릴 일이었다. 그런데 모용봉은 아예 현우 도장의 시신에서 독침을 찾을 시도조차 하지 않았다."

동중산은 고개를 갸웃거렸다.

"그런데 현우 도장의 시신에는 독침의 흔적이 있지 않습니까?"

"우리가 본 것은 단지 현우 도장의 목에 있는 작은 구멍뿐이다.

그것이 독침으로 인한 것인지, 아니면 누군가가 만들어 낸 흔적인지는 아무도 알 수 없지."

동중산은 한동안 생각에 잠겨 있더니 무언가에 억눌린 사람처럼 낮은 음성으로 입을 열었다.

"만약 그 구멍이 누군가가 일부러 만들어 낸 것이라면 남들의 눈을 피해 시신에 손을 쓸 수 있는 사람은 오직 한 명뿐입니다."

"위해동은 너무 빨리 현우 도장의 시신으로 다가갔지."

"확실히 그가 있던 곳에서 현우 도장이 있는 곳까지는 아주 가깝다고 할 수 없는데도 그는 누구보다 빨리 현우 도장의 시신에 도착했습니다. 제일 먼저 시신을 살펴본 사람도 그이니, 그때 살짝 현우 도장의 시신에 자국을 만드는 일도 어렵지 않았을 겁니다."

일단 생각을 굴리기 시작하자 동중산의 머리는 무섭도록 빠르게 회전을 더해 갔다.

"위해동이 현우 도장과 친한 사이이기는 하지만, 오늘 일을 하나하나 되짚어 보면 그의 행동이 유 대협을 추궁하는 모용 공자를 보조하는 데 치우쳐 있다는 느낌을 지울 수 없습니다. 만약 현우 도장이 술잔에 든 독으로 독살당했다고 판단했다면 사람들은 가장 먼저 구궁보의 인물들을 의심했을 것이고, 모용 공자 또한 의혹을 받지 않을 수 없었을 것입니다. 그랬다면 아무리 모용 공자라고 해도 오늘처럼 일을 자기 마음대로 주재하지 못했을 것이고, 사건의 진행 또한 전혀 다른 방향으로 전개되었을지 모릅니다."

"……."

"그런데 은형신침으로 인해 사람들이 술잔에 독이 들어 있지 않다고 믿었기에 모용 공자는 그런 의심에서 벗어날 수 있게 되었고, 자신이 의도한 대로 일을 진행할 수 있게 된 것입니다. 그래서 장문인께서는 조금 전에 모용 공자가 은형신침을 꺼낸 일을 주목해야 한다고 말씀하신 거로군요."

진산월은 동중산이 머릿속에 떠오른 생각들을 정리해서 말하는 모습을 가만히 지켜보고 있었다.

"그렇다면 두 번째 말씀하신, 왜 현우 도장의 시신을 치운 다음에야 초 대협을 흉수로 지목했느냐는 말씀에는 어떤 의미가 있습니까?"

"너도 지금쯤은 무언가 생각하는 게 있는 모양이니, 네 의견을 말해 보거라."

동중산은 그에게 가볍게 머리를 숙이고는 이내 자신의 생각을 말하기 시작했다.

"만일 모용 공자와 위해동이 이번 일을 기획했다면 장문인의 두 번째 지적은 정말 주목할 만한 것이라고 봅니다. 확실히 지금 생각해 보면 모용 공자와 위해동은 너무 급하게 현우 도장의 시신을 치웠습니다. 초 대협의 시신을 사건이 거의 끝날 때까지 방치한 것에 비하면 더욱 그렇습니다. 제자는 그것이 그들이 초 대협을 흉수로 지목한 일과 밀접한 관련이 있다고 봅니다."

"계속 말해 보거라."

"시신이 치워진 다음에야 비로소 모용 공자는 흉수가 독침을 날린 방향을 밝혔습니다. 만일 시신이 계속 그곳에 있었다면 사람들은 모용봉이 가리킨 방향이 시신의 목에 난 흔적과는 별로 상관이 없다는 걸 알았을지도 모릅니다. 하나 시신이 없으니 그 방향이 조금 어긋난다고 해도 그것을 알아차릴 사람은 아무도 없을 겁니다."

진산월은 빙그레 웃었다.

"이제야 비로소 비천호리다운 모습으로 돌아왔구나."

동중산도 따라 웃었으나 그의 외눈은 어느 때보다 영활하게 반짝거리고 있었다.

"장문인의 말씀을 듣고 난 후에 굳어 있던 제 머리가 풀어진 것 같습니다. 그렇다면 초 대협이 소정병에게 살해된 것은 그가 흉수이기 때문이 아니라 흉수가 아니기 때문이었겠군요?"

"그렇다. 살인멸구(殺人滅口)는 비밀을 지키는 데도 유효하지만, 없는 죄를 뒤집어씌우는 것에도 유효한 방법이지."

"죽은 자는 말을 할 수 없으니 말입니다."

"결국 초 대협은 모용봉의 추궁에 제대로 된 항변조차 하지 못하고 죽고 말았다. 그리고 자연스런 결과로 유 대협이 모든 일의 배후자로 지목되어 버렸지."

동중산은 한숨을 내쉬었다.

"장문인의 말씀을 듣고 보니 현우 도장의 죽음부터 모든 일이 마치 톱니바퀴처럼 정교하게 짜여 있다는 걸 알겠습니다. 또한 모용봉이 살수를 쓴 소정병에게는 별다른 심문을 하지 않고 유 대협만을 추궁한 이유도 설명이 되는군요. 아마 소정병은 모용 공자의 사주를 받은 것이겠지요. 장문인께서 그런 점들을 공개리에 밝히지 않으신 것은 아마도 물증이 없어서였겠지요?"

"그렇다. 너도 알다시피 내가 말한 모든 것들은 상황에 대한 내 나름대로의 분석일 뿐, 어떠한 객관적인 증거도 되지 못한다."

확실한 물증이 없는 상황에서 어설프게 나섰다가는 유중악을 돕기는커녕 오히려 같은 무리로 오인받을 가능성이 농후했다. 더구나 상대는 강호인들의 절대적인 지지를 받고 있는 모용봉이었으니 더 말할 나위도 없었다.

동중산은 무거운 탄식을 토해 냈다.

"유 대협 같은 분이 음모에 빠지는 걸 알면서도 도움의 손길을 내밀 수 없으니 정말 안타깝습니다. 그런데 장문인께서 흑삼객 임지홍을 주목하라고 하신 세 번째 말씀의 의미는 아직도 알지 못하겠습니다."

"유 대협은 오늘 벌어진 일들이 모용봉이 자신을 함정에 빠뜨리기 위한 것임을 알아차렸을 것이다. 그는 많이 놀라고 당황했겠지만 그래도 나름대로 자신의 무죄를 입증할 몇 가지 방법을 가지고 있었을 것이다."

"강호에 알려진 그분의 소문이 사실이라면 그렇겠지요."

유중악은 강호제일의 풍류남아일 뿐 아니라 그만큼 두뇌가 뛰어나고 명석한 인물이었다. 단순히 인품이 뛰어나서 그토록 많은 사람들이 그를 좋아하고 그의 주위에 몰려든 것은 아니었다. 준수한 외모만큼이나 그는 성격이 강직했고, 누구보다 영명(英明)한 머리를 가지고 있었다.

그런 유중악이 오늘은 입을 굳게 다문 채 자신을 향한 그 숱한 의혹들을 묵묵히 받기만 한 것이다.

"나는 유 대협의 표정을 계속 지켜보고 있었는데, 모용봉의 거듭된 의혹 제기에도 전혀 흔들림이 없었던 그의 얼굴 표정이 살짝 일그러지는 것을 보았다."

동중산은 떠오르는 것이 없는지 고개를 갸웃거렸다.

"그런 적이 있었습니까? 제자에게는 유 대협이 어떠한 비난이나 의혹에도 철탑같이 꿈쩍도 않는 모습만 뇌리에 남아 있습니다만."

"있다. 딱 한 번. 바로 모용봉이 유 대협에게 흑삼객 임지홍이 이번 일과 관련이 없느냐고 물었을 때였다."

동중산은 기억을 되살리려 애를 썼다.

"그러고 보니 그때 유 대협이 살짝 눈살을 찌푸렸던 것 같기는 한데…… 그 일이 중요하다고 생각하십니까?"

"모용봉의 그 질문 이후에 유 대협은 자신을 변호하는 것을 포기하고 모든 의혹에 침묵으로 일관했지. 나는 그것이 의혹이 임지홍에게까지 번지는 것을 막기 위한 유 대협의 고육지책이었다고 생각한다."

"임지홍을 보호하기 위해서 유 대협이 스스로를 수렁 속으로 빠뜨렸단 말입니까?"

"그렇다. 그리고 그것이야말로 모용봉이 그 상황에서 아무 연관도 없어 보이는 임지홍을 거론한 진정한 이유였겠지."

동중산의 입에서 자신도 모르게 안타까운 음성이 흘러나왔다.

"대체 임지홍이 누구이기에 유 대협이 그런 고난을 자초했던 겁니까?"

"나도 그 점이 궁금하기는 하다. 하나 대충 유추해 볼 수는 있지."

"그게 무엇입니까?"

"유 대협은 오늘 임지홍을 현우 도장에게 소개했고, 현우 도장은 무척이나 반가워하며 그의 손을 잡고 오랫동안 긴밀한 대화를 나누었다고 했다. 그리고 유 대협은 임지홍을 거론하는 일을 막기 위해 스스로 오욕을 뒤집어쓰고 말았지. 이 두 가지 사실을 생각해 볼 때 아마 임지홍은 이번에 유 대협이 벌이려고 했던 일에 대한 가장 중요한 열쇠였을 것이다. 어떤 식으로든 끝까지 보호해야만 하는 증인(證人)이나 살아 있는 증거일지도 모르지."

"유 대협이 벌이려고 했던 일이라면?"

"유 대협이 제일 마지막에 말하지 않았느냐? 그는 모용 대협에게 볼일이 있었다."

동중산은 알겠다는 듯 고개를 끄덕였다.

"그렇다면 모용 공자가 자신의 생일에 이런 위험천만한 음모를 기획한 것은 유 대협이 그 일을 하지 못하게 막기 위한 것이었겠군요?"

"모용봉은 그렇게 하기 위해서 유 대협을 자신의 생일에 초대했을 것이다. 유 대협은 모용봉의 생일이 모용 대협을 만나기 위한 가장 좋은 기회라고 생각하고 그의 초대에 응한 것일 테고."

동중산은 묻지 않을 수 없었다.

"대체 유 대협이 모용 대협에게 볼일이란 무엇이었을까요? 그리고 왜 굳이 모용 공자는 그 일을 막기 위해 강호의 명숙들을 두

명이나 살해하는 끔찍한 일까지 저지른 것일까요?"

진산월은 고개를 저었다.

"나로서는 알 수 없다. 다만 그 일이 모용 대협 본인에 관한 일일 수도 있지만, 다른 사람에 대한 일을 상의하기 위한 것일 수도 있다고 생각한다. 오히려 후자가 더 가능성이 있다고 봐야지. 내 생각이 맞다면 오늘 벌어진 일들에 관련된 많은 의문점이 해소된다."

"다른 사람이라면?"

진산월은 한동안 허공을 응시하고 있다가 조용한 음성을 내뱉었다.

"모용봉."

제265장 검성면오(劍聖面晤)

모용봉에게서 연락이 온 것은 저녁식사를 마친 후인 술시(戌時) 무렵이었다.

"공자님께서 진 장문인을 뵙고자 하십니다."

그를 찾아온 사람은 비매 냉옥환이었다. 언제나 조용하고 무심한 표정을 유지해 온 그녀는 오늘따라 더욱 냉정해 보였다.

"잠시만 기다리시오."

진산월은 그녀를 대청에서 기다리게 하고는 의관을 정제한 후 방을 나서려다 무슨 생각이 들었는지 침상 밑에 숨겨 두었던 천룡궤를 꺼내 들었다.

모용봉은 외유중인 모용단죽이 자신의 생일에는 구궁보로 돌아올 거라고 말했다. 그렇다면 모용봉은 모용단죽을 만나게 하기 위해 자신을 부른 것일지도 모른다.

그렇지 않더라도 자신이 없는 사이에 누군가가 자신의 방을 조사할 수도 있기 때문에 천룡궤를 몸 밖에 떼어 놓는 것은 꺼려질 수밖에 없었다. 그것은 그가 구궁보를 안전한 장소가 아니라고 판단했기 때문이다. 적어도 자신에게 구궁보는 절대로 안전하고 마음 편하게 있을 장소가 아니었다.

숙소를 벗어난 두 사람은 어둠에 잠겨 있는 구궁보의 화원을 나란히 걸어갔다. 달빛은 어느 때보다 환하게 비추고 있었고, 그늘 속 어둠은 그만큼 깊어졌다. 소로를 따라 길게 늘어진 두 사람의 그림자가 유난히 을씨년스러워 보인다 싶은 순간, 그녀가 문득 혼잣말처럼 나직하게 중얼거렸다.

"오늘 진 장문인은 모용 대협을 만나게 될 거예요."

진산월은 슬쩍 그녀를 돌아보았다.

달빛 아래 보이는 그녀의 얼굴에는 여전히 아무런 표정도 떠올라 있지 않았고, 정면에 고정되어 있는 두 눈도 전혀 흔들림이 없었다. 유난히 짙은 속눈썹이 그녀의 눈 부위에 살짝 음영(陰影)을 만들어 내서, 가뜩이나 냉정해 보이는 얼굴이 더욱 차갑게 느껴지는 것이 평소와 조금 달라 보이기도 했다.

진산월이 말없이 자신을 쳐다보고 있자 냉옥환은 여전히 시선을 앞에 둔 채 다시 붉은 입술을 살짝 열었다.

"모용 대협은 지난 삼 년간 외부인을 만난 적이 없어요. 모용 공자조차도 특별한 때를 제외하고는 그분을 만나지 못했죠. 다시 말해서……."

냉옥환의 고개가 천천히 돌려지며 그녀의 시선이 처음으로 진산월과 정면으로 마주쳤다. 냉옥환은 진산월을 똑바로 쳐다보며 낮게 가라앉은 음성으로 말했다.

"진 장문인은 모용 대협을 정식으로 만나게 되는 정말 모처럼만의 무림인인 셈이지요."

모용단죽이 구궁보의 깊숙한 곳에 칩거해 있다는 말은 이미 진산월도 오래전부터 들어 왔던 소문이었다. 그런데 그 말을 냉옥환이 굳이 이런 자리에서 그에게 하는 이유는 대체 무엇일까?

진산월의 뇌리에 순간적인 의문이 스치고 지나갈 때, 냉옥환의 조용한 음성이 이어졌다.

"그래서 진 장문인에게 한 가지 부탁드릴 것이 있어요."

진산월은 묵묵히 그녀의 시선을 받고 있다가 짤막하게 말했다.

"말해 보시오."

"모용 대협께 '서풍(西風)에 날리는 것이 무엇이냐'고 물어봐 주셨으면 해요."

진산월은 누구보다 총명한 사람이었으나 지금은 의아한 마음이 드는 것을 금할 수 없었다.

"서풍에 날리는 것?"

냉옥환은 가만히 고개를 끄덕였다.

"모용 대협께서 어떤 대답을 하시든 그걸 제게 알려 달라는 것이 저의 부탁입니다."

그리 어렵지 않은 일이었으나, 또한 쉽게 이해하기 어려운 일이기도 했다. 궁금하면 그녀가 직접 모용단죽에게 물어보면 되는 일 아닌가?

제265장 검성면오(劍聖面晤) 95

그녀가 비록 시비의 신분이라고 해도 강호제일의 여고수인 천수관음의 고제자(高弟子)이기도 했다. 모용봉을 지척에서 모시는 그녀의 처지로 볼 때 모용단죽을 만나는 게 불가능한 일은 아닐 텐데, 그다지 어려울 것 같지도 않은 질문을 왜 잘 알지도 못하는 진산월에게 부탁하는 것일까? 그리고 그 단순해 보이는 질문에는 대체 어떤 의미가 담겨 있는 것일까?

몇 가지 의문이 머리를 어지럽혔으나 진산월은 순순히 승낙을 했다. 굳이 그녀의 부탁을 거절할 이유도 없거니와, 오히려 그녀의 부탁을 들어줌으로써 자신이 알지 못했던 이번 일에 관련한 숨은 뜻을 알게 될 가능성이 있기 때문이었다.

"그렇게 하겠소."

그제야 비로소 그녀의 무표정했던 얼굴에 한 줄기 미미한 훈풍이 감돌았다. 하나 그 훈풍은 나타날 때보다 더욱 빠르게 사라져 버렸다.

"미리 감사의 말씀을 드립니다."

그를 향해 살짝 고개를 숙였다가 쳐드는 그 짧은 순간에 그녀의 얼굴은 어느새 처음의 무심한 모습으로 돌아와 있었던 것이다.

냉옥환이 예고한 대로 모용봉이 진산월을 부른 이유는 모용단죽 때문이었다.

"늦은 밤에 오시게 해서 죄송하오. 조부께서 조금 전에 도착하셔서 진 장문인을 찾으시기에 급히 진 장문인을 모셔 오게 했소."

막상 모용단죽이 구궁보에 왔다고 하자 차분하게 가라앉아 있던 진산월의 가슴도 조금씩 뛰기 시작했다. 드디어 강호의 전설을 보게 될 순간이 코앞에 닥친 것이다.

모용봉의 시선이 냉옥환에게로 향했다.

"냉 소저, 수고하셨소. 진 장문인은 내가 안내해 드릴 테니, 이제 들어가서 쉬도록 하시오."

냉옥환은 말없이 고개를 숙이고는 방을 떠났다.

그녀의 모습이 사라질 때까지 가만히 그녀의 뒷모습을 바라보고 있던 모용봉의 입에서 의미를 알 수 없는 한숨이 흘러나왔다.

"흐음."

진산월이 돌아보자 모용봉은 얼굴에 살짝 미소를 지어 보였다.

"냉 소저 같은 강호의 여협(女俠)을 일개 심부름꾼으로 쓰고 있으니, 강호의 동도들이 나를 뭐라고 욕할지 걱정이 되지 않을 수 없구려."

"내가 듣기로는 그녀가 자청한 일이라고 하던데, 소문이 잘못된 거요?"

"그렇지는 않소. 하지만 사대신녀 같은 일대의 기녀(奇女)를 한낱 시비로 쓰고 있으니, 내 마음이 편치가 않아서 말이오."

"본인이 원한 것이라면 시비가 아니라 그보다 더한 자리라도 무슨 상관이 있겠소? 그리고 남들의 시선에 신경을 쓰는 것도 당신답지 않은 일 같소."

"나답지 않은 일이라……."

언뜻 모용봉의 두 눈에 한 줄기 기광이 번뜩이고 지나갔다.

"나답다는 게 어떤 것인지는 모르겠으나, 누구라도 내 입장에서게 되면 다른 사람의 시선이나 비평에 신경을 쓰지 않을 수 없을 거요."

진산월은 확실히 그럴지도 모르겠다고 생각했다. 모용봉은 이미 오래전부터 강호 무림의 제일 고수가 자신의 후계자로 공공연히 지목한 인물이었다. 그에 대한 세인들의 관심은 상상을 불허할 정도여서, 지난 십 년간 무림인들의 입에 제일 많이 오르내린 이름이 '모용 공자'였을 정도였다.

그의 일거수일투족은 모든 무림인들에게 주목의 대상이었고, 수많은 소문과 전설들이 사람들의 입에서 입으로 퍼져 나갔다. 자연스레 그는 서장 무림에 맞서는 중원의 유일무이한 수호자처럼 인식되었고, 강호에 이름을 날리기를 원하는 모든 무림인들의 목표이자 지표(指標)가 되었다. 그가 원했든 원하지 않았든, 어느새 그렇게 되어 버린 것이다.

그런 모든 상황이 꼭 그의 마음에 들었으리라는 법은 없었다. 몰락한 문파의 장문인 자리를 맡게 된 자신만 해도 주위의 기대와 주어진 사명에 너무도 힘겨워하지 않았던가? 하물며 모든 중원 무림인들의 기대를 한 몸에 받고 있는 모용봉이라면 그가 느끼는 중압감과 부담감이 어떠할지는 충분히 짐작이 가는 일이었다.

그런 점에서 진산월은 문득 모용봉에게서 동병상련의 동질감 같은 것을 느낄 수 있었다.

한동안 두 사람 사이에 묘한 침묵이 감돌았다. 두 사람은 각기 다른 상념에 잠겨 있었다. 창문을 비집고 들어온 한 줄기 월광이 두 사람 사이를 비추었을 때, 모용봉은 문득 고개를 들어 진산월을 바라보았다.

"진 장문인에게 한 가지 청(請)이 있소."

진산월은 참으로 공교롭다고 생각했다.

조금 전에 냉옥환도 모용단죽을 만나러 가는 그에게 부탁할 것이 있다고 하더니, 모용봉 또한 비슷한 말을 하는 것이 아닌가?

"부탁이라고 해도 좋고, 제안이라고 해도 좋소."

"무엇이오? 듣고 판단하리다."

"오늘 진 장문인은 조부님을 만나게 되면 천룡궤의 일을 매듭지을 수 있을 거요."

진산월은 묵묵히 고개를 끄덕였다.

"그 일을 마무리 짓고 나면 진 장문인은 더 이상 본 보와의 용무가 없게 되는 셈이오."

"……!"

"그러니 조부님을 뵙고 나면 바로 본 보를 떠나 주기 바라오."

진산월의 눈에 냉엄한 빛이 감돌았다.

"나보고 오늘 모용 대협을 만나고 나오면 바로 구궁보를 떠나라는 말이오?"

"가급적이면 그래 주었으면 하오."

이건 부탁이 아니라 강요에 가까운 제안이었다.

진산월은 모용봉의 의중을 파악하려는 듯 그의 두 눈을 뚫어지게 바라보았다. 하나 모용봉의 눈은 무심하기 그지없어서, 진산월은 아무것도 알아낼 수 없었다.

진산월은 천천히 입을 열었다.

"사매는 나와 함께 움직이기로 했소."

이번에는 모용봉이 입을 굳게 다문 채 그의 입을 주시했다.

"사매와 함께라면 아무 때고 구궁보를 떠날 수 있소. 당신이 막아서지만 않는다면 말이오."

모용봉은 여전히 침묵을 지킨 채 진산월의 타는 듯이 날카로운 시선을 받고 있었다. 월광 아래 비쳐서 유독 하얗게 빛나는 그의 얼굴은 왠지 음울해 보였으나 또한 쓸쓸해 보이기도 했다.

한참 후에야 모용봉은 거의 알아들을 수 없을 만큼 나직한 음성으로 속삭이듯 말했다.

"그렇게 하시오."

그 말을 끝으로 이내 모용봉은 자리에서 벌떡 일어났다.

"이제 조부님을 뵈러 갈 시간이오."

진산월은 휑하니 몸을 돌려 걸어 나가는 그의 뒷등을 한동안 가만히 바라보고 있었다. 사매와 함께 떠나겠다고 하면 그가 반대하지는 않더라도 어떤 식으로든 트집을 잡을 줄 알았는데, 의외로 너무도 수월하게 승낙하자 오히려 불쑥 의구심이 들었던 것이다.

혹시 그는 애초부터 사매가 구궁보를 떠나가는 것을 반대하지 않았던 것이 아닐까?

그동안 그의 언행으로 보아 그럴 리는 없다고 생각하면서도 진산월은 마음 깊숙한 곳에 한 줄기 의문이 솟구치는 것을 억제할 수 없었다.

하나 그가 채 생각을 굴리기도 전에 저만큼 걸어 나가던 모용봉의 음성이 귓전에 들려왔다.

"조부님을 기다리게 할 생각이오?"

진산월은 마음을 굳힌 채 그를 따라 몸을 움직이기 시작했다.

모용봉이 그를 데려간 곳은 모용봉의 거처인 망천정의 뒤쪽에 나 있는 좁고 긴 회랑이었다. 회랑의 너비는 장정 두 사람이 간신히 어깨를 맞대고 걸을 수 있을 정도에 불과해서, 두 사람은 앞뒤로 서서 걸음을 옮겨야만 했다.

십여 장이나 되는 좁은 회랑을 따라 걸어가자 두 갈래로 나누어진 길이 나타났다. 모용봉은 주저하지 않고 오른쪽 길로 접어들었다.

그 길을 얼마쯤 걸어가니 작은 숲에 둘러싸인 아담한 뜨락이 나타났다. 뜨락의 중앙에 불이 켜진 초막 하나가 자리하고 있는 모습이 마치 그림 속의 풍경처럼 아름다웠다.

오랫동안 강호 무림의 제일인자로 군림해 오던 절대자의 거처라고는 믿을 수 없을 만큼 단출하고 소박한 곳이었다. 뜨락의 한가운데 서니 주위를 둘러싼 나무들 때문인지 한결 아늑해 보였다. 달빛이 그 좁은 뜨락의 구석구석을 훤히 비춰 주고 있어서 더욱 그러한 느낌이 강했다.

초막 앞에 선 모용봉은 조용한 음성으로 입을 열었다.

"조부님, 봉(峯)이옵니다."

초막 안에서 맑고 청명한 음성이 흘러나왔다.

"진 장문인은 들게 하고, 너는 그만 돌아가도록 해라."

"예."

모용봉은 허리를 숙여 공손히 인사를 하고는 진산월을 돌아보앉다. 무언가 한마디라도 할 줄 알았는데, 모용봉은 말없이 진산월의 곁을 스치고 지나갔다.

막 그들의 몸이 엇갈릴 때, 진산월의 귓전으로 모용봉의 전음이 들려왔다.

"조부님께는 곧 떠난다는 말을 하지 마시오."

진산월은 아무 내색도 하지 않고 모용봉의 몸이 멀어질 때까지 그 자리에 가만히 서 있었다. 문득 고개를 들어 보니 교교한 월광이 어느 때보다 환하게 빛나고 있었다. 달빛이 비치는 작은 뜨락은 한없이 포근하고 온화해 보였다.

하나 진산월의 마음은 그와는 반대로 한없이 무겁게 가라앉아 있었다.

잠시 후, 마음을 가다듬은 진산월은 굳게 닫힌 초막의 문을 열고 안으로 들어갔다.

진산월을 뜨락에 남겨 둔 채 막 처소로 돌아가던 모용봉은 문득 걸음을 멈추었다. 망천정으로 들어서는 회랑의 끝 부분에 한 사람이 그를 기다리고 서 있었다.

허리춤에 장검을 찬 삼십 대 초반의 인물이었다. 청년이라고 하기에는 조금 나이를 먹고 중년인치고는 젊은 나이였으나, 달빛에 비치는 그의 눈빛은 묘한 연륜을 느끼게 했다. 그는 쌍포사절 중의 태관(泰關)이라는 인물로, 태씨(泰氏) 형제의 맏이였다. 쌍포사절의 다른 한 쌍의 쌍둥이는 광씨(匡氏)로, 태씨 형제보다는 열 살쯤 많은 나이였다. 외부적인 행사에서는 주로 광씨 형제가 모용봉을 수행하고, 태씨 형제는 보다 은밀하고 조심스러운 일을 맡고 있었다.

모용봉은 그가 있을 것을 짐작이나 하고 있었던 듯 조금도 놀라거나 당황하지 않고 짤막하게 물었다.

"모두 왔느냐?"

"두 사람은 도착해서 공자님을 기다리고 있고, 한 사람은 오는 중이라고 합니다."

모용봉은 고개를 끄덕이고는 망천정으로 들어가지 않고 회랑의 다른 쪽 통로로 들어섰다. 태관은 조용히 그의 뒤를 따라 걸음을 옮겼다.

회랑의 다른 쪽 통로 끝에는 한 채의 건물이 자리하고 있었다. 정면에 나 있는 작은 문 하나를 제외하고는 창문이나 다른 출입구를 찾아보기 힘든 기이한 형태의 건물이었다. 달빛도 그 건물이 드리우고 있는 짙은 어둠을 밝히지는 못하는 것 같았다.

작은 문 앞에는 태관의 쌍둥이 동생인 태정(泰鼎)이 서 있다가 모용봉을 맞았다.

"오셨습니까?"

모용봉이 그를 지나쳐 안으로 들어가자 제법 널따란 대청이 나타났다. 대청 안에는 두 사람이 앉아 있다가 안으로 들어서는 모용봉에게로 시선을 돌리고 있었다. 그들은 비슷한 나이대의 청년들이었는데, 서로 모르는 사이인지 아니면 낯이 서먹해서인지 멀찌감치 떨어져 앉아 있었다.

모용봉은 중앙의 의자로 가서 앉으며 담담한 눈으로 그들을 바라보았다.

"기다리게 해서 미안하오. 일이 있어서 조금 지체하게 되었소."

둘 중 백의를 입은 청년은 냉랭한 표정으로 입술을 굳게 다물고 아무 말이 없는 데 비해, 화의(華衣)를 입은 청년은 고개를 내저으며 낭랑한 음성으로 말하는 것이었다.

"별로 오래 기다리지도 않았습니다. 신경 쓰지 않으셔도 됩니다."

모용봉은 그를 향해 부드러운 미소를 지어 보였다.

"고맙소. 두 분은 서로 인사를 나누셨소?"

백의 청년은 여전히 아무 반응이 없었고, 이번에도 화의 청년만이 대답을 했다.

"아직 통성명을 하지 않았습니다. 저야 진즉부터 인사를 나누고 싶었는데, 아무래도 저분 형장께서 저를 탐탁지 않아 하시는 것 같더군요."

"그럴 리 있소? 다만 그 사람은 워낙 과묵하고 낯을 가려서 쉽게 다가서기 힘든 성격의 소유자일 뿐이오."

자신을 은근히 놀리는 듯한 모용봉의 말에도 백의 청년은 짙은 눈초리를 한 차례 꿈틀거렸을 뿐이었다. 화의 청년의 시선이 백의 청년을 빠르게 훑고 지나갔다.

백의 청년의 나이는 이십 대 후반쯤 되어 보여서 자기보다도 대여섯 살쯤 많은 것 같았다. 외모는 다소 강퍅했고, 허리춤에 평범한 철검 한 자루를 차고 있는 것 외에는 그다지 특이할 것이 없어 보였다. 하나 비쩍 마른 얼굴에 있는 두 개의 눈은 보기만 해도 섬뜩할 정도로 차가운 빛을 뿌리고 있어 그의 성정(性情)이 어떠한지를 대충이나마 알 수 있게 해 주고 있었다.

화의 청년은 백의 청년의 차갑게 번뜩이는 눈을 가만히 보고 있다가 자리에서 일어나 그를 향해 정중하게 포권을 했다.

"안녕하십니까? 나는 구양수진이라 합니다."

백의 청년의 시선이 처음으로 그에게로 향했다. 뼛골이 시릴 것 같은 차가운 시선이 화의 청년의 준수한 얼굴에 화살처럼 날아와 박혔다. 화의 청년은 곱상한 외모와는 달리 백의 청년의 살인적인 시선을 받고도 전혀 표정의 변화가 없이 담담한 신색을 유지하고 있었다.

백의 청년은 그의 얼굴을 뚫어지게 주시하고 있다가 백지장처럼 얄팍한 입술을 살짝 열었다.

"이제 보니 구양가에서 보물처럼 아낀다는 막내 공자였군. 구양가의 깊숙한 곳에서 검만 닦고 있다고 하더니, 이곳까지 어려운 걸음을 하셨군그래."

조롱 섞인 백의 청년의 말에 구양수진의 하얀 얼굴이 살짝 붉어졌다. 뭐라고 대꾸라도 할 줄 알았건만, 그는 오히려 고개를 떨군 채 바닥을 내려다보고 있었다.

다시 고개를 쳐들었을 때 구양수진의 얼굴에는 엷은 미소가 떠올라 있었다.

"내 이름을 밝혔는데, 당신은 밝히지 않는군요. 당신처럼 무례한 사람은 정말 모처럼 봅니다."

말과는 달리 그의 음성은 여전히 차분했고, 얼굴 표정 또한 부드럽기 그지없었다. 백의 청년의 입술에서 다시 차갑고 냉막한 음성이 흘러나왔다.

"궁금하면 직접 알아보든지."

구양수진의 얼굴에 떠올라 있는 미소가 조금 더 짙어졌다.

"그렇지 않아도 그럴 참입니다."

말이 끝나기도 전에 그의 오른손이 살짝 움직이더니 한 줄기 빛살 같은 섬광이 백의 청년의 미간을 향해 쏘아져 갔다. 그 섬광이 어찌나 빠르고 날카로웠는지 백의 청년의 미간에 금시라도 시뻘건 구멍이 뚫려 버릴 것만 같았다.

백의 청년은 앉아 있는 자세 그대로 장난처럼 슬쩍 오른 소매를 빠르게 휘둘렀다. 그 소맷자락에는 은은한 청색 기운이 어려 있었다.

팟!

섬광이 그가 휘두른 소맷자락에 닿자 그대로 사라져 버렸다. 섬광의 정체는 구양수진이 발출한 지공(指功)이었다. 구양수진은 자신이 날린 지공이 허무하게 사라졌는데도 여전히 웃고 있었다.

"태청강기. 당신은 화산파의 제자였군요. 내 쇄벽지(碎劈指)를 완벽히 막아 낸 것으로 보아 태청강기가 절정에 달한 게 분명한데……."

구양수진의 두 눈은 줄곧 백의 청년의 메마른 얼굴에 고정되어 있었다.

"화산파에서 당신 정도의 나이에 그런 실력을 지닌 자는 몇 사람 되지 않죠. 게다가 나는 일전에 당신 같은 사람에 대한 이야기를 들어 본 적이 있습니다. 당신은 화산독응 유장령이지요?"

백의 청년, 유장령은 무엇이 그리도 못마땅한지 눈살을 살짝 찡그렸다.

"말 많은 놈이로군. 구양가에 처박혀서 수다 떠는 것만 배운 모양이지?"

유장령의 험악한 말에도 구양수진은 입가의 미소를 그치지 않았다.

"본 가는 상인 가문이라 대화하는 법을 가르치긴 합니다. 하지만 나는 본 가의 대화술을 배우지 않았습니다. 대신 다른 걸 익혔죠."

구양수진은 자신의 허리춤을 두드렸다. 그의 허리춤에는 금빛이 어른거리는 허리띠가 매어져 있었다. 하나 안력이 예리한 사람이라면 그것이 단순한 허리띠가 아니라 아주 잘 만들어진 연검(軟劍)이라는 사실을 알 수 있을 것이다.

유장령은 냉랭하게 코웃음을 쳤다.

"그래서, 구양가에서 배운 그 알량한 검술을 내 앞에서 뽐내기라도 하겠다는 말인가?"

"뽐내는 법 같은 건 배우지 않았습니다."

"그러면?"

구양수진의 부드러워 보이는 두 눈에 한 줄기 날카로운 빛이 번뜩이고 지나갔다.

"일단 검을 뽑으면 반드시 피를 봐야 한다고 배웠지요. 그래서 말인데……."

구양수진의 시선이 유장령의 허리춤으로 향했다.
"그 검을 뽑고 싶다면 좀 더 신중하게 생각하길 권해 드리겠습니다."
그때 유장령의 오른손은 습관처럼 자신의 철검의 손잡이를 쓰다듬고 있었다. 구양수진의 말을 듣자 유장령은 충동적으로 검의 손잡이를 움켜잡았다. 하나 그는 검을 뽑지 않았다.
그 순간 모용봉의 조용한 음성이 들려왔기 때문이다.
"이곳이 어디인지를 잊지 마시오."
금시라도 검을 뽑아 휘두를 것 같던 유장령의 동작이 멈춰지더니 냉기가 풀풀 날릴 정도로 차가운 시선이 모용봉에게로 향했다.
"구궁보라는 이름으로 나를 억압할 수 있다고 생각하오?"
모용봉은 고개를 저었다.
"구궁보가 아니라 나요."
유장령의 얼굴에 한 가닥 스산한 빛이 감돌았다. 모용봉은 그의 표정이 변하는 것을 보지 못한 사람처럼 담담한 음성으로 말을 이었다.
"이곳은 내가 연공(練功)을 하는 곳으로, 심인당(尋人堂)이라 하오. 이곳에서 병기를 쓸 수 있는 사람은 오직 나뿐이오."
유장령은 잠시 그 자세로 미동도 않고 있었다. 모용봉 또한 가만히 그를 응시하고 있었다. 잠시 장내의 기운이 요동치며 살벌한 기운이 감돌았다. 하나 그 기운은 이내 사라져 버렸다.
유장령은 손잡이를 움켜잡았던 손의 힘을 풀고 다시 처음의 자세로 돌아갔다. 구양수진 또한 자신의 허리띠에 올라가 있던 손을 자연스레 늘어뜨렸다.

팽팽하던 주위의 공기가 가라앉자 모용봉은 다시 입을 열었다.

"오늘은 서로의 솜씨를 보기 위해 만난 자리가 아니오. 오늘 두 사람이 이곳에 온 목적이 무엇인지 잊지 않았기를 바라오."

유장령은 다시 입을 굳게 다물었고, 구양수진은 자리에 앉았다.

잠시 장내에 무거운 침묵이 내려앉았다. 대청을 밝힌 몇 개의 유등(油燈)만이 조용히 타오르고 있을 뿐, 주위는 쥐죽은 듯 고요했다. 세 사람은 각기 다른 상념에 잠겨 있는 듯했고, 태관 또한 언제 사라졌는지 보이지 않았다.

한참 후, 유장령이 불쑥 입을 열었다.

"언제까지 기다리게 할 셈이오?"

모용봉은 조용한 음성으로 대답했다.

"아직 한 사람이 오지 않았소."

"고작 한 사람 때문에 이렇게 아무것도 하지 않고 무작정 기다리고 있단 말이오?"

"그가 와야만 일을 시작할 수 있소."

"그 대단한 작자가 누구요?"

모용봉의 시선이 유장령의 두 눈에 향했다. 유장령은 그 시선에서 무언가 이상한 느낌을 받았는지 눈살을 살짝 찌푸렸다.

"왜 그런 표정으로 나를 보는 거요?"

"조금 전에 내가 한 말을 잊지 마시오."

"무얼 말이오?"

"이곳에서는 나 외에는 누구도 병기를 쓸 수 없다는 말."

유장령은 물론이고, 구양수진의 얼굴에도 흥미로워하는 기색이 떠올랐다.

"대체 그자가 누구요?"

그때, 문이 벌컥 열리며 태관이 한 사람을 대동하고 안으로 들어왔다. 태관의 뒤에 있는 사람은 짙은 자색 유삼을 걸친 훤칠한 키의 미남자였다.

그를 보자 유장령은 자리에서 벌떡 일어나며 이를 부드득 갈았다.

"백자목(白紫木)!"

강호의 모든 마도인들이 굴복한다는 신목령의 주인 신목존자의 대제자인 신목일호(神木一號) 백자목은 유장령을 보자 하얀 이를 드러내며 웃었다.

"이 년 만이로군. 그동안 실력이 좀 늘었나?"

* * *

아주 조용하고 아늑한 방이었다.

벽에는 별다른 장식도 보이지 않았고 바닥에는 흔한 융단조차 깔려 있지 않았지만, 단출한 나무 탁자와 의자로만 이루어진 방 안은 왠지 사람의 마음을 편안하게 해 주는 분위기를 풍기고 있었다. 탁자 위에서 흔들리는 촛불 하나만이 방 안을 외롭게 밝히고 있어 전체적으로 어둡다는 것도 더욱 그런 느낌을 들게 했다.

진산월은 문을 열고 들어선 채 한동안 방 안을 가만히 둘러보

앉다. 촛불이 일렁거림에 따라 이리저리 흔들리는 그림자가 마치 지금 그의 심정을 말해 주고 있는 것 같았다.

천하제일인의 거처라고 하기에는 지나치게 작고 볼품없는 방이었지만, 오히려 그래서 진산월은 마음에 들었다. 흔들리던 그림자가 점차로 움직임을 멈추었고, 그도 안정을 찾았다.

방 안에 달랑 두 개뿐인 의자 중 하나에 한 사람이 앉은 채 그의 모습을 가만히 지켜보고 있었다.

물처럼 고요한 시선이었다. 그리고 한없이 깊었다. 그 시선을 보자 진산월은 문득 사천성에 있다는 깊은 우물에 대한 전설이 떠올랐다. 그 우물은 어찌나 깊었는지 누구도 그 우물의 바닥이 얼마나 깊은지 알지 못한다고 했다. 땅속 깊숙한 곳에서 올라오는 그 우물의 물은 수정처럼 맑고 깨끗했지만, 그만큼 깊은 세월의 무게를 담고 있어서 그 물을 마시는 사람은 인생의 오묘한 맛도 함께 느낄 수 있다고 했다.

지금 진산월을 바라보는 그 시선도 사천성의 우물처럼 맑고 깊었다. 그리고 짙은 세월의 무게가 느껴졌다.

그 깊은 시선의 주인은 눈빛만큼이나 깊은 주름이 가득한 얼굴에 눈처럼 새하얀 백발을 하고 있었다. 시선이 마주치자 그 사람은 살짝 미소를 지어 보였다. 의미를 알 수 없는 복잡한 미소였다. 웃을 때 그의 눈은 유난히 주름이 많이 잡혔는데, 평소에 자주 웃었든지 아니면 눈을 찌푸리는 일이 많아서였을 것이다.

"자네가 바로 그 진산월이로군."

나직하면서도 조용한 음성이었으나, 듣는 사람의 마음을 묘하게 뒤흔드는 진한 울림을 담고 있었다.

평범해 보이는 말이었으나, 진산월은 한 줄기 기이한 감흥이 전신으로 퍼져 가는 것 같았다. 천하제일고수에게 그는 단순히 '진산월'이 아니라, '바로 그 진산월'이었던 것이다. 많은 사람 중의 한 명이 아닌 특정한 사람이라는 의미일 수도 있고, 자신이 계속 주시하고 관심을 가져왔다는 것을 나타내는 말일 수도 있었다. 어떤 것이든 그 의미는 결코 단순하지 않았다.

진산월도 짤막하게 대답했다.

"제가 바로 그 진산월입니다."

노인의 주름진 눈에 더욱 많은 주름이 잡혔다. 진산월은 그가 젊었을 적에는 저 눈웃음만으로도 많은 여인들의 마음을 뒤흔들었을 것이라고 생각했다.

"나는 모용단죽일세."

모용단죽!

단순한 네 글자의 이름이었으나, 무림인이라면 누구나 이 이름을 듣고 흥분하지 않을 수 없을 것이다. 진산월 또한 마음이 가볍게 격동되는 것을 느꼈다.

지난 세월 동안 이 이름은 모든 무림인들에게 더할 수 없는 믿음과 존경을 받아 왔다. 그동안 그가 행한 업적은 한 개인이 한 것이라고는 믿을 수 없을 만큼 놀라운 것이었으며, 그에 대한 무림인들의 지지와 성원은 절대적인 것이었다. 그는 천하제일의 고수 이전에 중원 무림인들의 표상(表象)이며 상징과도 같은 존재였다.

그 신화와 전설로 뒤덮인 인물을 눈앞에서 마주하고 있으니 아무리 담대하고 침착한 진산월이라도 가벼운 흥분을 느끼지 않을 수 없었던 것이다.

모용단죽은 진산월의 전신을 유심히 쓸어 보고는 이내 머리를 끄덕였다.

"몸과 마음이 모두 절정으로 닦여 있군. 자네에 대한 이야기를 듣고 꼭 한 번은 만나고 싶었네."

진산월은 순간적으로 기이한 느낌이 들었다. 지금 모용단죽이 한 말과 비슷한 말을 예전에 들은 것 같았던 것이다. 다시 생각해 보니 일전에 석가장에서 잠깐 보았던 철혈홍안 조여홍에게서도 그와 유사한 말을 들은 기억이 났다. 두 절대고수의 자신에 대한 평가가 비슷하다는 것에 진산월은 한편으로는 재미있으면서도 한편으로는 신기하게 생각되었다.

모용단죽은 자신의 앞에 놓인 의자를 가리켰다.

"자리에 앉게."

진산월은 그에게 정중하게 포권을 하고는 의자에 가서 앉았다. 그러나 막상 강호의 전설인 모용단죽과 작은 탁자를 사이에 두고 얼굴을 마주 대하니 진산월은 무슨 말을 꺼내야 할지 순간적으로 막막해졌다. 다행히 그의 그런 심정을 짐작이나 한 듯 모용단죽이 먼저 입을 열었다.

"자네가 노부를 만나려고 상당히 먼 길을 왔다고 들었네. 쉽지 않은 여정(旅程)이었을 텐데, 어려운 걸음을 했네."

많은 의미를 함축한 말이었다. 진산월은 최대한 담담하게 대답했다.

"어차피 와야 할 길이었습니다."

진산월의 말 또한 여러 가지 의미를 담고 있었다.

모용단죽은 그 말의 진위를 파악하려는 듯 한동안 가만히 진산월을 응시하고 있었다. 주름진 눈에 번뜩이는 물처럼 깨끗한 시선은 그의 마음 깊숙한 속까지 들여다보려는 듯 한없이 투명했다.

"그래, 노부를 만나려고 한 이유를 들어 볼 수 있겠나?"

진산월은 품에서 작은 상자 하나를 꺼내 탁자 위에 올려놓았다. 거무튀튀한 광택이 나는 상자였다.

"석가장의 석곤 장주께서 이것을 모용 대협께 전해 달라고 부탁하시더군요."

모용단죽의 시선이 검은 상자로 향했다. 상자를 응시하는 모용단죽의 얼굴에는 아무런 표정의 변화가 없었다. 흥분도 없고, 의문도 없으며, 관심도 없어 보였다.

모용단죽은 손을 내밀어 상자를 집어 들고 만지작거리다 물었다.

"이게 무엇인지 아나?"

"천룡궤라고 들었습니다."

"천룡궤라…… 천룡이란 말이지?"

뜻을 알기 힘든 말을 중얼거리던 모용단죽은 제대로 살펴보지도 않고 천룡궤를 품속으로 집어넣었다.

"물건은 잘 받았네. 석 장주를 만나면 고맙다고 전해 주게."

"알겠습니다."

모용단죽의 대수롭지 않은 듯한 태도에 실망감이 들 법도 하건만 진산월은 아무런 내색도 하지 않았다. 저 정체를 알 수 없는 상자 하나 때문에 그동안 적지 않은 시련을 겪고 험한 난관을 헤쳐 와야 했지만, 그에 대한 아무런 보답이나 감사의 말도 듣지 못했다. 하나 진산월은 그에 대한 보답은 이미 한 잔의 차로 받았고, 예상보다 험한 일에 대한 대가는 열두 발자국의 걸음으로 충분히 치러졌다고 생각하고 있었다.

오히려 그는 어깨를 짓누르고 있던 무거운 짐을 벗은 듯한 홀가분함에 절로 표정이 밝아졌다. 천룡궤에 얽힌 사연이나 비밀은 지금의 그에게는 전혀 중요한 게 아니었다. 또한 석곤이 모용단죽에게 천룡궤를 전해 주라고 한 이유도 그다지 알고 싶지 않았다. 물론 모용단죽이 알려 준다면 기꺼이 듣기는 하겠지만, 모용단죽의 표정을 보니 그 또한 밝히고 싶은 생각은 없어 보였다.

가장 중요한 일을 너무도 수월하게 끝냈기 때문인지 진산월은 평상시의 여유를 되찾을 수 있었다. 그래서 진산월은 평소부터 궁금하게 생각했던 질문에 대한 해답을 구하기로 했다.

"한 가지 여쭈어 봐도 되겠습니까?"

모용단죽은 가볍게 고개를 끄덕였다.

"물어보게. 노부가 답할 수 있는 것이라면 기꺼이 말해 주겠네."

진산월의 별처럼 빛나는 시선이 모용단죽의 물처럼 고요한 두 눈에 고정되었다.

"야율척에 대해 알고 싶습니다. 그는 어떤 인물입니까?"

모용단죽의 주름진 눈에 살짝 미소가 감돌았다.

"그래, 자네도 무림인이니 그 점이 궁금하긴 하겠지. 당금 무림에서 야율척을 직접 상대한 사람은 우리 두 조손(祖孫)뿐이니 말일세."

야율척이라는 이름은 강호인이라면 모르는 사람이 없지만, 막상 그에 대해 얼마쯤이라도 알고 있는 사람은 거의 없는 형편이었다. 진산월은 중원에 몸을 담고 있는 무림인으로서, 그리고 한 문파를 이끌고 있는 우두머리로서 어쩌면 반드시 부딪히게 될지도 모르는 야율척이라는 존재에 대해 조금이라도 알고 싶었다.

모용단죽은 생각을 정리하려는 듯 잠시 허공을 응시하고 있다가 천천히 입을 열었다.

"그는…… 흠! 한두 마디 말로는 다 표현할 수 없는 복잡한 인물이라고 해야겠지."

"어떤 의미입니까?"

"말 그대로일세. 그는 어떻게 보면 순진하고, 어떻게 보면 노회(老獪)하며, 또 어떻게 보면 한없이 열정적인 인물이지. 반면에 극도로 냉정하며, 어떤 상황에서도 절대로 흔들리지 않는 부동심(不動心)을 가지고 있네. 아난(阿難)이 그를 찾아낸 것은 정말 일생일대의 행운이었던 게야."

그는 마치 아난대활불을 오래된 친구처럼 불렀다. 진산월은 묵묵히 모용단죽의 말을 듣고 있었다.

모용단죽의 눈은 무언가를 회상하듯 가늘게 뜨여져 있었고, 낮게 가라앉은 음성에는 묵직한 울림이 담겨 있었다.

"무공에 대한 재질이 놀랍도록 뛰어나기는 하지만, 그렇다고 세간(世間)에 알려진 것만큼 고금절세(古今絶世)의 독보적인 수준은 아니네. 다만 집념과 투지가 뛰어나고 신체 조건이 워낙 좋아서 싸움에 대한 감각만은 내 평생 처음 보는 절대기재라고 할 수 있지. 다시 말해서 그는 무공을 익히는 것보다는 남을 상대하는 데 더 강점을 가지고 있네."

"……."

"그래서 혹자들은 그를 천재(天才)라기보다는 귀재(鬼才)라고 부르기도 하더군. 그보다 빨리 무공을 배우는 자는 있을지 몰라도 그보다 빨리 남과 싸워 이기는 법을 터득하는 자는 없을 게야."

모용단죽은 말을 하다 말고 고개를 가로저었다.

"아니…… 어쩌면 내가 잘못 생각하고 있었는지도 모르겠군. 그토록 싸움을 잘하는 자가 무공을 익히는 것이 미흡할 리가 없지. 결국 강호에서는 잘 익힌 자가 강한 게 아니라 싸움에서 승리한 자가 강한 법 아닌가?"

그 말을 할 때 모용단죽의 눈은 어느 때보다 가늘어졌고, 물처럼 고요하게 가라앉아 있던 시선에 미묘한 파동이 스치고 지나갔다.

진산월은 그의 말을 음미하느라 그의 표정의 미세한 변화를 미처 감지하지 못했다.

모용단죽은 이내 평상시의 모습으로 돌아와서 조용한 음성을 내뱉었다.

"아무튼 그는 싸움에 관한 한은 절대적인 존재일세. 그가 아난의 눈에 뜨인 지 팔 년 만에 천룡사의 최고 고수인 사대불법존자를 꺾은 것은 단순히 그의 무공이 그들을 능가해서가 아닐세. 말 그대로 그는 싸움으로 그들을 이겼네. 단순한 무공의 고하(高下)를 가르는 것이었다면 결과가 달랐을지 모르지만, 그들은 대결을 했고 결국 그의 승리로 끝이 났네."

"모용 대협께서는 어떠셨습니까?"

모용단죽의 입가에 다시 엷은 미소가 그려졌다.

"내가 그와 어떻게 싸웠는지 묻고 있는 건가? 그때는 그의 실력이 나와 차이가 났지. 그의 그 가공스러운 격투 감각으로도 어쩔 수 없을 만큼 분명한 차이가 있었네. 그럼에도 나는 그를 간신히 이겼지. 아주 미세한 승부였네. 그래서……."

모용단죽은 뒷말을 마치지 않았지만, 진산월은 그의 마지막 말이 어떤 것인지 짐작할 수 있을 것 같았다.

무공 실력이 월등히 차이가 나는 상태에서도 모용단죽은 간신히 야율척에게 승리를 거두었다. 그때 야율척은 아난대활불의 제자로 들어간 지 겨우 십여 년에 불과할 뿐이었다. 그래서 모용단죽은 다시 십 년이 지난 후의 야율척을 이긴다고 자신할 수 없었던 것이다.

모용단죽도 그것을 알고, 야율척도 알았다.

그 뒤로 모용단죽은 구궁보에 칩거한 채 모용봉을 키우는 일에만 전력을 기울여 왔다.

그로부터 벌써 십사 년이라는 세월이 흘렀다. 그동안 야율척이 어떠한 존재로 성장했을지 짐작하는 것만으로도 진산월은 가슴이 떨려 왔고, 손에 식은땀이 흥건하게 고였다.

그것은 단순히 두려움 때문이 아니었다. 무인(武人)으로서의 본능과 투쟁심이 마음 한구석을 불태웠던 것이다.

모용단죽은 그의 그런 마음을 짐작이나 한 듯 깊은 눈으로 가만히 그를 바라보더니 혼잣말처럼 중얼거리듯 말했다.

"그를 상대하려면 두 번의 기회는 없다고 생각해야 하네. 다시 말해서 그를 꺾고 싶으면 처음 붙은 상태에서 이기는 게 그나마 가장 가능성이 있는 방법일세."

진산월의 눈이 어느 때보다 날카롭게 빛났다.

"그 말씀은……."

"자네도 그를 상대하고 싶겠지?"

진산월은 굳이 부인하지 않았다.

모용단죽의 음성은 여전히 나직했으나, 그 안의 내용은 어떤 청천벽력보다 더욱 크게 들렸다.

"그렇다면 먼저 육합귀진신공을 완성하게."

뜻밖의 말에 진산월은 놀라움 이전에 의문을 먼저 느꼈다.

육합귀진신공은 이제는 사라진 종남파 비전(秘傳)의 신공으로, 종남파 영광의 상징과도 같은 무공이었다. 이백여 년 전 종남오선이 천하를 풍미하고 있을 때 육합귀진신공 또한 찬연한 빛을 발했으나, 태을검선이 사라지고 종남오선이 차례로 모습을 감춘 후 종남파에는 더 이상 육합귀진신공을 익힌 자가 나타나지 않았다.

종남오선 이후 종남파에서는 육합귀진신공을 되살리기 위해 온갖 노력을 기울였으나 결국은 실패했고, 세월이 흐르면서 그 이름조차 희미해지고 말았다. 작금에 와서는 육합귀진신공이 단순한 하나의 무공이 아니라 여섯 가지 신공을 합친 것이라는 점 외에는 제대로 알려진 내용조차 없는 형편이었다. 그런데 모용단죽의 입에서 이제는 진짜로 존재했는지도 의심스러운 과거의 신공 절학이 거론되었으니, 진산월로서는 의아스럽지 않을 수 없었다.

진산월을 비롯한 몇몇 사람 외에는 종남파에서조차 아는 사람이 별로 없는 육합귀진신공을 모용단죽은 어떻게 알고 있는 것일까? 그리고 야율척을 상대하기 위해서는 먼저 육합귀진신공을 익혀야 한다는 그의 말은 어떤 의미를 지니고 있는 것일까?

진산월의 마음속 의문을 짐작하고 있기라도 한 듯, 모용단죽은 담담한 음성으로 말을 계속했다.

"육합귀진신공은 종남파에서도 오래전에 절전(絕傳)된 것으로 알고 있네."

"그렇습니다."

"내가 알기로 육합귀진신공은 종남파의 모든 무공의 근간(根幹)이 된다고 하더군. 다시 말해서 육합귀진신공을 익힌 상태에서만 비로소 종남파 무공의 본연의 위력을 나타낼 수 있다고 들었네."

모용단죽의 물처럼 투명한 시선이 진산월의 두 눈을 가만히 응시했다.

"자네가 종남파의 어떤 무공을 익혔는지 모르지만, 육합귀진신공을 완성하지 않고서는 종남파 무공의 끝을 보았다고 할 수 없네. 그리고 적어도 그 정도가 되어야만 야율척과 승부를 겨루어 볼 수 있겠지."

진산월은 묵묵히 그의 말에 귀를 기울이고 있었지만, 마음 한

구석에서는 그의 말을 선뜻 받아들이기 어렵다는 심정이 있었다. 육합귀진신공이 종남파 무공의 근간이라는 모용단죽의 말은 틀린 말은 아니었지만, 그걸 익히지 못했다고 하여 종남파 무공을 완성할 수 없다고 하는 것은 너무 지나친 비약이 아닐 수 없었다.

그리고 여섯 가지 신공 중 두 가지가 이미 오래전에 완전히 사라져 버린 육합귀진신공을 무슨 수로 익힌단 말인가? 모용단죽의 말대로라면 자신은 영원히 종남파의 무공을 완성하지 못할 뿐 아니라, 야율척과 검을 겨루어 볼 자격조차 없다는 뜻이 아니겠는가?

마음속의 불만과는 상관없이 진산월의 음성은 조용하고 차분했다.

"본 파의 무공에 대해서 잘 알고 계시군요. 모용 대협께서 본 파에 대해 이토록 많은 관심을 가지고 계실 줄은 미처 몰랐습니다."

"종남파는 한때 천하제일을 구가했던 문파일세. 비록 오랜 세월이 흘러 과거의 영광이 퇴색되었다고 해도 그 시절을 잊지 않고 있는 사람들도 분명히 존재하지."

모용단죽은 천천히 오른손을 내밀었다.

"이걸 보게."

진산월의 시선이 그의 손에 고정되자 모용단죽은 오른손을 슬쩍 쳐들었다. 그의 손이 허공에서 작은 원을 그리며 느릿느릿 움직이기 시작했다.

그 손의 움직임은 금세 끝이 났지만, 진산월은 벼락이라도 맞은 사람처럼 온몸을 굳힌 채 미동도 않고 있었다. 항상 냉정하고 침착했던 그의 얼굴은 경직된 채 굳어 있었고, 의지견정했던 눈빛도 크게 흔들리고 있었다.

대체 무엇이 그를 이토록 놀라게 한 것일까?

"알아보겠나?"

모용단죽의 물음에 진산월은 퍼뜩 정신을 차리고 억눌린 듯한 목소리로 대답했다.

"그건…… 본 파의 구반장법 중 대연여환(大衍如環)이라는 초식 같군요."

놀랍게도 모용단죽이 펼친 것은 종남파의 무공이었던 것이다. 그것도 오랫동안 실전(失傳)되었다가 얼마 전에야 겨우 낙일방에 의해 복원된 구반장법 중의 절초였으니 진산월이 경악한 것도 무리는 아니었다.

하나 뜻밖에도 모용단죽은 고개를 젓는 것이었다.

"이건 오십 년 전 명성을 날렸던 천왕수(天王手) 왕동해(王東海)의 성명절기인 천왕십이절수(天王十二絶手) 중의 미몽천왕(迷夢天王)이라는 초식일세."

진산월은 무어라고 말하려 했으나 모용단죽의 다음 말을 듣고 입을 다물었다.

"그렇다고 자네 말이 아주 틀린 건 아닐세. 이 초식은 종남파의 구반장법과 아주 흡사하지."

흡사한 정도가 아니라 같은 무공이라고 해도 믿을 정도였다.

솔직히 진산월은 조금 전에 모용단죽이 펼친 것이 대연여환이 아니라는 것이 선뜻 믿어지지 않았다. 그만큼 변초나 투로가 거의 비슷했던 것이다.

"이것도 한번 보게."

모용단죽은 오른 주먹을 살짝 쥐고는 앞으로 내뻗었다. 그 주먹을 본 진산월의 입에서는 나직한 신음성이 흘러나왔다.

"일점천뢰……."

그다지 빠르게 움직이지 않았으나 그 초식은 분명 종남파의 절세 무공인 낙뢰신권 중에서도 가장 위력적인 초식 중 하나인 일점천뢰였다.

"이건 장성 근처의 낙성보(落星堡)에서 자신들의 비전절학이라고 자랑하는 낙성철권(落星鐵拳) 중의 성락일경(星落一驚)이라는 초식일세."

"……!"

"짐작했겠지만 이 초식들은 모두 종남파의 무공을 보고 만든 것일세. 천왕십이절수와 낙성철권 중 상당수의 초식들이 그런 경우일세. 비단 그것뿐이 아닐세. 찾아보면 의외로 적지 않은 문파의 무공 중에서 종남파 무공과 유사한 것들을 발견할 수 있을 것이네."

진산월은 전혀 예상치 못했던 일에 당혹스러움과 혼돈을 느낄 수밖에 없었다.

무공이라는 것은 단순히 흉내 내거나 모방만으로 만들어질 수 없는 것이다. 그 안의 복잡한 변화와 운기(運氣)하는 방법을 모르면 초식이 제대로 운용되지 않는 것이다.

그런데 지금 모용단죽이 펼친 초식들은 그 투로가 종남파 무공들과 너무도 흡사했다. 그가 내공도 일으키지 않고 최대한 천천히 펼쳤기에 그 속의 진정한 오의(奧義)까지 함께 담고 있는지는 파악할 수 없었으나, 그 유사성만으로도 진산월에게 충격을 주기에 충분한 것이었다.

진산월은 이내 마음을 추스르고는 침착한 음성으로 물었다.

"어떻게 된 일인지 알 수 있겠습니까?"

"원인은 두 가지일세. 첫째는 이백 년 전에 종남오선이 천하를 주름잡을 때 그들의 무공에 경탄한 자들이 자신이 인상 깊게 본 종남파의 무공을 모방하기 시작했다는 것일세. 그들 중 대부분은 단순히 흉내를 내는 것에 그쳤지만, 극히 일부는 나름대로 성과를 거두어 얼핏 보기에는 구분하기 힘들 정도로 비슷한 무공을 만들어 낼 수 있었지."

"타 문파의 무공을 모방하거나 훔치는 것은 엄연히 무림의 금기(禁忌)인데, 그들이 감히 그런 일을 저질렀단 말입니까?"

모용단죽의 얼굴에 아주 엷은 미소가 떠올랐다. 마치 너무도 당연한 걸 물어본다는 듯한 미소였다.

"일반적인 경우라면 누구도 그런 짓을 하지 못하지. 특히 천하를 석권하고 있는 문파의 무공을 베낀다는 것은 감히 꿈도 꿀 수 없는 일일세. 하지만 이번에는 경우가 다르다고 할 수 있지. 그 뒤에 종남파가 어떻게 되었나?"

진산월은 대답하지 않았다. 더 이상 듣지 않아도 모용단죽이 한 말의 의미를 너무도 분명하게 알 수 있었다.

종남오선 이후 종남파는 조금씩 쇠락하기 시작하여 종내에는 몰락이라는 말로밖에 표현할 수 없을 정도로 비참한 신세가 되고 말았다. 그러니 종남파가 두려워서 몰래 무공을 익히고 있던 자들도 점차로 종남파를 껄끄러워 하지 않게 되었고, 종남파에서 그 무공들이 완전히 실전된 것을 확인하고는 아예 자신들의 무공이라고 공개적으로 내놓았던 것이다.

그들의 행위도 괘씸하지만, 그 무공들이 자신들의 무공을 베낀 것인지도 알지 못했던 종남파의 무능은 더욱 비참한 것이었다.

모용단죽은 입을 굳게 다물고 있는 진산월을 바라보며 다시 말을 이었다.

"두 번째 이유는 종남파 내부에 있네. 오래전에 종남파의 장문인이 자살을 하고 장경각이 불에 탄 적이 있네. 그때 상당수의 비급들이 외부로 유출되었는데, 그중 일부가 다른 문파로 흘러들어 그들의 무공으로 둔갑했을 것이네."

그 일은 종남파의 십오 대 장문인인 풍운신룡 담명의 시대에 벌어진 기억하고 싶지 않은 비사(秘史)였다. 당시 담명은 뛰어난 재질을 지닌 촉망받는 장문인이었으나, 문파의 부흥이라는 중압감을 이기지 못하고 몰래 자신의 거처에 외부로 통하는 통로를 뚫다가 발각되고 말았다. 수치심을 이기지 못한 담명은 스스로 목숨을 끊었고, 그때 장경각도 원인 모를 화재에 휩싸여 많은 비급들이 소실되어 버렸다.

하나 그 진실은 한층 더 추악한 것이었으니, 화재로 소실된 비급은 얼마 되지 않고 대부분은 장문인의 자살에 실망한 제자들이 문파를 등지면서 가지고 나가 버렸던 것이다. 그로 인해 종남파는 도저히 회복 불능의 상태에 빠지고 말았으니, 담명은 결국 자기 손으로 본인뿐 아니라 종남파의 명운(命運)마저 끝장내 버린 셈이었다.

모용단죽이 말한 두 가지 일들은 충분히 납득이 되면서도 종남파의 장문인인 진산월로서는 참으로 듣고 있기 힘든 참혹한 사실이었다. 하나 진산월은 더 이상 격동하거나 흔들리는 모습을 보이지 않았다.

대신 그는 어느 때보다 굳건하고 결연함이 담겨 있는 음성으로 말했다.

"과거의 잘못된 일은 차차 고쳐 나갈 것이고, 어긋난 일은 하나씩 바로잡을 것입니다. 본 파에게는 비록 어려운 시기가 있었지만, 이제 어려움을 극복하고 날개를 펼치기 시작한 이상 머지않아 예전의 모습을 되찾을 수 있을 겁니다. 골이 깊었던 만큼 날아오르는 데 필요한 공간은 충분히 남아 있을 테니까 말입니다."

모용단죽은 빙그레 웃었다.

"그렇게 되길 바라네. 자네가 듣기 불편할 것을 알면서도 내가 이런 말을 꺼낸 것은 그만큼 과거 종남파가 강호에 끼쳤던 영향력이 대단했으며, 여러 군데에 아직도 그 흔적이 남아 있음을 말하기 위해서였네."

"별로 바람직한 흔적은 아니로군요."

"흔적이 어디 그런 것뿐이겠나? 아직도 무림의 명숙들 중에는 과거 종남파의 무공을 연구하는 자들도 있네."

뜻밖의 말에 진산월은 호기심 어린 표정을 지었다.

"정말 그런 사람들이 있습니까?"

"나도 그런 사람들 중 하나일세."

진산월의 시선이 모용단죽의 주름진 눈에 고정되었다. 눈웃음을 짓는 듯 주름 가득한 모용단죽의 얼굴은 어찌 보면 장난꾸러기 소년의 치기 어린 모습 같기도 했고, 한편으로는 노회할 대로 노회한 늙은이의 속을 알 수 없는 모습 같기도 했다.

진산월은 한동안 그의 두 눈을 바라보다가 아무렇지도 않은 듯한 음성으로 물었다.

"이유를 알 수 있겠습니까?"

문파의 장문인으로서 외부인이 자신의 문파의 무공을 연구하고 있다는 말에 무작정 기분이 좋을 리는 없었다. 더구나 그 대상이 모든 무림인들에게 오랫동안 천하제일의 고수로 공인된 전설적인 인물이라면 더 말해서 무엇하겠는가?

대체 모용단죽 같은 인물이 뭐가 아쉬워서 몰락한 지 이백 년이 되어 가는 문파의 오래전에 실전되었던 무공을 연구하고 있단 말인가?

"그렇게 긴장할 것 없네. 아주 단순한 동기일세. 종남오선 시절의 종남파는 강호 역사상 손에 꼽을 정도로 강대한 문파였네. 그들 이후 아직 그와 같은 성세를 누린 문파는 없었네. 그러니 그들이 대체 왜 그렇게 강했는지 호기심을 가지는 것은 무공을 익힌 무림인으로서 너무나 당연한 일이지 않겠나?"

"하지만 당시의 무공은 대부분 사라져 버렸고, 본 파는 오랫동안 암흑기를 거쳐야 했습니다."

"그래서 더욱 관심을 가지게 되었네. 그토록 강하고 무림을 완벽하게 호령했던 문파가 어째서 그토록 허무하게 무너져 갔는지 궁금했다는 것도 한 이유가 되겠지. 아무튼 나는 이백 년 전의 종남파, 특히 종남오선의 무공에 대해 상당한 관심을 가지고 있네."

"종남오선은 모두 다섯 분입니다."

언뜻 모용단죽의 눈가에 떠오른 미소가 조금 더 짙어진 것 같았다.

"솔직히 말해서 내가 관심을 가진 건 그들 중 한 사람일세."

진산월은 짤막하게 말했다.

"태을검선."

"바로 그렇다네."

현재의 천하제일고수가 과거의 천하제일고수에게 관심을 갖는 건 너무도 자연스러운 일이었다. 하나 진산월은 모용단죽의 입으로 직접 그런 말을 듣게 되자 왠지 모르게 마음이 불편해졌다.

그것은 자신이 은밀하게 가지고 있던 꿈을 다른 누군가가 먼저 갖고 있다는 것을 알게 된 어린 소년의 심정 같은 것이었다. 아니면 모용단죽의 눈가에 떠올라 있는 미소가 왠지 심술 맞아 보였기 때문이었을까?

진산월의 심정이야 어떻든, 모용단죽은 특유의 낮고 조용한 음성으로 말을 계속했다.

"태을검선은 평생 적수를 만나지 못할 정도로 완벽한 고수였네. 사람들은 나를 '천하제일인'이라고 부르지만, 적어도 그분처럼 남들 위에 월등하게 존재해야만 비로소 '천하제일'이라는 이름을 붙일 수 있지."

"……."

"종남오선은 하나같이 당시 무림의 최고수들이었지만, 그중에서도 태을검선은 더욱 독보적인 위치에 있었네. 최고의 재질을 지닌 인재들이 같은 문파의 무공을 익혔음에도 불구하고 그 성취는 너무도 확연하게 차이가 났던 것일세. 그래서 나는 오랫동안 태을검선이 다른 종남오선보다도 압도적으로 강할 수 있는 원인을 조사했네."

"원인을 아셨습니까?"

"두 가지로 압축할 수 있겠더군."

"그것이 무엇입니까?"

"첫째는 태을검선 본인의 자질이 다른 사람들보다 월등하게 뛰어났다는 것일세. 그는 날 때부터 천재였고, 특히 무공에 관한 한은 가히 천고(千古)의 기재라는 말이 어울릴 만한 인물이었네. 누구도 그의 자질에는 근접할 수 없는 완벽한 무인(武人)이었다는 말이지."

그것은 진산월도 부인하지 못할 사실이었다.

그가 알고 있기로도 종남오선뿐 아니라 당시 천하의 어떤 고수도 자질 면에서 태을검선을 능가하지 못했다. 심지어는 자신의 무공 사부라고 할 수 있는 혈선 정립병조차도 태을검선의 기재(器才)에는 미치지 못했다.

하나 무공이 어찌 자질만으로 판가름 나겠는가? 자질이 좋다는 건 무공을 익힐 수 있는 기본 조건에서 남들보다 앞서 있다는 것이지 절대적인 건 아니었다. 자질보다 더욱 중요한 것은 본인의 노력이며, 또한 어떤 사부를 만나서 어떠한 무공을 어떻게 익혔는지도 무시할 수 없었다. 그리고 그런 점에서 종남오선의 다른 네 사람은 결코 태을검선에 뒤지지 않았다.

그런데도 태을검선은 늘 그들보다 몇 발자국이나 앞서서 걷고 있었다.

그리고 모용단죽은 자신이 파악한 그 이유를 이렇게 설명했다.

"두 번째는 태을검선이 익힌 무공에 있네. 보다 정확히 말하자면 태을검선이 익힌 육합귀진신공에 있다고 해야겠군."

진산월은 누구보다 총명한 사람이었으나 지금은 그의 말뜻을 제대로 이해할 수 없어 우두커니 그를 쳐다보았다. 육합귀진신공이 지금은 비록 실전되었다고는 하나 이백 년 전이라면 종남오선을 비롯한 적지 않은 종남파의 고수들이 익히고 있었을 것이다. 그런데 유독 태을검선이 익힌 육합귀진신공만이 특별할 리는 없지 않겠는가?

"자네는 혹시 이런 의문을 가져 보지 않았는가? 종남파 최고의 신공이라고 칭송받던 육합귀진신공이 왜 종남오선의 실종 이후 급격히 존재감이 사라져서 결국에는 아무도 익힌 사람이 없는 신비의 무공이 되었는가 하고 말일세."

"저도 그 점은 늘 의아하게 생각하고 있었습니다. 종남오선 외에도 육합귀진신공을 익힌 분들이 상당수 계셨을 텐데, 갑작스럽게 그 맥(脈)이 단절되었으니 말입니다."

실제로 종남오선 중 유일하게 죽을 때까지 종남파에 남아 있던 취선 하정의는 육합귀진신공을 복원하기 위해 평생 동안 노력을 기울였다고 전해졌다. 하나 그는 결국 실패했고, 육합귀진신공은 익히는 방법조차 사라진 채 단지 종남파의 전설로만 남게 되었다.
　"그 부분은 오래전부터 종남파 무공을 연구하던 사람들 사이에서 가장 큰 논란(論難)거리였네. 많은 가설(假說)들과 낭설에 가까운 추측들이 난무했지만 누구도 정확한 내막은 알지 못했네. 그도 그럴 것이, 이백 년이란 세월은 진실을 파악하기에는 지나치게 길고 장구한 시간일세. 종남오선의 시절에 벌어진 일을 지금 알기에는 애초부터 무리한 일이었지. 하지만 논리적으로 몇 가지 짐작을 해 볼 수는 있네."
　모용단죽이 육합귀진신공이 실전된 이유를 말하는 모습을 진산월은 복잡야릇한 심정으로 지켜보고 있었다.
　솔직히 그동안 진산월은 육합귀진신공이 실전된 것에 커다란 의미를 두지 않고 있었다.
　종남파의 무공 중 실전된 것이 어디 육합귀진신공 하나뿐이겠는가? 수많은 신공절학들이 사라져 버렸고, 비인부전(非人不傳)으로 은밀히 전해지던 운용법들도 명맥이 끊긴 것이 대부분이었다. 최근에 와서야 겨우 몇 가지 절학들을 되찾고 비전(秘傳)들을 알게 되었지만 그것은 실전된 무공들 중 극히 일부일 뿐이었다. 그러니 그 많은 실전 무공들 중 육합귀진신공만을 특별하게 취급할 생각은 하지 못했던 것이다.
　그런데 지금 강호 무림의 제일가는 고수가 유독 육합귀진신공에만 관심을 가지고 오랫동안 연구해 왔음을 알게 되었으니, 그의 심정은 자신도 알 수 없을 정도로 어지럽고 착잡할 수밖에 없었다.

모용단죽은 복잡한 빛으로 물들어 있는 진산월의 얼굴을 응시하며 계속 말을 이었다.

"육합귀진신공은 종남파에서 가장 뛰어난 여섯 가지 신공의 장점만을 규합하여 만들어 낸 것이라고 알고 있네. 처음 그 원리가 누구의 머리에서 나왔는지는 알려지지 않았지만, 그 이론을 바탕으로 여섯 가지 신공을 하나로 합쳐서 궁극의 진기를 만들어 내기까지는 상당히 오랜 시간이 걸렸다고 하더군. 그리고 처음으로 육합귀진신공을 이룬 사람은 종남파의 십일 대 장문인인 유백석이란 분일세."

종남파의 장문인인 진산월조차 알지 못했던 육합귀진신공의 내력이 종남파와는 전혀 상관도 없는 모용단죽의 입에서 흘러나오고 있었다.

"유백석이 육합귀진신공을 완성한 후에야 비로소 종남파는 구대문파에서도 앞서 나갈 수 있었네. 그리고 그가 키워 낸 종남오선의 시절에야 비로소 강호의 수많은 문파들을 누르고 그들 위에 우뚝 설 수 있었지."

"……."

"하나 종남파의 전성 시절에도 육합귀진신공을 터득한 자는 그리 많지 않았네. 내가 조사한 바로는 종남오선이 활약하던 시대에도 육합귀진신공을 익힌 자는 다섯 명을 넘지 않았네. 심지어 종남오선 중에도 세 명밖에는 완성하지 못했다고 하더군."

진산월로서는 묻지 않을 수 없었다.

"그들이 누구입니까?"

"종남오선 중 말인가? 태을검선과 소선, 그리고 혈선이라는 인물일세. 그들 중 소선은 유백석의 뒤를 이어 종남파의 십이 대 장문인이 된 분으로 알고 있는데, 혈선에 대해서는 나도 거의 아는 바가 없네."

모용단죽의 고요한 시선이 진산월의 두 눈에 고정되었다.

"자네는 혹시 알고 있나?"

진산월은 살짝 고개를 끄덕였으나 별다른 대답을 하지 않았다. 할 말도 특별히 없었다.

혈선 정립병은 태을검선 매종도의 필생의 숙적이라 할 수 있는 인물이었으나, 강호에서의 활약상은 그리 많지 않았다. 오히려 당시에도 그가 신분을 숨긴 채 활동했던 혈삼객이라는 별호가 더 널리 알려졌을 정도였다. 그것도 이미 이백 년 전의 일이었으니, 지금은 혈선은 물론이고 혈삼객이라는 이름을 알고 있는 사람조차 거의 전무한 형편이었다. 반면에 태을검선은 강호의 역사에 조금이라도 관심을 가지고 있는 사람들이라면 누구나가 생생하게 기억하고 있는 이름이었다.

그것이 일인자와 이인자의 차이였다. 누구나가 인정하는 절대적인 일인자였던 태을검선의 이름은 오랜 세월이 흘러도 퇴색되지 않은 반면에 그에 미치지 못했던 혈선 정립병은 사람들의 뇌리에서 완전히 사라져 버린 것이다.

생각해 보면 문파의 장문인도 아니고 최고수도 아닌 이백 년 전의 인물을 기억해 주길 바라는 것 자체가 무리한 일일지도 몰랐다. 하나 정립병을 무공에 관한 마음속의 사부로 생각하고 있는 진산월로서는 입맛이 씁쓸할 수밖에 없는 일이었다.

그의 표정을 어떻게 해석했는지 모용단죽은 혼잣말처럼 나직하게 중얼거렸다.

"하긴…… 자네는 종남파의 장문인이니 종남오선에 대해서는 다른 누구보다 잘 알고 있겠군. 아무튼 육합귀진신공은 그처럼 당시에도 익힌 사람이 별로 없는 그야말로 비전(秘傳) 중의 비전이었네. 아니, 말을 조금 수정해야겠군."

모용단죽은 한 차례 목을 가다듬고는 조용하면서도 분명한 어조로 말했다.

"육합귀진신공은 배우기는 쉬워도 완성하기는 극도로 어려운 무공이었네. 심지어 종남오선 중의 두 사람도 육합귀진신공에 입문(入門)했으나 결국은 익히지 못했고, 그것은 유백석의 여러 사형제들도 마찬가지였네. 결국 육합귀진신공을 완성한 사람은 종남파에서도 유백석과 종남오선의 세 사람에 불과했으니, 그들이 모두 사라진 후 그 무공이 절전(絶傳)된 것은 너무도 당연한 일이라고 할 수 있지 않겠나?"

비선 조심향이나 취선 하정의는 비록 종남오선의 가장 말석을 차지하고 있기는 하지만 그래도 당시 무림의 최고 고수들이었고, 또한 누구나가 첫 손가락에 꼽는 기재 중의 기재들이었다. 대체 육합귀진신공이 어떠한 것이기에 그런 그들이 유백석이라는 최고의 스승 밑에서 배웠음에도 불구하고 신공을 완성시키지 못했는지 의아함을 넘어 기이한 생각마저 들 정도였다.

"그래서 나는 육합귀진신공이 특별한 조건을 갖춘 상태가 되어야만 익힐 수 있는 무공이 아닐까 생각하고 있다네."

"특별한 조건이라면?"

"특이한 체질이나 특수한 연공법, 혹은 어떤 깨달음 같은 걸 필요로 하는 무공일 거라는 추측이지."

진산월은 그럴 수도 있겠다고 생각했다. 하나 그렇다면 종남파에서도 나름대로의 대책을 강구했을 텐데, 제대로 익힌 사람이 별로 없다는 건 아무래도 쉽게 이해가 되지 않는 일이었다.

"조건은 여러 가지가 있겠지. 어떤 무공을 토대로 익혔느냐 하는 것도 중요한 요소일지 모르고."

진산월의 눈이 번쩍 빛났다.

"그 말씀을 좀 더 자세하게 듣고 싶군요."

"어디까지나 나의 짐작일 뿐이네. 육합귀진신공이 여섯 가지의 각기 다른 신공을 하나로 규합하는 것이라면, 반드시 그중 중심이 되는 신공이 있을 것이네. 처음부터 동시에 여섯 개나 되는 신공을 익히는 사람은 없을 테니 말일세."

"그렇겠지요."

"내가 조사해 본 바로는 종남오선의 다섯 사람은 각기 다른 신공을 기본공(基本功)으로 익혔다고 하네. 그래서 혹시 어떤 신공을 먼저 익혔는가, 혹은 어떤 신공을 기본공으로 익혔는가 하는 것이 육합귀진신공을 완성하는 데 중요한 요소가 되는 것은 아닐까 하고 생각해 본 걸세."

진산월은 모용단죽의 의견이 상당히 가능성이 농후한 것이라고 생각했다.

만약 그의 짐작대로라면 똑같은 스승 밑에서 같은 문파의 무공을 배운 종남오선이 사람에 따라 육합귀진신공을 익히고 익히지 못한 차이가 생기는 것도 어느 정도 설명이 된다.

"둘 중 어느 게 더 타당한 지는 나도 알 수가 없네. 아니, 이런 추측 자체가 사실일지도 의문스러운 상황이지. 어쨌든 이백 년 전의 일이고, 지금은 누구도 확인해 줄 수 없는 일이니 말일세."

"……."

"그런데도 내가 자네에게 육합귀진신공을 익히라고 말하는 것은 지금의 자네라면 일말의 가능성이 있다고 생각했기 때문일세."

"어떤 가능성 말입니까?"

"육합귀진신공의 구결은 비록 사라졌지만, 여섯 가지 신공 중 몇 가지는 종남파에 남아 있는 것으로 아네."

"그렇습니다."

"자네는 그중 몇 가지를 익혔나?"

진산월은 가만히 모용단죽을 응시하고 있다가 숨길 이유가 없다고 생각했는지 솔직하게 대답했다.

"네 가지입니다."

진산월은 태을신공을 기본공으로 익혔고, 정립병이 남긴 비급에서 태진강기를 얻었다. 그리고 낙일방이 소선 우일기의 유해에서 천단신공을 찾았고, 최근에는 성락중이 어렵게 복원한 현청건곤강기를 전해 받았다. 비록 그중에서 십이성 완성한 것은 태을신공뿐이었으나, 가장 최근에 익히기 시작한 현청건곤강기까지 포함하여 그가 모두 네 가지의 신공을 익히고 있는 건 분명한 사실이었다.

모용단죽의 물처럼 고요하게 가라앉아 있는 눈에 한 줄기 이채가 스치고 지나갔다.

"대단하군. 그렇다면 남은 것은 두 가지뿐이로군?"

"그렇습니다."

종남파에 남아 있는 전설로 비추어 보건대, 여섯 가지의 신공을 모두 모았다고 해서 육합귀진신공을 완성한다는 보장은 없지만 그래도 일단 육합귀진신공을 익히기 위한 최소한의 조건은 갖추게 되는 셈이었다.

모용단죽은 잠시 생각에 잠겨 있는 듯하더니 천천히 입술을 열었다.

"그중 한 가지를 찾는 것에는 내가 도움을 줄 수 있을 것도 같군."

진산월은 놀라지 않을 수 없었다.

"어떻게 말입니까?"

"종남파의 절학 중 사라진 신공 한 가지는 남해로 흘러갔을 것이네."

남해라고 하자 진산월은 퍼뜩 떠오르는 생각이 있었다.

여섯 가지 신공 중 사라진 칠음진기는 종남오선 중의 비선 조심향의 절학이었다. 그녀 이후 칠음진기를 제대로 익힌 사람은 종남파에서 나오지 않았다.

당시는 물론이고 그 후에도 종남파에는 적지 않은 여고수들이 있었지만, 이상하게도 칠음진기는 물론이고 칠음진기로 펼칠 수 있는 수많은 신공절학마저 익힌 사람이 없었다. 언제부터인지 그 무공을 익힌 사람들이 하나둘씩 종남파를 떠났고, 나중에는 그 무공의 구결들마저 모두 사라져 버려 익히고 싶어도 익힐 수 없게 되었던 것이다.

결국 칠음진기는 조심향을 끝으로 종남파에서 모습을 감추어 버린 셈이었다.

평생 태을검선의 종적을 찾아 헤맸던 태을종객 장하민은 '성심록'의 마지막 부분에 조심향의 행적이 세 군데 중 하나일 거라는 자신의 추측을 적어 놓았다. 그중 그가 가장 먼저 고려했던 장소가 바로 남해 보타산의 청조각이었다. 청조각의 당시 주인이었던 남해신녀(南海神女)가 조심향의 오랜 친우였기 때문이다.

게다가 성락중이 겪었던 기이한 일을 생각해 보면 청조각의 무공이 종남파와 어떤 식으로든 연관이 있을 가능성이 농후했다.

이런 점들을 취합해 본다면 떠오르는 곳은 한 군데밖에 없었다.

"혹시 모용 대협께서 말씀하시는 것은 남해 청조각이 아닙니까?"

진산월의 물음에 모용단죽은 고개를 끄덕였다.

"자네도 이미 그곳을 염두에 두고 있었군?"

모용단죽의 말은 듣기에 따라서는 여러 가지 의미로 해석할 수 있었다.

"모용 대협께서는 본 파의 신공 중 하나가 청조각에 있을 거라고 생각하시는 겁니까?"

"여러 가지 정황상 그럴 가능성이 농후하다는 결론에 도달했네. 정확한 건 자네가 확인해 봐야겠지."

물론 그렇다. 하나 진산월로서는 짙은 의혹을 느끼지 않을 수 없었다.

대체 모용단죽이 육합귀진신공에 이토록 많은 관심을 가지고 있는 이유는 무엇일까? 그리고 종남파에서조차 제대로 된 자료를 찾을 수 없었던 육합귀진신공에 대해 그는 어떻게 조사를 계속할 수 있었는가?

그는 과연 자신이 육합귀진신공에 대해 알고 있는 사실을 진산월에게 모두 밝힌 것일까? 만약 그렇다면 수십 년간 비밀스럽게 연구해 왔던 육합귀진신공의 비밀을 지금 진산월에게 밝힌 이유는 무엇이며, 만약 그렇지 않다면 숨기는 이유는 또 무엇일까?

수많은 의문들이 꼬리에 꼬리를 물고 이어졌지만 지금의 진산월이 할 수 있는 일은 그리 많지 않았다. 늦기 전에 남해 청조각을 직접 방문하여 정말로 조심향의 비전이 그곳에 남아 있는지를 확인하는 일뿐이다.

모용단죽은 생각에 잠긴 그의 모습을 한동안 조용히 지켜보더니 의미 모를 말을 내뱉었다.

"누가 아는가? 좋은 일은 모여서 온다고 했으니, 그걸 찾게 되면 육합귀진신공에 대한 실마리를 얻을 수 있을지 말일세."

진산월은 다시 고개를 들어 모용단죽을 바라보았으나 모용단죽은 그 말을 끝으로 입을 굳게 다물었다.

진산월은 모용단죽이 그 말이라도 해 준 걸 고마워해야 할지, 아니면 보다 자세한 이야기를 하지 않은 걸 원망해야 할지 판단이 서지 않았다. 하나 더 이상 모용단죽에게서 육합귀진신공에 대한 말을 들을 수 없다는 건 분명하게 알 수 있었다.

한동안 복잡한 상념에 잠겨 있던 진산월은 이내 생각을 정리한 듯 자리에서 일어나 모용단죽을 향해 정중하게 포권을 했다.

"모용 대협께서 본 파의 잃어버린 신공을 찾을 수 있는 단서를 주신 것에 감사드립니다."

모용단죽은 고개를 저었다.

"고마워할 것 없네. 그저 내가 예전에 호기심에 찾아본 내용을 알려 준 것에 불과하니 말일세. 자네가 나를 찾아 먼 길을 와 준 것에 대한 내 나름대로의 소소한 접대라고 생각하게."

진산월이 다시 무어라고 대꾸하려 했으나 그때 모용단죽은 두 눈을 지그시 감았다.

"밤이 깊은 모양이군. 오늘의 만남은 이쯤에서 그치기로 하세."

명백한 축객령에 진산월은 그저 고개를 숙인 채 물러날 수밖에 없었다. 막 방을 벗어나기 직전에 진산월은 문득 몸을 돌려 모용단죽을 향해 물었다.

"서풍에 날리는 것이 무엇이겠습니까?"

감았던 모용단죽의 눈이 떠지며 실낱같은 안광이 흘러나왔다.

"나에게 묻는 것인가?"

"갑자기 떠오른 질문입니다만, 모용 대협이시라면 그럴듯한 해답을 알고 계시지 않을까 생각되어서 말입니다."

모용단죽은 한동안 진산월을 물끄러미 바라보더니 천천히 입을 열었다.

"노부를 놀라게 할 생각이라면 성공했군. 서풍이라…… 어감이 좋은 단어로군. 바람에 휘날리는 건 아무래도 여인의 치맛자락이겠지. 서풍이라면 녹색 치마 정도가 어울리겠군."

"녹상(綠裳)이라……."

진산월은 입속으로 나직하게 중얼거렸다. 모용단죽의 말을 듣고 보니 문득 떠오르는 시구가 있었던 것이다.

농로습단검(濃露濕丹臉)
서풍취녹상(西風吹綠裳)

진한 이슬은 붉은 뺨을 적시고
서쪽에서 부는 바람은 초록 치마를 날리네

그것은 송(宋) 대의 진여의(陳與義)가 읊은 '거상(拒霜)'이라는 시의 한 구절이었다.

냉옥환은 모용단죽의 입에서 이 시구를 듣고 싶어서 진산월에게 그런 부탁을 한 것일까?

순간적으로 의문이 스치고 지나갔으나 진산월은 모용단죽에게 살짝 머리를 숙여 인사를 했다.

"서풍에 날리는 녹색 치마라. 정말 멋진 대답이었습니다. 좋은 말씀에 감사드립니다."

"흥미로운 질문이었네. 잘 가게."

진산월이 몸을 돌려 방을 벗어나는 장면을 가만히 보고 있던 모용단죽은 그의 몸이 완전히 방을 벗어나자 허공을 올려다보더니 희미하게 웃었다.

"부용(芙蓉)이라…… 그래, 그녀를 잊고 있었군."

'거상'은 부용의 다른 이름이었다. 부용화는 초목이 다 시드는 늦가을에 피는 꽃이라, 서리가 내린 후에도 무성하다고 하여 거상이라는 이름으로 불리기도 했다.

한동안 조용히 허공을 올려다보며 무언가 상념에 잠겨 있던 모용단죽은 오른손을 슬쩍 휘둘렀다. 그러자 외롭게 방 안을 비추고 있던 촛불이 꺼지며 짙은 어둠이 그의 전신을 뒤덮어 버렸다.

제 266 장
양류요풍(楊柳搖風)

제266장 양류요풍(楊柳搖風)

서안의 남쪽에는 유달리 고색창연한 건물이 하나 있었다. 남문 대로 일대에서 가장 번성한 주루인 산해루를 마주 보고 있는 그 건물은 서안에서 제일 유명한 기루인 화월루였다.

화월루는 단순한 기루가 아니라 최고의 요리를 맛볼 수 있는 주루이기도 했고, 서안에서 가장 많은 돈이 오가는 큰 도박장이기도 했으며, 또한 취향에 따라 다양한 미녀들을 안을 수 있는 환락의 장소이기도 했다. 화월루는 삼 층의 거대한 건물이었는데, 그 뒤로 크고 작은 수십 개의 별채를 가진 후원이 늘어서 있어 그야말로 상당한 규모를 자랑하고 있었다.

화월루의 주인은 물론 화대부인이지만, 그녀 혼자 이 거대한 화월루를 책임질 수는 없었다. 그래서 화대부인은 세 명의 능력 있고 믿을 수 있는 수하들을 두어 각기 주루와 도박장, 기루를 맡겼다.

화월루의 음식이 아무리 맛있고, 도박장이 문전성시를 이루며 성업을 한다고 해도 화월루에서 가장 중요하고 중심이 되는 곳은 기루였다. 알려진 바로는 화월루에 몸담고 있는 기녀의 숫자는 사오백 명에 달했고, 매달 적지 않은 수의 새로운 기녀들이 들어온다고 하니, 규모만으로 따져 보아도 서안은 물론이고 섬서성 전체에서 손꼽히는 크기라고 할 수 있었다.

그래서 일반 사람들은 기루의 책임자인 포희(包嬉)가 화대부인의 뒤를 이은 화월루의 이인자일 거라고 생각했다. 하나 화월루의 속사정을 좀 더 잘 알고 있는 자들은 실질적인 화월루의 이인자는 포희가 아니라 양소선(楊素仙)이라는 젊은 여인이라고 말하곤 했다.

양소선은 이제 겨우 이십 대 중반밖에 되지 않았지만 화월루의 재정을 총괄하는 중요한 직책을 맡고 있었다. 나이도 그리 많지 않고 기녀 출신이 아니라서 기루의 일을 잘 알지도 못하는 양소선이 어떻게 화대부인의 눈에 들어 화월루의 이인자가 될 수 있었는지 의아한 일이 아닐 수 없었지만, 그녀는 사람들의 우려와는 달리 능숙하고 완벽하게 자신에게 주어진 일을 해치워 화대부인의 신임을 한 몸에 받고 있었다.

어느 화창한 날의 오후였다.

이날도 양소선은 화월루의 삼 층 한쪽에 있는 자신의 방에서 수많은 전표와 수기를 앞에 놓고 계산에 여념이 없었다. 화월루에서 하루에 오가는 돈의 액수는 보통 사람으로서는 상상도 할 수 없을 만큼 어마어마했다. 그 많은 돈을 모아서 각각의 쓰임새를 결정하고 수입과 지출을 책임지는 자리가 바로 양소선이 맡고 있는 총서기(總書記)라는 지위였다.

그녀 밑에는 모두 다섯 명의 서기(書記)와 일곱 명의 출납부원이 있지만, 모든 결재의 최종 판단과 그에 따른 책임은 양소선에게 있기에 그녀의 책무는 실로 막중하다고 할 수 있었다.

서기들이 모아 온 지출명세서를 꼼꼼히 살피고 있던 양소선이 문득 고개를 들어 창문 밖을 내다보았다. 유난히 파란 하늘과 그 아래에 펼쳐진 서안의 시내 모습이 시야에 들어오자 그녀의 고운 아미가 살짝 찌푸려졌다.

그녀의 나이는 이제 스물넷. 결코 적은 나이는 아니지만, 그렇다고 많은 나이도 아니었다. 여느 여염집 여인이었으면 오늘 같은 날에는 밖으로 나가 신선한 공기를 마시며 한창때의 젊음을 누리고 있겠건만, 자신은 골방 같은 화월루의 꼭대기에 처박혀 끝없는 숫자와의 씨름을 벌이고 있으니 짜증이 날 법도 했다.

하나 그녀가 눈살을 찌푸린 것은 단순히 화창한 날을 즐기지 못하는 것 때문이 아니었다. 요사이에 그녀의 머릿속을 어지럽히고 있는 일이 문득 떠올라 마음이 심란해졌던 것이다.

그녀의 얼굴에 한 줄기 망설임의 빛이 떠올랐다.

그녀가 지금 고민하고 있는 것은 오늘 저녁의 약속이었다. 누군가를 만나기로 했으나, 그것은 상대방의 일방적인 약속이어서 그녀가 꼭 참석할 필요는 없었다. 그녀는 그 약속을 거절해야 하는지 아니면 받아들여야 하는지를 놓고 벌써 이틀 동안 심사숙고하고 있었으나, 아직도 명확한 결론을 내리지 못하고 있었다.

그녀가 우유부단한 성격이어서는 아니었다. 오히려 그녀는 누구보다도 강단이 있고 냉정한 심성의 소유자였으며, 계산이 빠르고 주관이 확실해서 남자보다도 더욱 강인한 면모를 지니고 있었다. 그렇지 않았다면 사람을 보는 눈이 까다롭기로 유명한 화대부인이 그녀를 전폭적으로 신임하여 화월루의 재정을 책임지는 막중한 자리에 앉히는 일은 절대로 일어나지 않았을 것이다.

그런 그녀가 사람을 만나느냐 안 만나느냐 하는 지극히 사소해 보이는 문제로 며칠째 끙끙 앓고 있는 것은 정말 기이한 일이 아닐 수 없었다.

양소선이 그 사람을 처음 본 것은 나흘 전의 어느 저녁 무렵이었다.

그때 양소선은 하루의 고된 일과를 끝내고 집으로 귀가하는 중이었다. 그녀의 앞에서는 그녀의 시비가 길을 인도하고 있었고, 뒤에서는 화대부인이 특별히 선정해 준 두 명의 호위무사들이 따르고 있었다. 두 무사들의 실력은 강호에서도 일류급이었으며, 양소선 본인 또한 어느 정도의 호신무공을 익히고 있어서 제 한 몸을 지키기에는 충분한 실력이었다.

그날따라 서안성의 오래된 성벽 너머로 기울어지는 석양은 유난히 아름다웠고, 노을은 잘 익은 석류처럼 붉었다. 양소선은 길을 걷다 말고 문득 그 석양빛에 취해 잠시 걸음을 멈추었다.

앞서 걷고 있던 시비가 그녀가 따라오지 않는 것을 뒤늦게 알아차리고 뒤를 돌아보았다.

"아가씨, 무슨 일이세요?"

양소선은 말없이 고개를 내저었다.

어린 소녀처럼 순간적인 충동에 사로잡혀 붉은 석양에 취해 버린 자신의 심정을 한낱 시비에게 알리고 싶지 않았던 것이다.

막 다시 걸음을 옮기려던 그녀의 시선에 문득 한 사람이 들어왔다. 그 사람은 근처의 좁은 골목에서 불쑥 튀어나왔는데, 그래서인지 마치 어둠 속에서 홀연히 나타난 듯한 착각이 들었다.

눈부신 백의를 입은 이십 대 중반의 청년이었다. 머리는 단정히 빗어 뒤로 넘겼고, 이마에는 영웅건을 매었으며, 허리에는 옥대를 차고 있었다. 전체적으로 단정하면서도 깔끔한 인상이었다.

특히 인상적인 것은 그의 별처럼 반짝이는 두 눈이었다. 생생한 활력이 가득 담겨 있으면서도 왠지 악동(惡童)의 미소를 보는 듯 재기 어린 빛이 번뜩이고 있었던 것이다. 영롱하게 반짝이는 두 눈 아래에 자리한 오똑한 콧날과 여인의 그것처럼 붉은 입술은 더할 나위 없이 잘 어울려 보였다.

그녀는 그에게 살짝 호감을 느꼈다. 그가 보기 드물게 준수한 미남자여서가 아니라 단정한 옷차림과 재기 발랄해 보이는 표정이 마음에 들었기 때문이었다.

그녀의 뒤에 서 있던 두 명의 무사들은 백의 청년이 골목에서 튀어나오자 자연스레 그녀의 양옆으로 바짝 다가섰다. 백의 청년은 한 차례 옷을 툭툭 털더니 이내 그들 네 사람을 보고는 하얀 이를 드러내며 살짝 웃었다.

"놀라게 해서 미안합니다. 복잡한 골목에서 잠시 길을 잃어 황급히 큰길을 찾다 보니 본의 아니게 실례를 했습니다."

그의 목소리는 얼굴에 떠올라 있는 표정만큼이나 낭랑하고 깨끗했으며, 태도는 우아하면서도 정중해서 고고한 품격이 느껴졌다.

양소선은 무심결에 그의 위아래를 훑어보고 있는 자신을 깨닫고는 살짝 얼굴을 붉히며 고개를 숙였다.

"저희는 괜찮으니 신경 쓰지 않으셔도 됩니다."

그녀가 몸을 돌려 그대로 가 버릴 듯하자 백의 청년이 그녀를 불러 세웠다.

"실례가 되지 않는다면 잠시 도움을 부탁드려도 되겠습니까?"

양소선은 잠깐 머뭇거렸으나 이내 그를 돌아보았다.

"말씀하세요."

"이 근처에 초율당(楚聿堂)이라는 문방사우를 파는 가게가 있다고 하는데, 골목이 비슷비슷하여 당최 찾을 수가 없군요. 혹시 소저께서는 초율당이라는 곳을 아시는지요?"

양소선의 아름다운 눈이 살짝 빛났다.

초율당은 상당히 오래된 전통 있는 가게로, 문방사우 중에서도 특히 붓을 전문적으로 취급하는 필방(筆房)이었다. 초나라에서는 '필(筆)'을 '율(聿)'로 불렀는데, 그래서인지 초율당은 아주 오래전에 초나라 출신의 유생(儒生)이 차렸다는 소문이 돌고 있었다. 나름대로 서예에 조예가 깊었던 그녀는 가끔 초율당에 들러 좋은 붓을 구입하고는 했었기에 초율당을 찾는다는 백의 청년의 말을 듣고는 그에 대해 더 큰 호감을 느꼈다.

"초율당을 찾으시는 걸 보니 붓을 구입하시려는 모양이군요."

백의 청년은 조용히 미소 지었다.

"소저께서도 초율당을 알고 계시는군요. 최근에 초율당에 아주 좋은 자호(紫毫)가 들어왔다고 해서 급히 가던 길이었습니다. 그런데 골목이 너무 복잡하고 비슷비슷해서 그만 길을 잃고 헤매다가 찾지 못하고 결국 큰길로 다시 나오게 된 것입니다."

붓은 산토끼 털로 만든 것을 가장 상품으로 쳤는데, 그중에서도 특히 흑자색 토끼털로 만든 최고급 붓이 바로 자호였다.

자호라면 그녀도 몇 개 가지고 있고, 서예를 하는 사람들이 좋은 붓을 찾기 위해 얼마나 노력하는지 알고 있기에 이내 고개를 끄덕였다.

"마침 그곳은 제가 자주 가는 곳입니다. 상당히 외진 곳에 있어서 처음 찾는 분들은 헤매기가 일쑤지요. 제가 안내해 드리겠습니다."

백의 청년은 반색을 하며 그녀를 향해 정중하게 포권을 했다.

"소저의 친절에 진심으로 감사드립니다. 하나 정히 바쁘시면 길만 알려 주셔도 충분합니다."

그의 예의 바른 모습에 양소선은 살짝 웃으며 자신도 고개를 숙였다.

"아닙니다. 말로 설명드리기는 복잡한 곳이니 저를 따라오시는 게 서로 시간을 절약하는 일이 될 것입니다."

양소선이 먼저 걸음을 옮기자 백의 청년도 어쩔 수 없다는 듯 그녀를 따라 움직이기 시작했다. 시녀와 두 명의 호위 무사들은 항상 주위 사람들에게 쌀쌀맞고 매사에 냉정하기 그지없던 양소선의 뜻밖의 모습에 다소 놀란 듯했으나 아무 말 없이 그녀의 뒤를 따라갔다.

서안의 뒷골목은 확실히 미로(迷路)와 같이 복잡하고 어지러웠다. 오죽했으면 '용사혈'이라는 기괴한 이름까지 붙었겠는가?

양소선은 서안의 좁은 골목길을 능숙한 걸음으로 걸어갔다. 묵묵히 그녀의 뒤를 따르던 백의 청년이 주위를 둘러보더니 쓴웃음을 지었다.

"소저의 말씀이 맞았습니다. 혼자 찾아오라고 하면 도저히 못 찾았을 것 같군요. 지금도 같은 길을 계속 맴도는 느낌입니다."

양소선은 입을 가리고 웃었다.

"이쪽은 서안에서도 길이 복잡하기로 악명이 자자한 곳입니다. 성의 남문(南門) 쪽에서 접근하는 것이 이쪽으로 오는 것보다 훨씬 찾기 쉬울 겁니다만, 지금은 이쪽 길을 이용하는 수밖에 없군요."

"알겠습니다. 다음에는 꼭 남문 쪽으로 들어오도록 하겠습니다."

"그런데……."

양소선의 눈이 백의 청년의 준수한 얼굴을 슬쩍 스치듯 훑고 지나갔다.

"붓 한 자루를 사려고 이런 골목길을 헤매고 계신 걸 보니 문장에 상당히 조예가 깊으신 분 같군요."

백의 청년은 멋쩍은 웃음을 흘렸다.

"그럴 리가 있습니까? 글솜씨가 너무 형편없어서 붓이라도 좋은 걸 쓰면 나아지지 않을까 하는 생각에 길을 나섰습니다만, 길눈이 어두워서 이렇게 소저까지 고생시키게 되었습니다."

백의 청년의 겸손하고 소탈해 보이는 태도에 양소선은 배시시 웃고 말았다.

"호호. 자호를 찾으실 정도면 보통 솜씨가 아닐 텐데, 너무 겸손하시군요. 그리고 저도 며칠 내로 초율당에 들를 예정이었으니 오늘의 걸음이 쓸데없는 일은 아니랍니다."

"제가 초율당을 찾게 된 건 그저 동문(同門)들에게 몇 가지 들은 풍월 때문이었습니다. 덕분에 이렇게 아름답고 친절한 소저를 알게 되었으니 저로서는 오히려 다행이라는 생각이 듭니다."

그가 은근히 자신의 미모를 칭찬하자 양소선은 마음이 흐뭇해졌다. 그녀는 결코 쉽게 경동(驚動)하거나 귀가 얇은 사람이 아니었으나, 그래도 여인인지라 백의 청년 같은 미남자의 입에서 자신의 미모를 칭찬하는 말을 들으니 기분이 나쁠 리 없었다. 특히 예의를 잃지 않으면서도 매끄럽게 대화를 이끌어 나가는 백의 청년의 태도가 무척 마음에 들었다.

복잡한 골목길을 걸어가면서 이런저런 대화를 나누다 보니 어느덧 멀지 않은 곳에 고색창연한 현판을 내건 작은 가게가 시야에 들어왔다.

"저곳이 바로 공자께서 찾으시던 초율당입니다."

양소선의 말에 백의 청년은 눈을 빛내며 가게를 둘러보더니 이내 흡족한 듯 고개를 끄덕였다.

"현판에 쓰인 글씨와 진열된 물품만 보아도 얼마나 주인이 공을 들여 운영하는 곳인지를 알 수 있겠군요. 소저가 아니었으면 이런 좋은 곳을 찾지 못하고 발길을 돌리고 말았을 테니, 다시 한 번 소저의 도움에 감사드립니다."

백의 청년이 정중하게 인사를 하자 양소선은 살짝 옆으로 몸을 틀었다.

"과공(過恭)은 비례(非禮)라 했습니다. 그런 인사는 한 번으로 족하니 예를 거두시기 바랍니다."

백의 청년은 말없이 웃으며 인사를 거두었는데, 양소선의 마음이 결정적으로 흔들린 것은 그때 그가 보인 미묘한 웃음 때문이었다. 그 미소는 그녀의 마음속 깊숙한 곳을 들여다보는 듯 노련해 보이기도 했고, 한편으로는 치기 어린 소년의 아무런 사심도 담겨 있지 않은 순진한 웃음 같기도 했다. 그러면서도 여인의 마음을 묘하게 자극해서 설렘을 안겨 주기도 하는 것이었다.

자신의 마음속 흔들림에 당황한 양소선은 제대로 인사도 하지 않고 서둘러 그 자리를 떠나고 말았다. 백의 청년이 등 뒤에서 무어라고 소리치는 소리를 들으면서도 그녀는 달리는 것처럼 걸음을 빨리해 집으로 돌아와 버렸다.

나중에야 그녀는 자신이 그의 이름도 알지 못하고 사는 곳이나 무엇을 하는 사람인지조차 묻지 않았다는 것을 깨달았으나, 그때 그녀는 이미 자신의 방 안에 혼자 외롭게 앉아 있는 신세였다.

그녀가 그를 다시 만난 것은 그로부터 사흘 후였다.

그날의 일로 심란했던 그녀는 흐트러진 마음을 잡으려는 듯 미친 듯이 일에 매달렸다. 그러던 중 화대부인이 자신을 찾는다는 말에 하던 일을 멈추고 화월루의 가장 깊숙한 곳에 있는 화대부인의 거처로 향했다.

"부르셨습니까?"

"어서 오너라. 너에게 소개해 줄 분들이 계셔서 불렀다."

화대부인의 방에는 두 명의 낯선 손님이 앉아 있었다.

무심결에 그들을 둘러본 양소선은 가슴이 세차게 뛰는 것을 느꼈다. 그들은 알록달록한 화의를 입은 중년인과 하얀 백삼을 입은 젊은이였는데, 놀랍게도 그중 젊은 남자는 바로 며칠 전에 보았던 백의 청년이었던 것이다.

백의 청년 또한 그녀를 이곳에서 보게 될 줄은 몰랐는지 눈이 살짝 크게 뜨였으나 그녀처럼 입을 다문 채 겉으로는 아무 내색도 하지 않고 있었다.

화대부인은 두 명의 손님들을 소개했다.

"인사 올리거라. 이분들은 화산파에서 내려온 분들이시다."

화산파라는 말에 양소선은 속으로 깜짝 놀랐으나 침착하게 머리를 숙였다.

"화산파의 고인들을 뵙게 되어 영광입니다. 저는 양소선이라 합니다."

화의 중년인이 사람 좋아 보이는 웃음을 지으며 살짝 고개를 숙였다.

"반갑소. 화대부인에게 보물처럼 아끼는 인재가 있다는 말을 듣고 늘 만나고 싶었는데, 드디어 오늘 보게 되었구려. 나는 곡수라 하오."

곡수라면 화산파의 집법을 맡고 있는 수뇌급 인물이었다. 더구나 그는 지략이 뛰어나고 심계가 깊어서 화산파에서도 가장 상대하기 까다로운 사람으로 알려져 있었다.

양소선은 머리를 더욱 깊숙이 조아렸다.

뒤를 이어 백의 청년이 자리에서 일어나 그녀를 향해 정중하게 포권을 했다.

"이제 보니 양 소저셨군요. 저는 화산파의 일대제자인 두기춘이라 합니다."

곡수가 그의 말에 한 마디를 덧붙였다.

"두 노제는 본 파의 장문인께서 아끼시는 직전제자이자 가장 장래가 촉망되는 뛰어난 인재요."

백의 청년의 신분을 알게 되자 양소선은 더욱 가슴이 두근거리는 것을 억제하지 못했다.

어쩐지 백의 청년의 신태가 비범해 보이고 태도와 언행 하나하나에 품격이 어려 있다 싶었는데, 과연 명문 정파의 제자였던 것이다. 더구나 화산파 장문인의 직전제자라면 그야말로 당금 무림의 어디에 내놓아도 손가락으로 꼽을 만한 최고의 기재라 하지 않을 수 없을 것이다.

"양소선입니다."

대답을 하는 양소선은 자신의 목소리가 떨려 나오지 않은 것을 천지신명께 감사드렸다.

그녀가 자리에 앉자 화대부인은 화산파의 고수들이 이곳에 온 이유를 설명해 주었다.

"화산파에서는 이번에 상당히 대규모의 투자를 계획하고 있다. 지금까지는 화산파의 속가(俗家)에서 만든 전장에 맡겼는데, 이번에는 그 전장에서 소화하기에는 금액이 너무 커서 새로운 거래처를 물색하는 중이시다."

그 말을 듣고 나서야 양소선은 명문 중의 명문인 화산파가 비록 서안의 유력 인물이라고는 하나 기루를 운영하는 화대부인을 찾아온 이유를 알 수 있었다. 그들은 화대부인이 운영하는 화월루에 용무가 있는 것이 아니라, 전장(錢莊)인 만방루 때문에 찾아온 것이다.

만방루는 서안에서 가장 큰 다섯 개의 전장 중 하나였다.

화대부인은 만방루의 실무를 담당하고 있으며, 자연히 양소선도 만방루의 일에 대해 상당한 관여를 하고 있었다. 특히 거금을 움직여야 하는 그녀의 지위 때문에 만방루의 금전 거래도 실질적인 책임을 도맡다시피 해야 했다.

만방루는 서안 일대의 귀부인들이 물주(物主)로 있기에 오히려 강호의 문파들로 이루어진 전장보다 탄탄한 면이 있었다. 어지간히 탐욕스러운 흑도의 무리들이라도 만방루의 일에는 개입하려 하지 않았던 것이다. 그도 그럴 것이, 그 귀부인들의 남편은 대부분이 서안과 섬서성의 고위 관료들이거나 전직 고관대작 출신이니, 감히 그들의 비위를 건드렸다가는 폭도의 무리로 몰려 관(官)

의 엄벌과 가혹한 탄압을 받아야 하기 때문이다.

하나 귀부인들이 전장의 치열한 물밑싸움과 주도권 쟁탈 같은 지저분한 일에 능숙할 리가 없었다. 그래서 그녀들은 자신들을 대신해 궂은일을 해 줄 사람이 필요했으며, 마침 기루를 운영하면서 뒷배의 필요성을 절감한 화대부인과 이해관계가 맞아떨어져 함께 일을 하게 되었던 것이다.

즉, 만방루에 자금을 대고 만방루를 외부로부터 보호하는 일은 귀부인들이 맡고, 만방루의 자금을 운용하고 전장을 관리하는 일은 화대부인이 하게 되는 이중 구조가 형성된 것이다. 화대부인이 만방루의 실무를 맡게 되면서 비로소 화월루는 서안뿐 아니라 섬서성 제일의 기루로 자리 잡을 수 있었다.

화대부인은 귀부인들의 기대에 어긋나지 않게 만방루의 자금을 차곡차곡 불려 나갔고, 일체의 잡음이 들리지 않도록 과도한 폭리나 지나친 추심(推尋)을 하지 않고 원만하게 사업체를 운영했다. 만방루가 수많은 전장이 난립하는 서안에서 오대전장에 속할 수 있게 된 것도 그녀의 역량이 절대적이었다.

화산파의 집법과 장문인의 제자가 투자를 위해 찾아온 것에 화대부인은 물론이고 양소선 또한 뿌듯한 마음이 없지 않았다. 그것은 섬서성 최고의 명문 정파인 화산파에서 새로운 투자처를 물색할 때 제일 먼저 고려 대상에 넣을 정도로 만방루가 크게 성장했음을 의미하는 것이기 때문이다.

하나 마음 한구석에는 희미한 경계심도 도사리고 있었다.

화산파는 그동안 전장업에 뛰어들기 위해서 여러 번의 시도를 한 적이 있었다. 하나 그때마다 서안 전체의 전장들이 모두 하나가 되어 반대를 했기에 황금알을 낳는 거위임을 알면서도 전장업에 발을 디디지 못했다. 화산파 같은 거대 문파가 전장업에 뛰어든다면 그 결과가 어떨지는 불을 보듯 뻔한 노릇이었으니 전장들의 반대는 너무도 당연한 일이었다. 다행히 화산파도 명문 정파라는 이름 때문인지 주위의 극렬한 반대를 무시하지 못하고 뒤로 물러나고 만 것이다.

그래서 그녀들은 혹시라도 화산파가 이번 일을 빌미로 전장업에 다시 관심을 보이는 것이 아닐까 하는 불안한 마음을 가지고 있었다.

하나 이어진 거래에서 곡수는 전혀 그런 의도가 없다는 듯 단순 명료한 계약 조건을 내걸었고, 화대부인 또한 그 결과에 흡족한 표정을 감추지 못했다. 양소선은 두기춘이 아무 말 없이 묵묵히 대화를 듣고만 있는 것이 조금 아쉬웠으나, 커다란 거래를 무사히 성사시켰다는 것에 몰래 안도의 한숨을 내쉬고 있었다.

며칠 후에 정식으로 본계약을 체결하기로 하고 두 사람이 자리를 떠나자 그제야 화대부인은 모처럼 입가에 부드러운 미소를 지으며 양소선의 어깨를 두드려 주었다.

"수고했다. 네 덕분에 당초 예상보다 훨씬 좋은 조건으로 계약할 수 있게 되었구나."

"아직 정식 계약을 할 때까지는 안심할 수 없습니다."

"물론이지. 하지만 곡수는 단순한 집법이 아니라 현재 화산파에서 가장 영향력이 있는 사람이다. 장문인인 용진산이 무림집회 때문에 화산파를 떠나 있기에 그가 실질적으로 화산파의 모든 일을 관리하고 있지."

양소선도 무당파에서 중요한 집회가 있을 거라는 소문을 들은 기억이 났기에 표정이 밝아졌다.

"그렇다면 일은 성사된 것이나 마찬가지겠군요."

"그래서 내가 특별히 너를 불렀던 것이다. 곡수는 워낙 머리가 비상하고 계산이 빨라서 그를 상대하려면 네가 나서야만 했다. 그나저나……."

화대부인이 의미심장한 눈으로 양소선을 바라보았다.

"화산파의 그 젊은 제자가 유독 너를 눈여겨보는 것 같던데, 너는 어떠냐?"

양소선은 움찔 놀랐다.

"무슨 말씀이신지……."

"네 나이도 이제 스물을 훨씬 넘지 않았느냐? 아까 보니 화산파의 그 젊은 고수는 인물도 준수하고 기개도 헌앙해 보이더구나. 더구나 장문인이 아끼는 제자라면 전도양양할 게 뻔하니, 신랑감으로는 그 이상 가는 인물이 없지 않겠느냐?"

뜻밖의 말에 양소선의 얼굴에 절로 홍조가 감돌았다.

"저는 아직……."

"좋은 사람은 기다려 주지 않는다. 머뭇거리다가 그가 다른 여자의 품으로 날아가 버린 뒤에 후회하면 무슨 소용이 있느냐? 네가 마음이 있다면 내가 곡 집법에게 넌지시 말을 건네 보마."

양소선은 고개를 저었다.

"아니옵니다. 저는 아직 아무 생각이 없습니다."

"하긴. 너 또한 집안의 문제가 있으니 네 마음대로 결정할 수 없겠지. 아무튼 내 말을 허투루 듣지 말고 잘 생각해 보도록 해라. 오늘은 정말 수고가 많았다."

화대부인의 칭찬을 뒤로 하고 방을 나서는 양소선의 심정은 자신도 알 수 없을 만큼 복잡하게 헝클어져 있었다. 그런데 자신의 처소로 돌아온 양소선에게 뜻하지 않은 서신이 기다리고 있었다.

양 소저 친전.

양 소저, 조금 전에 보았던 화산파의 두기춘이오.

먼저 이렇게 불쑥 서신을 전하게 된 것을 진심으로 사과드리오.

며칠 전에 양 소저를 뵌 후 제대로 인사도 나누지 못하고 급하게 헤어져서 지난밤을 무척이나 후회하며 지냈다오. 오늘 전혀 생각도 못했던 곳에서 양 소저를 다시 뵙게 되니 이게 바로 세인들이 말하는 인연이 아닌가 하는 생각이 들어 용기를 내었소.

며칠 전의 도움에 대한 보답을 드리고 싶소.

내일 저녁 유시(酉時)에 비림(碑林) 경운종(景雲鐘) 앞에서 소저를 뵈었으면 하오.

부디 나를 여인의 은혜도 갚지 못하는 졸장부로 만들지 말아 주시기를 바라오.

화산파 두기춘.

서신을 받은 후 양소선은 그날과 다음 날 오후까지 계속 고민에 빠졌으나 당최 마음을 정할 수가 없었다.

사적으로 외부인을, 그것도 커다란 계약을 앞두고 이해 당사자를 만나는 일은 부담스러울 수밖에 없었다.

게다가 상대는 화산파 장문인의 촉망받는 제자였다. 자칫 이번 일이 상대의 계략이나 음모에 의한 것임을 배제할 수도 없는 상황이었다.

더구나 요사이 서안 일대에서는 화산파와 유화상단이 전장업에 뛰어들기 위해 무언가 일을 꾸미고 있다는 소문이 조금씩 퍼져 나가고 있었다. 이런 미묘한 시기에 개인적으로 화산파의 고수를 만나는 것은 오해를 받기에 딱 좋았다.

이런 여러 가지 상황을 생각해 볼 때, 그녀는 당연히 두기춘의 서신을 무시하는 것이 옳았다.

하나 그녀의 뇌리에는 아직도 며칠 전에 보았던 두기춘의 순진한 듯하면서 꾸미지 않은 미소가 지워지지 않고 있었다. 게다가 자신이 비록 화월루의 재무 담당자이며 만방루의 일을 하고 있다고 해도 수뇌급 이라고는 할 수 없었다. 자신 같은 여인에게 화산파 같은 명문 정파에서 수작을 부릴 리도 없었고, 부린다고 해도 그 효과 또한 그리 크지 않을 게 뻔했다.

무엇보다 그녀는 화대부인의 방에서 자신을 보았을 때 두기춘의 놀라는 모습이 꾸민 것이라고 여겨지지 않았다. 두기춘은 정말 자신의 신분을 몰랐으며, 그렇다면 그와의 만남은 순수한 우연이었고, 그의 말대로 질긴 인연의 한쪽 끝이 닿아 있는 것인지도 몰랐다.

그리고 정말 그렇다면, 화대부인의 말대로 되지 말라는 법도 없지 않겠는가?

결국 그녀는 꼬박 하루하고도 반나절을 고민한 끝에 어렵사리 용기를 내어 약속 장소인 비림으로 향했다.

내딛는 걸음마다 납을 달아맨 듯 무거웠고 가슴은 쉴 새 없이 콩닥거렸으나, 그녀는 마침내 유시가 조금 넘은 시각에 비림 안에 있는 경운종 앞에 도착할 수 있었다.

경운종은 당의 예종(睿宗) 때 만들어진 것으로, 한때 천하제일종(天下第一鐘)이라 불리기도 했다. 경운종이 있는 작은 종루(鐘樓) 한쪽에 서성거리고 있는 한 사람을 본 순간, 양소선의 가슴은 금시라도 터져 버릴 듯 맹렬하게 뛰었고, 얼굴은 붉게 달아올랐다.

그 사람은 그녀를 발견하자 한달음에 달려왔다.

"와 주었구료, 양 소저."

감격한 듯 가볍게 떨리는 그의 음성을 듣자 그녀는 지금까지의 고민이 어디론가 날아가 버리고 마음 한구석에 달콤한 감정이 솟구치는 것을 느꼈다.

그녀는 말없이 고개를 숙였다.

두기춘은 손을 내밀어 그녀의 섬섬옥수를 잡으려다 멈칫했다. 그 모습이 너무도 순진해 보여서 얼굴이 붉어진 와중에도 양소선은 살짝 미소 짓고 말았다.

그녀의 미소를 보았는지 두기춘은 용기를 내어 그녀의 소맷자락을 잡았다.

"오늘 은혜를 갚기 전에는 이 손을 놓지 않겠소. 그날처럼 양 소저를 그냥 보내는 일은 결코 없을 거요."

양소선의 얼굴이 더욱 붉어져 홍시처럼 변했다. 그녀는 고개를 숙인 채 간신히 입을 열었다.

"은혜 같은 건 없습니다, 두 공자님."

두기춘은 이글거리는 눈으로 그녀를 응시했다.

"양 소저 같은 분은 없는 은혜라도 만들어서 억지로 만나야 할 판인데, 실제로 나는 적지 않은 은혜를 입었소."

두기춘은 다른 한 손을 품에 넣어 하나의 물건을 꺼냈다.

그것은 두 치쯤 되는 붓이었다. 은은한 흑자색이 감도는 붓은 한눈에 보기에도 범상치 않은 것 같았다.

"양 소저 덕분에 이 좋은 자호를 구입할 수 있었소. 이 붓으로 제일 먼저 양 소저에게 시구를 바치고 싶어서 아직 쓰지 않고 잘 보관하고 있었소."

양소선은 며칠 전과는 달리 열정적인 그의 모습에 당혹스러우면서도 마음은 한없이 포근해졌다.

"그러실 필요는 없는데……."

"좋은 붓은 좋은 사람을 위해 쓰여야 한다고 믿고 있소. 소저에게 한 잔의 술을 대접한 후, 이 붓에 내 마음을 담아 소저를 위한 글을 써서 바치겠소."

두기춘이 소매를 잡아끌자 양소선은 못이기는 척 그를 따라 걸음을 옮겼다.

한데 두 사람이 막 경운종의 연못 앞을 벗어나려 할 때였다.

"이거, 혼자 보기는 아까운 광경인걸. 너무 자극적이야."

비아냥거리는 소리와 함께 누군가가 그들의 앞을 천천히 가로막았다.

짧게 깎은 머리에 두건을 뒤집어쓰고 험악한 눈빛을 번뜩이는 그 사람을 보자 두기춘의 입에서 나직한 신음성이 흘러나왔다.

"응 사형……."

제267장 양자회동(兩者會同)

두건의 사나이의 두 눈이 살기로 번들거렸다.

"누가 너의 사형이란 말이냐?"

그의 음성과 기세가 어찌나 사나워 보였던지, 양소선의 몸이 그녀의 소맷자락을 잡고 있는 두기춘도 알 수 있을 정도로 부르르 떨렸다.

두기춘은 새파랗게 질린 양소선의 얼굴을 슬쩍 쳐다보더니 자연스럽게 몸을 움직여 그녀의 앞을 막아섰다.

"여긴 어쩐 일이시오?"

두건의 사나이는 언제 화를 냈느냐는 듯 입꼬리를 말며 괴이하게 웃었다.

"흐흐…… 그래, 그렇게 나와야 너답지."

화를 내는 듯하다 갑자기 웃으니 이상할 법도 한데, 두건의 사나이에게는 그런 모습이 어울려 보였다. 그리고 왠지 화를 낼 때보다 더욱 살벌해 보이기도 했다.

"오늘은 날이 좋아서 거리 구경이라도 하려고 나섰다가 멀리서 너를 보았다. 평소에는 늘 주위의 시선에 예민하던 놈이 남들 시선은 아랑곳하지 않고 허겁지겁 걸어가길래 또 어디서 무슨 요상한 짓을 하려는지 궁금해서 따라와 본 것이다."

두건의 사나이는 두기춘의 뒤에 있는 양소선을 슬쩍 흘겨보았다.

"그런데 역시나 여기서 또 예전의 솜씨를 부리고 있었구나."

양소선의 낯빛이 살짝 굳어졌다. 비록 갑작스럽게 나타나서 시비를 걸고 있는 사나이의 모습이 흉악해 보여 순간적으로 겁을 먹기는 했어도, 그녀 또한 약간의 호신무공을 익혀서 파락호 한두 명쯤은 충분히 상대할 수 있었다. 더구나 그녀의 앞에는 화산파 장문인의 촉망받는 제자가 버티고 있지 않은가?

그런데 떨리는 마음을 간신히 억누르고 있던 그녀의 귀에 들려온 사나이의 말 속에 꺼림칙한 무엇이 담겨 있는 것이다. 그녀의 눈이 자신도 모르게 자신의 앞을 굳건히 지키고 있는 두기춘의 건장한 등으로 향해 있었다.

'두 공자는 진정으로 아무런 사심 없이 나를 만나러 나와 준 것일까? 그리고 두 공자의 사형이라면 화산파의 인물일 텐데, 왜 두 사람은 이렇듯 살벌한 분위기를 풍기는 것일까?'

화산파의 제자라고 하기에는 두건의 사나이는 지나치게 거칠고 투박했다. 게다가 칙칙한 무복(武服)을 아무렇게나 걸치고 있는 모습이, 아무리 보아도 깔끔하고 단정하기로 유명한 화산파의 제자답지 않았다.

양소선이 의심의 눈초리로 자신의 등을 보고 있는 것을 아는지 모르는지, 두기춘은 평상시의 침착함을 되찾고는 조용하고 차분한 음성으로 입을 열었다.

"내가 무슨 일을 하든 귀하가 신경 쓸 것은 없다고 생각하오. 내게 특별한 용무가 없으면 우리는 이만 가 보겠소."

두건의 사나이의 눈이 무섭게 번들거렸다.

"우리가 용무가 없으면 만나지도 못하는 사이가 되었군. 그깟 용무야 만들면 되는 일 아닌가?"

두건의 사나이는 품속에서 한 장의 서찰을 꺼내 그에게 던졌다.

두기춘은 자신의 얼굴 쪽으로 날아오는 서찰을 가볍게 받아 들었다.

그것을 본 두건의 사나이는 입술을 질끈 깨물었다.

겉으로 보기에는 대수롭지 않은 것 같아도 조금 전에 그는 자신의 공력을 모두 끌어올려 서찰을 던졌던 것이다. 얇은 서찰에 기운을 담는다는 것은 쉬운 일이 아니어서 그로서는 상당한 연습 끝에 어지간한 고수라도 격상시킬 만큼 강력한 위력을 발휘할 수 있게 되었는데, 두기춘은 너무도 수월하게 그 서찰을 받아 버린 것이다.

'죽일 놈. 장문 사형이 드셔야 할 만년삼정을 훔쳐 먹더니 내공 하나만은 확실히 고수가 된 것 같군.'

두건의 사나이는 다름 아닌 응계성이었다. 응계성은 노해광의 비밀스런 지시를 받고 며칠 동안 두기춘의 뒤를 은밀히 쫓고 있다가 오늘 모처럼 기회를 노려 두기춘의 앞에 나타난 것이다.

두기춘은 서찰을 펼쳐 보았다. 서찰 위에는 '신산 곡수 대협 친전'이라는 글귀가 쓰여 있었다.

"이게 무엇이오?"

"가지고 가서 너희 잘난 곡 집법이란 자에게 전해 주어라."

두기춘은 서찰을 만지작거리다가 다시 물었다.

"누가 전하는 것이오?"

"본 파의 노해광 사숙이시다."

두기춘도 노해광이라는 이름을 알고 있는지 표정이 한층 무거워졌다. 노해광은 어느덧 이름만으로 사람에게 중압감을 줄 수 있을 정도로 서안의 유력자가 되어 있었다. 특히 쾌의당의 칠대용왕 중 한 명이자 수공의 제일인자라는 황충도 그에게 당했다는 소문이 퍼진 뒤로는 명숙으로 소문난 강호의 유명한 고수들도 그를 어려워하고 있는 형편이었다.

두기춘은 서찰을 자신의 품에 잘 간직하고는 다시 응계성의 얼굴을 주시했다.

"다른 용무는?"

응계성의 얼굴에 한 줄기 미소가 번졌다. 흥겹다기보다는 사납고 거친 미소였다.

"너에게는 꼭 한 가지 해결해야 할 용무가 있지. 하지만 오늘은 아니다."

그 용무가 무엇인지는 두기춘도 충분히 짐작할 수 있었다. 하나 두기춘은 아무런 내색도 하지 않고 무심한 표정으로 대꾸했다.

"그럼 나는 이만 가 보겠소."

이어 그는 자신의 등 뒤에 조용히 서 있는 양소선을 돌아보았다.

"양 소저, 뜻밖의 일로 놀라게 해 드려 죄송하오. 오늘은 양 소저를 모실 분위기가 아닌 듯하니 내가 양 소저의 댁까지 모셔다 드리겠소."

양소선은 이런 상황에서도 예의를 잃지 않고 있는 두기춘의 준수한 모습을 가만히 보고 있다가 나직한 음성으로 말했다.

"저는 괜찮습니다. 두 공자께서도 저에게 하실 말씀이 있을 듯하니, 자리를 옮겨서 대화를 나누어도 좋을 것 같군요."

두기춘은 그녀의 반응이 다소 의외였는지 눈을 번쩍 빛내며 흔쾌히 고개를 끄덕였다.

"좋소. 마침 이곳에서 멀지 않은 곳에 내가 가끔 찾아가는 다관(茶館)이 있으니 차라도 한잔 나누는 것이 어떻겠소?"

양소선은 무슨 생각이 들었는지 입가에 살짝 미소를 지어 보였다.

"놀란 마음을 달래기에는 차보다 술이 더 나은 것 같군요."

"그럼 원래 내가 양 소저를 모시려고 했던 곳으로 안내해 드리겠소."

두 사람은 어깨를 나란히 한 채 걸음을 옮겼다. 그때까지도 두기춘은 여전히 그녀의 소맷자락을 잡고 있었고, 그녀도 그의 손을 뿌리치지 않았다.

　멀어지는 두 남녀의 뒷모습을 우두커니 보고 있던 응계성은 거칠게 가래침을 내뱉었다.

　"퉤! 마치 내가 선남선녀를 방해하는 악당이 된 느낌이군. 두기춘, 내가 너를 순순히 보내 주었다고 생각하면 오산이다. 너는 어차피 매 사형의 몫이니, 매 사형이 돌아올 때까지 너를 건드리지 않는 것뿐이다."

　막상 그 말을 하고 난 응계성의 얼굴에는 살짝 어두운 기색이 감돌았다. 자신의 전력을 다한 서찰을 너무도 쉽게 받아 내던 두기춘의 모습이 뇌리에 떠올랐던 것이다.

　"역시 내공이 문제로군. 손 노태야에게 영약이라도 달라고 사정해야 하나?"

　응계성은 한동안 그 자리에 선 채로 이런저런 생각에 잠겨 있다가 자신도 몸을 날려 어딘가로 사라져 갔다.

*　*　*

　노해광은 어떤 일을 계획할 때는 늘 사전에 치밀한 준비와 수십 차례의 검토를 하지만, 막상 일이 진행된 후에는 주위 사람들의 의견을 듣기보다는 혼자 독단적인 판단을 내리고는 했다. 그런데 요즘 들어서는 부쩍 누군가와 상의하는 경우가 많아졌다.

　그 대상은 바로 정해였다.

　정해는 두뇌가 비상하고 언변이 좋을 뿐 아니라, 사태를 파악하는 데 특별한 재주가 있어서 노해광은 그와의 대화가 늘 즐거웠다. 정해 또한 짧은 시간 내에 서안의 막후 실력자가 된 노해광을 무척이나 존경하고 좋아했기에 그가 부르면 만사를 젖혀 놓고 달려오고는 했다.

지금도 두 사람은 산해루의 삼 층에 있는 노해광의 집무실에서 차를 마시며 담소를 나누고 있었다. 하나 그 내용은 부드러운 분위기와는 달리 상당히 진지하고 심각한 것이었다.

"곡수가 과연 사숙의 제의를 순순히 받아들이겠습니까?"

정해가 차를 한 모금 맛있게 마신 후 물어보자 노해광은 턱에 난 수염을 쓰다듬으며 고개를 갸웃거렸다.

"글쎄. 확률은 반반이라고 봐야지."

노해광은 요새 수염을 기르는 재미에 흠뻑 빠져 있었다. 항상 짧은 수염만을 선호하던 그가 제법 탐스러울 정도로 길게 턱수염을 기르는 것은 수염을 기른 그의 인상이 무척 중후해 보인다는 주위의 의견 때문이었다. 이제는 서안의 거물다운 관록이 묻어 나오고 있는 그의 입장에서도 다소 가벼워 보였던 지금까지의 모습에서 벗어나 좀 더 듬직한 느낌을 주는 외모로 바뀌어야 할 필요성을 느끼고 있었다.

"곡수로서는 은밀히 추진하고 있는 일을 우리가 알고 있다는 것만으로도 상당한 부담감을 느낄 겁니다. 그래서 이번 투자에 대해 직접 만나서 상담을 하자는 사숙의 제의를 마냥 무시할 수는 없다고 봅니다."

"이치상으로야 그렇지. 그런데 상대가 곡수라는 게 문제다."

노해광은 총기가 번뜩이는 정해와 대화를 나누는 것이 즐거운지 무거운 음성과는 달리 표정은 상당히 밝은 편이었다.

"곡수는 이런 일일수록 알면서도 모르는 척, 모르면서도 아는 척하는 것이 자신에게 유리하다는 걸 알고 있을 것이다. 그러니 나와 직접 만나면 만날수록 자신에게 불리하다는 것도 파악하고 있겠지."

정해는 단번에 노해광의 말뜻을 알아들었다.

"곡수로서는 사숙을 만나서 무슨 말을 하든 자신의 속셈이 드러날 가능성이 있다고 판단하겠군요."

"그렇지."

"하지만 우리가 얼마나 알고 있는지 궁금해서라도 나오려고 할 겁니다."

노해광은 빙긋 웃었다.

"너는 마치 곡수의 마음속에 들어가 본 놈처럼 말하는구나."

정해도 따라서 웃어 보였다.

"저라도 그럴 테니 역지사지(易地思之)해 보면 되지 않겠습니까?"

"너야 워낙 호기심이 많고 잔머리가 비상한 녀석이니 상대의 마음을 알아보는 게 재미있어서라도 기를 쓰고 나오려고 하겠지. 하지만 곡수는 누구보다 노련하고 경험이 풍부한 인물이다."

노해광이 정해의 말에 내심 동조를 하면서도 굳이 반대 의견을 내는 것은 정해와 이런 식으로 대화를 이어 나가는 것이 은근히 재미있기 때문이었다.

정해가 두 눈을 반짝거렸다.

"그러면 사숙께서는 곡수가 회동 제의를 받아들이지 않을 거라고 생각하신다는 말씀이군요."

"그럴 가능성이 높다고 본다."

"저는 곡수가 받아들일 거라고 생각합니다."

정해가 유난히 눈을 빛내며 말하자 노해광은 물끄러미 그를 보고 있더니 피식 웃었다.

"내게 내기라도 걸어서 얻고 싶은 게 있는 모양이구나. 원하는 게 있으면 말해 보거라."

정해는 뒤통수를 긁적거렸다.

"정말 사숙의 눈을 피할 수는 없군요. 사실은 사숙께 바라는 게 하나 있습니다."

"네 녀석이 조금 전부터 눈알을 이리저리 굴리는 게 수상해 보였다. 원하는 게 뭐냐?"

"제가 듣기로는 사숙께서는 오랫동안 강호를 주유하시면서 많은 사람을 만나고, 또한 많은 기물(奇物)도 접하셨다고 하더군요."

"그런 편이지."

"그 기물들에는 물론 내공 증진에 도움이 되는 영약도 있겠지요?"

그제야 정해가 무엇을 노리고 있는지 알아차린 노해광은 그만 껄껄 웃고 말았다.

"하하! 이 영악한 녀석. 내게 천지유불란(天地幽彿卵)이 있다는 걸 알고 있었구나!"

제267장 양자회동(兩者會同) 177

정해는 멋쩍은 표정을 숨기지 않았다.

"죄송합니다. 일전에 하 노형과 술을 마시며 이야기를 하다가 십여 년 전에 사숙께서 유불란 중에서도 가장 귀하다는 천지유불란을 구해서 소중히 보관하고 계시다는 말을 전해 들었습니다."

정해가 말하는 하 노형이란 천면묘객 하응을 말한다. 노해광의 수하들 중에서도 특히 하응과 정해는 서로 죽이 잘 맞아서 호형호제하며 친하게 지냈는데, 입이 가벼운 편인 하응이 술김에 노해광의 비밀 한 가지를 밝힌 모양이었다.

유불란은 이름처럼 무슨 생물의 알 같은 게 아니라 공청석유 같은 영약의 일종이었다. 사람의 발길이 닿지 않은 오래된 심산의 깊은 곳에는 아주 가끔 음기(陰氣)와 양기(陽氣)가 상충하는 지역이 존재한다. 그런 지역에 종화석(鐘化石)이라고 하는 특이한 성분으로 된 바위가 있다면, 그 바위 속에는 음기와 양기의 성분이 조금씩 쌓이게 된다. 그런 세월이 수백 수천 년을 흐르면 그 바위 안에 음기와 양기의 농축된 기운이 고이는데, 그 형태가 액체도 아니고 고체도 아닌 반쯤 굳은 모양으로 형성된다. 그 모습이 마치 계란과도 같으나, 그렇다고 진짜 계란은 아니기 때문에 유불란이라는 이름이 붙게 된 것이다.

음기와 양기가 오랜 세월 동안 농축되었기 때문에 내공을 증진하는 데 공청석유 못지않은 효능을 발휘하지만, 발견하기가 극히 힘들어 천고(千古)의 기연(奇緣)이 없으면 얻지 못한다고 알려져 있었다.

노해광이 구한 천지유불란은 유불란 중에서도 가장 효과가 좋은 특상품을 말하는 것으로, 노해광도 처음 구했을 때 한 방울만 먹고 나머지는 밀봉해서 소중하게 보관해 오고 있었다. 그런데 그걸 알아차린 정해가 유불란을 노리고 있었던 것이다.

아끼고 아끼는 유불란이었으나 사문의 귀여운 사질에게 주는 것이라면 못할 것도 없었다. 하나 노해광은 짐짓 눈을 찡그렸다.

"이런 사소한 내기에 걸기에 천지유불란은 지나치게 귀한 물건이다. 더구나 너는 무공에 별다른 소질이 없어서 효능을 제대로 보지도 못할 것이다. 설마 뒤늦게 무공에 매진할 생각이란 말이냐?"

정해는 고개를 조아렸다.

"제가 너무 무리한 욕심을 부린 것에 충심으로 사과드립니다. 다만 저는 아무리 귀한 물건이라도 사용하지 않고 썩히고만 있다면 그 존재 가치를 잃고 말 것이라고 생각했을 뿐입니다."

"유불란을 먹으면 물론 어느 정도 내공 증진에 성과를 볼 수 있기는 하다. 하지만 무공이란 내공만 높아진다고 해서 좋아지는 것이 아니다."

"저도 제 주제를 알고 있는데 언감생심 이제 와서 무공에 욕심을 내겠습니까?"

노해광도 정해가 그렇게 뻔뻔한 성격은 아님을 알고 있기에 의아한 생각이 들었다.

"그럼 누구를 주려고 한 것이냐?"

정해는 망설이다가 힘겹게 입을 열었다.

"사실은…… 응 사형이 두기춘을 만나고 나서 상당히 고심하는 모습을 보았습니다."

그제야 노해광은 속사정을 짐작할 수 있었다.

'두기춘이란 놈은 장문인에게 갈 만년삼정을 훔쳐 먹었다고 했으니 필시 임독양맥을 타통했을 것이다. 얼마 전에는 화산파의 장문인인 용진산이 특별히 자신의 제자로 발탁했을 정도니 분명할 것이다.'

응계성은 문파를 배신한 두기춘을 단단히 벼르고 있었는데, 두기춘이 임독양맥을 타통했다면 그의 실력으로는 절대로 상대가 될 수 없었다. 게다가 응계성은 한쪽 발도 불편한 상태가 아닌가?

정해는 무거운 한숨을 내쉬었다.

"응 사형도 생각이 없는 사람은 아닌지라 무작정 두기춘을 다그친다고 될 일은 아니라는 것을 알고 있을 겁니다. 어차피 두기춘은 매 사형의 손으로 응징해야 한다고 입버릇처럼 말했으니 말입니다. 하지만 그를 내버려 두는 것과 그의 상대가 되지 않아 덤비지도 못하는 것은 전혀 차원이 다른 문제입니다. 더구나 응 사형은 여러 가지 풍파에 휩싸여 본 파의 제자들 중에서도 내공이 약한 편이라 그 점에 대해 더욱 아쉬워하고 있는 모양입니다."

"흠."

노해광의 뇌리에 얼마 전에 보았던 응계성의 모습이 떠올랐다. 그동안 노해광은 응계성을 몇 번 스치듯 보기는 했으나, 가까이에서 직접 대화를 나눈 것은 이번이 처음이었다. 잠깐 이야기를 한 것만으로도 노해광은 응계성이 말로 듣던 것보다 더욱 뜨겁고 과격한 성정(性情)의 소유자임을 알 수 있었다. 그 번들거리는 눈과 굳게 다물어진 입술, 그리고 거친 숨소리와 입을 열 때 흘러나오는 투박한 말투는 노해광에게 상당히 강한 인상을 남겼었다.

그때 노해광은 그가 한쪽 다리가 불구라는 사실에 진한 안타까움을 느낄 정도였다. 다리가 불구가 된 이상 아무리 노력해도 그는 일정 수준 이상의 고수는 되지 못할 것이다. 더구나 임독양맥을 뚫고 화산파 장문인에게 직접 무공을 배우는 자의 상대는 절대로 될 수 없을 것이다.

그때 그가 느꼈을 좌절과 고통을 노해광은 충분히 짐작할 수 있었다.

노해광은 가만히 머릿속으로 생각해 보았다.

원래 그는 천지유불란을 소지산과 방취아에게 줄 계획이었다. 그들 두 사람은 누가 뭐라 해도 장문인이 자리에 없는 현 상황에서 종남파의 가장 핵심적인 인물들이었다. 특히 소지산은 무공에 대한 재질이 뛰어나고 기질이 비범하여 노해광도 기대하는 바가 무척 컸다. 두 남녀에게 한 방울의 유불란만 전해져도 두 사람의 진경(進境)은 훨씬 더 탁월해질 것이 분명했다.

'남아 있는 유불란은 다섯 방울 정도다. 소지산과 방취아 외에 가장 장래가 촉망되는 유소응과 단리상에게 한 방울씩 주면 딱 한 방울이 남기는 하는데……'

그 한 방울은 정말 꼭 필요할 때를 대비해 비상으로 남겨 놓거나 아니면 점차로 기력이 쇠잔해 가는 전풍개에게 줄 생각이었다.

유불란이라고 만능은 아니다. 공력을 증진하는 데 상당한 효과가 있기는 하지만 그렇다고 체질을 개선시키거나 환골탈태를 시키지는 못한다. 병든 몸을 낫게 할 수도 없고, 심각한 내상을 고치지도 못한다.

나이를 먹을수록 유불란의 효과를 크게 보기는 어려웠다. 가장 좋은 방법은 기재가 뛰어난 어린아이에게 사용하는 것이다. 내공의 기초를 잘 닦은 어린 소년에게는 한 방울의 유불란이 다른 어떤 영약보다도 뛰어난 효능을 발휘할 것이다.

무작정 많이 먹는다고 좋은 것도 아니었다. 한 방울을 초과하는 유불란은 그저 몸에 좋은 보약과 다름없었다. 게다가 약효를 흡수하기 위해서는 적어도 한 달가량은 정양하면서 오직 연공(練功)에만 힘을 쏟아야 한다. 그래서 노해광도 처음 구입할 때 한 방울만 먹고는 지금까지 소중하게 보관해 오고 있었던 것이다.

노해광은 이내 마음을 결정했다.

'그래, 필요할 때 쓰는 것이 진정 물건의 가치를 지키는 길일 것이다. 사숙께는 죄송스럽지만, 본 파의 미래를 위해 쓰인 것을 아신다면 기꺼이 용서해 주시리라.'

노해광은 짐짓 엄격한 눈으로 정해를 응시했다.

"만약 내기에서 진다면 너는 무엇을 내놓겠느냐?"

정해는 노해광의 말뜻을 알아차리고 감격에 찬 눈으로 그를 바라보았다. 노해광의 말은 정해가 내기에서 이긴다면 유불란을 내놓겠다는 의미였기 때문이다.

그는 노해광을 향해 정중하게 머리를 조아렸다.

"제가 진다면 앞으로 십 년 동안 사숙의 뒷수발을 들겠습니다. 저를 종처럼 부리셔도 기꺼이 감당할 것입니다."

노해광은 혀를 찼다.

"십 년이란 너무 긴 세월이다."

"천지유불란은 그만한 가치가 있는 물건이라고 봅니다."

노해광은 결연한 표정으로 말하는 정해의 얼굴을 한동안 물끄러미 바라보다가 천천히 고개를 끄덕였다.

"과연 너는 물건의 가치를 정확히 판단할 줄 아는 놈이구나. 내 기는 성립되었다."

이틀 후.

곡수는 두기춘만을 대동하고 노해광의 거처인 산해루에 나타났다.

산해루의 지배인인 종표는 지체하지 않고 그들을 삼 층으로 안내했다.

삼 층에는 노해광과 정해가 그들을 기다리고 있었다.

"어서 오시오."

노해광은 두 사람을 정중하게 대했다. 둘 중 한 사람은 종남파의 오랜 숙적인 화산파의 수뇌부 인물이며 다른 한 사람은 한때 자신의 사질이었던 종남파의 배반자였음에도, 노해광은 두 사람을 대하는 것에 예의를 잃지 않았다.

정해 또한 말없이 곡수와 두기춘을 향해 포권을 해 보였다.

곡수가 회동을 받아들인 것은 충분히 예상한 일이었지만, 두기춘을 데리고 온 것은 뜻밖의 일이 아닐 수 없었다. 이번 회동의 중요성에 대해 누구보다도 잘 알고 있을 곡수가 다른 사람도 아니고 과거 종남파의 제자였던 두기춘만을 대동하고 왔다는 것은 여러 모로 시사하는 바가 적지 않았다. 두기춘을 데려와서 노해광을 비롯한 종남파 고수들의 마음을 흔들어 놓으려는 수작일 수도 있고, 그만큼 두기춘의 위상이 올라간 방증이라고 볼 수도 있었다.

어찌 되었건 곡수와 두기춘을 대하는 노해광과 정해의 표정은 차분했고, 접대에 조금도 소홀함이 없었다. 네 사람이 자리에 앉자 종표가 차를 가져다 놓고는 방을 벗어났다.

곡수는 느긋한 자세로 주위를 둘러보고는 이내 고개를 끄덕였다.

"이곳이 바로 장안을 막후에서 지배한다는 철면호의 집무실이구려. 과연 허례허식을 배제하여 지극히 실용적이면서도 격조를 잃지 않는 실내 분위기가 노 대협이 어떤 사람인지를 잘 나타내주는 것 같소."

노해광은 턱 밑으로 제법 길게 자란 수염을 쓰다듬으며 너털웃음을 터뜨렸다.

"허허. 그저 꾸미는 게 귀찮아서 내부 장식에 별로 신경을 쓰지 못한 것뿐이오. 워낙 볼품없는 방이라 곡 대협을 이곳으로 모시면서도 내심 불안한 생각이 들었소이다."

"이곳이 아닌 다른 곳에서 보자고 했으면 실망했을 거외다."

노해광은 짐짓 눈을 휘둥그레 떴다.

"왜 그렇소?"

"장안에서 벌어지는 대부분의 일이 이곳에서 논의된다고 들었소. 장안 최고 실력자의 방이라면 누구라도 한 번쯤은 보고 싶지 않겠소?"

"자꾸 나를 장안의 실력자니 막후의 지배자니 하시는데, 참으로 듣기 민망하오. 내가 비록 장안의 한쪽 귀퉁이에서 쥐꼬리만한 이름을 얻고는 있지만, 장안 전체에 비한다면 그야말로 애송이나 다름이 없소. 곡 대협이야말로 화산파의 실세 중 실세이니 나같이 허명(虛名)만 날리는 존재가 감히 넘볼 수 없는 거목이시오."

곡수가 세차게 도리질을 했다.

"거목이라니, 당치 않소. 본 파에 어른들이 얼마나 많이 계신데 나 같은 게 실세겠소? 노 대협이야말로 배분으로 보아도 종남파의 최고 어른 중 한 분이시고, 실력으로 보아도 현재 장안에서 가장 강력한 위세를 떨치는 것으로 증명하고 계시지 않소?"

"하하. 이거 이러다 끝이 없겠소. 서로 우리 얼굴에 금칠은 그만하기로 합시다."

노해광이 웃으며 슬쩍 화제를 돌렸다.

"그나저나 이분 소협은 처음 뵙는 것 같구려. 소개해 주시겠소?"

노해광이 천연덕스럽게 두기춘을 바라보며 말하자 어지간한 일에는 꿈쩍도 안 하는 곡수조차도 속으로 쓴웃음을 짓고 말았다.

'정말 상대하기 만만한 인물이 아니로군.'

곡수가 이 자리에 굳이 두기춘을 데리고 온 것은 물론 두기춘의 위상이 올라간 탓도 있지만 노해광을 비롯한 종남파 인물들의 반응을 떠보기 위해서였다. 그들이 어떤 반응을 보이느냐에 따라 두기춘의 활용도가 판이하게 달라질 수 있기 때문이었다.

그런데 일단 겉으로 드러난 모습은 다소 기대에 미치지 못하는 것이었다.

하나 곡수는 실망하지 않았다. 저렇게 태연한 것이 오히려 그만큼 그들이 두기춘을 의식하고 있음을 의미하는 것일 수도 있기 때문이다. 설사 그들을 동요케 하지 않더라도 두기춘은 본인의 역량만으로도 이 자리에 참석할 충분한 자격이 있었다.

"이쪽은 본 파 장문인의 직전제자로, 나를 지척에서 돕고 있는 사람이오. 두 노제, 인사 올리게. 요즘 장안에서 최고의 실력자로 떠오른 철면호 노해광 대협이시네."

곡수의 말에 두기춘은 노해광을 향해 정중하게 포권을 했다.

"두기춘이라 합니다."

노해광은 실낱같은 안광을 번뜩이며 두기춘의 얼굴을 찬찬히 바라보더니 이내 고개를 끄덕였다.

"반갑네. 자네가 바로 요즘 들어 화산파의 기대를 한 몸에 받고 있다는 화산옥룡(華山玉龍)이로군."

화산옥룡은 두기춘에게 붙은 별호였다. 준수한 용모와 무공에 대한 탁월한 재질이 합쳐져 그러한 별호가 붙게 된 것이다.

성급한 사람들은 벌써부터 화산독응 유장령과 비교하기도 했으나, 아직 그러기에는 시기상조라는 것이 많은 사람들의 생각이었다. 다만 그의 미래가 화산파의 어떤 제자들보다도 활짝 열려 있다는 것은 누구나가 인정하고 있었다.

이번에는 곡수의 시선이 노해광의 옆에 앉아 있는 정해에게로 향했다.

그의 시선을 받자 정해는 스스로 자리에서 일어나 그를 향해 포권을 했다.

"저는 정해라 합니다. 곡 대협을 뵙게 되어 반갑습니다."

곡수도 노해광처럼 정해의 전신을 한참 살펴보았다. 언뜻 보기에도 조금 전 노해광의 행동을 그대로 따라하는 것임을 알 수 있었으나, 누구도 그것을 내색하는 사람은 없었다.

"신검무적에게 두뇌가 비상하고 계산이 빠른 사제가 있다고 들었네. 자네가 종남파의 지낭(智囊)이라는 궤령낭군(机靈郞君)이로군."

'궤령'은 영리하고 총명하다는 뜻이지만 그 속에 은근히 약삭빠르고 교활하다는 의미도 담고 있는 말이었다. 듣기에 따라서는 썩 좋지만은 않은 별호라고 할 수 있으나, 정해는 담담하게 그의 말을 받았다.

"저에게는 너무 과분한 별호입니다."

"아닐세. 자네에 대한 소문은 그동안 여러 차례 들어 왔네. 짧은 기간에 종남파의 문세가 이토록 급격히 커지게 된 것이 모두 자네의 비상한 능력 때문이라는 말을 듣고 꼭 한 번은 만나고 싶었네."

"당치 않습니다. 저의 알량한 재주로 어찌 그런 일이 가능하겠습니까? 그건 모두 여기 계신 노 사숙께서 힘쓰신 덕분이었습니다."

곡수는 더 이상 그의 말에 반론을 제기하지 않고 빙그레 웃었다.

"아무려면 어떤가? 어쨌든 종남파가 현재 강호에서 가장 강력하게 일어나고 있는 문파임은 주지의 사실이니 말일세."

곡수의 말을 듣고 있던 노해광이 너털웃음을 지어 보였다.

"허허…… 아무리 그래도 화산파에 비할 수야 있겠소? 귀 파가 일전의 비극적인 사태에서 빠르게 회복하고 오히려 문세를 확장하고 있는 건 모두 곡 대협의 공이라고 알고 있소. 본 파야 이제 겨우 몸을 일으킨 상태이니 이러다 영원히 귀 파의 뒤꽁무니만 따라가지 않을까 걱정하지 않을 수 없구려."

노해광이 말한 '일전의 비극적인 사태'란 이씨세가에서 벌어졌던 매장원의 반역을 말하는 것이었다. 당시 매장원의 죽음과 그가 일으킨 일은 화산파에 엄청난 충격을 전해 주었고, 적지 않은 인명의 손실을 끼치게 되었다.

문파의 실질적인 이인자가 비밀리에 다른 조직에 가입하여 문파의 제자를 살해하고 문파에 치명적인 해를 입혔으니 여타의 문파라면 그 혼란을 수습하는 일만으로도 얼마의 시간이 소요될지 몰랐다. 하나 그로부터 불과 몇 개월 사이에 화산파는 그 충격에서 완전히 벗어나 문호를 정리하고 새롭게 사업을 확장하고 있으니, 그 끝없는 저력에 강호인들은 경외 어린 시선을 보내고 있는 상황이었다.

노해광이 은근히 화산파의 예민한 부분을 살짝 건드려 보았으나 곡수는 전혀 표정의 변화 없이 차분한 모습을 유지하고 있었다.

"종남파가 본 파를 따라오다니, 당치 않소. 신검무적의 위명이 온 천하를 뒤덮고 있는데, 누가 감히 그 앞에 설 수 있단 말이오?

본 파는 그저 종남파의 위세에 눌려 앞뜰마저 내주는 일이 벌어지지 않을까 노심초사하고 있을 뿐이오."

곡수의 말은 얼핏 듣기에는 종남파를 한없이 치켜세우는 것 같아도 그 속에는 그냥 무시할 수만은 없는 민감한 내용이 담겨 있었다.

노해광은 당장 그 점을 예리하게 지적했다.

"귀 파의 앞뜰이라니, 어디를 말하는지 모르겠구려. 본 파가 화산 근처에서 일을 벌인 적은 없는 것으로 기억하고 있소만."

"장안은 오랫동안 본 파의 영향력 아래 있는 곳이었소. 장안의 구석구석까지 본 파 제자의 발길이 닿지 않는 곳이 없을 거요."

"화산파 제자들이 그토록 돌아다니기를 좋아하는 줄은 미처 몰랐소. 본 파의 제자들은 엉덩이가 무거워서 잘 돌아다니지를 않아서 말이오."

노해광이 살짝 비꼬는 어조로 말했으나 곡수는 쉽게 경동하지 않았다.

"종남파의 제자들이 돌아다니기를 싫어한다는 것은 맞는 말 같소. 내가 화산파에 들어온 지 몇십 년이 지나도록 장안에서 종남파 제자들을 본 것은 최근의 몇 달 외에는 거의 없었소."

"화산파의 제자들이 그토록 뻔질나게 장안을 돌아다녔는데도 장안의 누구도 장안이 화산파의 앞뜰이라는 말을 하는 사람은 없으니 정말 신기한 일 아니오?"

"지난 수십 년간 장안에 실질적인 지배력을 행사한 곳이 본 파라는 건 누구도 부인하지 못할 거요."

"원래 호랑이가 없으면 늑대가 주인 행세를 하는 법이오."

"그렇다면 장안이 종남파의 앞뜰이란 말이오?"

몇 차례의 설전이 오간 끝에 곡수가 날카롭게 묻자 노해광은 희미하게 웃었다.

"장안은 장안 사람들 것이지, 어느 특정 문파의 것이 될 수 없소. 하지만 굳이 표현하자면 역사적으로나 거리상으로나 귀 파보다는 본 파와 더 밀접한 관계가 있는 것이 사실이지 않소?"

곡수의 눈이 처음으로 살짝 찌푸려졌다.

노해광의 말마따나 화산에서 서안까지는 그리 가까운 거리가 아니었다. 종남산에서는 산을 내려오기만 하면 바로 서안의 성문이 코앞이었으나, 화산에서는 반나절은 말을 달려야만 서안에 도착할 수 있었다.

워낙 거리가 가까워서인지 종남파와 서안은 떼려야 뗄 수 없는 밀접한 관계에 있었다. 이백 년 전에 종남파가 천하제일문파로 군림했을 때부터 내려오던 전통과 인식이 오랜 세월 동안 굳어져 버린 것이다.

화산파가 서안에서 종남파를 누르고 득세한 것은 불과 몇십 년도 되지 않았으며, 그것도 종남파가 다시 화려하게 부활한 후로는 세간의 인심이 급격하게 종남파로 기울고 있었다. 화산파에서도 그것을 알고 있기에 더 늦기 전에 어떤 식으로든 그 흐름을 바꾸려고 하고 있는 것이다.

곡수는 이내 평상시의 표정으로 돌아와 침착한 음성으로 입을 열었다.

"아무래도 앞뜰이라는 표현은 조금 지나쳤던 것 같소. 하지만 본 파에서 종남파의 최근 행보에 우려의 눈초리를 보내고 있는 건 사실이오."

노해광은 짐짓 눈을 크게 떴다.

"본 파의 어떤 행동이 귀 파의 우려를 사고 있단 말이오?"

"종남파가 오랫동안 장안에 뿌리를 내리고 있는 상인들의 상권을 뒤흔들고 있다는 소리가 들려오고 있소."

"아마도 내가 유화상단과 사소한 다툼을 벌인 일이 와전된 모양이오. 분명히 말씀드릴 것은 그 일은 유화상단에서 먼저 나를 도발한 것이며, 그 다툼의 영역 또한 본 파가 아닌 순전히 내 개인적인 일에 국한된 것이오."

"유화상단뿐 아니라 전장과 포목점, 주루 등 다방면에 걸쳐 분쟁이 벌어지고 있는 것으로 아는데, 그게 모두 노 대협 혼자만의 일이라는 거요?"

노해광은 느긋한 태도로 수염을 쓰다듬었다.

"요즘 내 목소리가 조금 커지다 보니 여기저기서 시비가 끊이지 않는구려. 하지만 거듭 말하거니와 그 일들은 모두 나로 인한 것일 뿐, 본 파와는 아무런 관련이 없소."

곡수는 물끄러미 노해광의 얼굴을 보고 있더니 고개를 끄덕였다.

"노 대협이 그렇게까지 말한다면 믿겠소."

"그래서 말인데……."

노해광은 갑자기 목소리를 낮추었다.

"이번에 귀 파에서 상당한 규모의 투자를 계획하고 있다고 들

없소. 그 일을 위해서 몇몇 전장들을 비밀리에 조사하고 있으며, 그중에는 손 노태야의 손가전장과 내 거래처인 방보당도 있다고 하던데, 그게 사실이오?"

곡수는 노해광이 어디까지 알고 자신에게 이런 말을 던지는지 궁금하지 않을 수 없었다.

"확실히 그런 일이 있기는 했소. 하지만 지금은 이미 투자처를 결정하고 모든 조사를 철회한 상태요."

노해광은 혀를 찼다.

"벌써 투자할 곳을 정했단 말이오? 실례가 되지 않는다면 그곳이 어디인지 알 수 있겠소?"

"양해하시오. 그 사안은 본 파의 중대한 일인지라 외인에게 발설할 수 없구려."

"충분히 이해하고 있소. 투자처로 결정된 곳이 손가전장이나 방보당은 아닐 거로 생각하는데, 내 말이 틀렸소?"

곡수는 시인도 부인도 하지 않았다.

"아직은 밝힐 수 없소."

"내 질문이 경솔했던 것 같소. 그런데 말이오, 내가 요즘 제법 놀라운 소문 하나를 들었소."

곡수는 노해광의 눈을 가만히 들여다보았다.

"노 대협이 장안제일의 소식통임은 진작부터 알고 있었소. 그 소식이 무엇이기에 노 대협을 놀라게 했는지 궁금하구려."

노해광의 목소리는 더욱 은밀해졌다.

"오대전장 중 하나인 천무장이 두 개로 갈라질 거라는 소문이오."

곡수의 눈초리가 슬쩍 움직였다.

"천무장이 말이오?"

천무장은 서안 일대에서 가장 큰 열 개의 무관이 공동출자하여 세운 전장이었다. 열 개의 무관은 하나같이 나름대로의 전통을 지니고 있고 배출된 문하생들도 적지 않아서 어지간한 방파(幇派)보다도 탄탄한 세력을 구축하고 있었다.

오랜 세월 동안 자리 잡으면서 서안 일대의 토호 세력들과 혈연(血緣)이나 지연(地緣)을 통해 이중 삼중으로 얽혀 있어서 단순히 무술을 가르치고 배우는 곳이라기보다는 지역을 기반으로 한 강력한 무력집단과도 같은 곳이 되었다. 그래서 무관 하나하나의 힘은 거대 문파에 미치지 못할지라도 열 개 무관의 결속력을 바탕으로 한 천무장은 오대전장은 물론이고 서안의 어느 방파에도 뒤지지 않는 확고한 세력을 형성하고 있었다.

천무장의 가장 큰 장점이자 중요한 요소가 열 개 무관의 단단한 결속력이었기 때문에 천무장이 두 개로 갈라질 거라는 노해광의 말은 놀라운 일이 아닐 수 없었다. 그것은 단순히 천무장의 분할에 대한 문제만이 아니라 오대전장으로 확실하게 정립되었던 서안의 전장업이 근본적으로 뒤흔들릴 수 있는 위험성이 도사리고 있음을 의미하는 것이었다.

"천무장을 지탱하는 두 축(軸)인 백인장(白人場)과 관중일관(關中一館)이 서로 반목하여 다툼이 심해지자, 나머지 여덟 개의 무관들도 각기 이해관계에 따라 양쪽으로 나뉘어졌다고 하오."

"백인장과 관중제일관은 그동안에도 항상 천무장 내의 주도권을 놓고 팽팽히 맞서던 사이로 알고 있소. 아무래도 이번에는 노대협께서 너무 성급하게 판단하는 게 아니오?"

곡수가 이견을 제시하자 노해광은 고개를 흔들었다.

"이번에는 사정이 좀 다르다고 하오. 원래 백인장과 관중일관은 오랫동안의 경쟁 관계를 벗어나기 위해 백인장주의 아들과 관중일관주의 딸을 혼인시키기로 했는데, 얼마 전에 백인장에서 관중일관에 일방적으로 파혼 통보를 했다고 하오. 그 통보를 받아 든 관중일관의 관주가 노발대발하여 파혼장을 찢어 버리고 백인장에 비무첩을 보냈다는 소문이오."

원래 무관들 사이에서 다른 무관에 비무첩을 보낸다는 것은 일종의 선전포고나 다름이 없었다. 상대 무관과의 비무에서 패하기라도 하는 날에는 무관으로서 문을 닫아야 할지도 모르는 치명적인 상태에 빠지게 되기 때문이다.

그제야 곡수의 얼굴에도 진지한 표정이 감돌았다.

노해광의 말이 사실이라면 이번 백인장과 관중일관의 다툼은 지금까지와는 달리 천무장의 존립 자체를 위협하는 중대한 사안이 될지도 몰랐다. 그 일의 여파가 어디까지 미칠지, 지금으로서는 짐작도 가지 않았다.

"백인장주인 도지곤(都地昆)은 냉정하기로 유명한 인물인데, 왜 이번에는 그토록 성급하게 일 처리를 했는지 모르겠구려. 노저(怒猪)에게 파혼장을 보낸다는 게 어떤 의미인지 누구보다도 잘 알고 있을 텐데 말이오."

관중일관의 주인인 노호공(怒虎公) 장력패(張力覇)는 성격이 불같이 급하고 사소한 원한도 잊지 않는 사람으로 널리 알려져 있었다. 사람들은 그의 앞에서는 그를 노호공이라고 추켜세워 주었으나, 뒤에서는 모두들 성난 멧돼지, 즉 노저라고 불렀다.

그가 조금만 더 침착하고 주위의 신망을 얻는 성격이었다면 진즉에 관중일관이 다른 무관들을 누르고 서안 제일의 무관이 되었을 거라는 것이 많은 사람들의 공통된 생각이었다. 그만큼 관중일관의 세력과 그들의 기본 무공은 다른 무관들보다 탁월했다.

그에 비해 백인장주인 교군(蛟君) 도지곤은 누구보다 냉정하고 두뇌가 비상한 인물이었다. 그의 일처리는 때로는 너무 가혹하다 싶을 정도로 단호하고 비정해서 뒤에서 그를 냉혈교(冷血蛟)라고 수군거리는 자들도 적지 않았다.

장력패와 도지곤은 판이한 성격만큼이나 개성이 강한 인물들이어서 다른 관주들을 압도하고 있기에, 천무장은 그들 두 사람을 주축으로 돌아간다고 해도 무방했다.

"우리가 모르는 속사정이 있을 거요."

노해광의 말에 곡수의 눈이 살짝 빛났다.

"그것이 무엇인지 알고 있소?"

노해광은 심드렁하게 대꾸했다.

"알지도 못하지만 별로 알고 싶지도 않소. 일은 이미 벌어졌는데, 그 원인이 무엇인지 알아 봐야 무슨 소용이 있겠소? 그보다는 그들의 비무가 어떤 결과를 초래하게 될지를 궁리해 보는 게 더 효율적이지 않겠소?"

곡수는 고개를 끄덕였다.

"옳은 말씀이시오. 노 대협의 생각은 어떠시오?"

"누가 이기든 천무장이 크게 흔들리는 건 어쩔 수 없을 것 같소. 다만 승자가 누구냐에 따라 그 결과에 어느 정도의 차이가 있기는 할 거요."

"어떤 차이 말이오?"

"관중일관은 대대로 서안에 뿌리를 내려 온 무관이라 지지 기반이 무척 탄탄한 편이오. 그래서 설사 이번 비무에서 패한다 할지라도 망신살이 뻗치기는 하겠지만, 무관을 보전하는 것에는 큰 무리가 없을 거요. 아마 그는 자기를 지지하는 세력들을 모아 천무장을 나와서 새로운 전장을 차리려고 할 거요."

"관중일관이 승리한다면 어떻게 될 것 같소?"

"백인장은 도지곤이 이십 년 전에 단신으로 서안에 들어와서 혼자 힘으로 세우다시피 한 곳이오. 그러니 일단 패하게 되면 다시 일어서기는 거의 불가능할 것이오. 아마 도지곤을 지지하던 다른 무관들도 장력패에 머리를 숙이고 그의 밑으로 들어갈 가능성이 높소. 그럴 경우 천무장은 여전히 존속하게 될 거요."

"다만 그렇게 되면 지금까지와는 달리 장력패가 실질적으로 천무장을 좌지우지하게 되겠구려."

노해광은 씨익 웃었다.

"그렇게 될 거요. 아니면 도지곤이 다시 세력을 규합해서 전장업에 뛰어들지도 모르고."

곡수는 잠시 생각에 잠겨 있다가 다시 노해광을 바라보았다.

"노 대협께서 이런 중요한 정보를 나에게 알려 주는 것에는 나름대로의 이유가 있을 것이오."

"곡 대협이라면 충분히 짐작하고 있을 거요."

"내가 짐작하는 것과 노 대협의 의중이 서로 다를 수도 있지 않겠소?"

곡수가 집요하게 계속 묻자 노해광은 어쩔 수 없다는 듯 한 차례 수염을 쓰다듬은 후 입을 열었다.

"사실 나는 화산파가 이번에 대규모 투자를 계획하고 있다고 해서 이번 일이 안정될 때까지 만이라도 투자처를 정하는 걸 보류해 주었으면 하는 마음을 가지고 있소."

곡수는 가만히 노해광의 얼굴을 응시하고 있다가 알겠다는 듯 고개를 끄덕였다.

"노 대협은 본 파가 투자를 빌미로 이번 일에 어떤 식으로든 뛰어들지 모른다고 염려하고 있는 모양이오. 그래서 아예 사전에 본 파가 개입할 여지를 없애려 하는 것이구려."

노해광은 굳이 부인하지 않았다.

"그런 생각도 없지는 않지만, 그보다는 이번 일이 장기화되지 않았으면 하는 바람을 가지고 있소. 요즘 들어 가뜩이나 소란스러운 장안의 상계(商界)가 이번 일로 송두리째 뒤집어지지 않을까 걱정이 돼서 말이오."

곡수는 희미하게 미소 지었다.

"그 소란에 노 대협께서 단단히 일조를 하지 않았소?"

노해광도 가벼운 웃음으로 그의 말을 받았다.

"하하. 그 점은 나도 책임을 통감하고 있소. 그래서 이렇게 어렵사리 곡 대협을 모셔서 이런 이야기를 하는 것이 아니겠소?"
 곡수는 노해광의 넉살 좋은 모습에 피식 웃고 말 뿐이었다.
 노해광은 다시 은근한 목소리로 말했다.
 "내 정보가 귀 파에 조금이라도 도움이 되었기를 바라오."
 "물론이오. 노 대협의 말씀대로 그 비무의 승자가 결정되기 전에는 섣불리 투자를 결정하지 않겠소."
 "정말 현명한 선택을 하셨소."
 두 사람은 서로를 마주 보며 활짝 웃었다.
 몇 마디 대화를 더 나눈 후, 곡수는 두기춘을 데리고 노해광의 집무실을 떠났다.
 두 사람이 산해루를 벗어나는 광경을 삼 층의 집무실에서 내려다보고 있던 노해광이 정해를 향해 물었다.
 "어떻게 생각하느냐?"
 정해의 두 눈이 영활하게 빛났다.
 "사숙의 짐작대로라고 생각합니다. 도지곤에게 사주해서 장력패에게 시비를 걸도록 한 것은 곡수의 솜씨인 것 같습니다."
 "그거야 당연한 일이지. 철저하게 잇속을 따지는 도지곤이 평소 은근히 두려워하고 있던 장력패에게 덤벼들려면 화산파 같은 거대 문파의 암중 지지가 없으면 불가능한 일이다. 내가 물어보는 것은 곡수가 앞으로 할 행동이다."
 정해는 질문의 중요성을 잘 알고 있는지 어느 때보다 표정이 무거워졌다.
 "모두의 시선이 두 무관의 비무에 쏠려 있을 때 일을 벌이려 할 겁니다."

"역시 방보당인가?"

"그렇다고 봅니다. 손가전장을 직접 노리기에는 지금 장안에 들어온 화산파 고수들의 숫자가 부족한 편입니다. 곡수는 우리가 그 비무에 신경을 기울이고 있는 틈을 노려 기습적으로 방보당을 접수하려 할 겁니다."

만에 하나 방보당을 빼앗긴다면 방보당을 주 거래처로 삼고 있는 노해광은 치명적인 상태에 빠지게 될 것이며, 서안에서 무섭게 세력을 확장하고 있는 종남파에 대한 지원도 끊기게 될 것이다.

"시기는?"

"곡수가 말한 대로겠지요."

노해광의 눈에서 날카로운 신광이 번뜩거렸다.

"비무의 승자가 결정된 직후겠군."

정해는 고개를 끄덕였다.

"바로 그렇습니다."

"백인장과 관중일관의 비무가 언제 벌어지기로 했지?"

"삼 일 후 미시(未時)입니다."

"그렇다면 그날 저녁이겠군."

노해광은 한동안 허공을 응시하고 있다가 혼잣말처럼 조용하게 중얼거렸다.

"결국 화산파와 피를 보게 되는구나. 곡수는 정말 이번 일에 확실한 자신을 가지고 있는 것일까?"

산해루를 벗어난 곡수는 문득 고개를 돌려 산해루의 삼 층을 올려다보았다. 반쯤 열린 창문 틈 사이로 자신들을 내려다보고 있는 노해광의 모습이 얼핏 드러났다.

곡수는 다시 고개를 내려 두기춘에게로 시선을 돌렸다.

"그가 짐작하고 있을까?"

두기춘은 잠시 생각에 잠겨 있다가 침착한 음성으로 입을 열었다.

"그럴 거라고 봅니다. 그렇지 않았다면 일부러 집법님을 보자고 하여 백인장과 관중일관의 일을 거론했을 리가 없습니다."

곡수는 한숨을 내쉬었다.

"역시 내 수가 너무 얕았나?"

곡수는 이번에 전형적인 성동격서(聲東擊西)의 수법을 사용했다. 두기춘으로 하여금 만방루를 건드리는 척하면서 실제로는 도지곤을 부추겨 장력패에게 비무첩을 보내도록 했다. 도지곤에게 비무에 대비하여 화산파의 속가 고수 몇 사람을 지원해 주기로 했고, 비무가 끝난 후에는 도지곤이 천무장을 장악하는 것에 확실한 힘을 실어 주기로 약조한 것이다.

곡수는 그 모든 일이 서안 최고의 정보통인 노해광의 눈을 벗어날 수는 없을 거라고 예상하고 있었다. 아마 노해광은 만방루의 일이 함정이고, 사실은 화산파에서 천무장을 노리고 있다고 판단하여 그 비무에 적극적으로 개입하려 할 것이다. 그때 노해광의 주 거래처인 방보당을 습격하여 손아귀에 넣을 생각이었다.

상당히 치밀한 이중(二重)의 함정이었으나, 곡수의 우려대로 노해광을 완전히 속이기에는 부족한 것 같았다.

곡수는 이내 눈을 번뜩이며 나직한 음성으로 말했다.

"어쩔 수 없군. 두 번째 계획으로 간다."

두기춘의 준수한 얼굴이 살짝 굳어졌다.

"괜찮겠습니까? 손가전장은 방보당과는 달리 쉽게 무너뜨리기 힘든 곳입니다."

곡수는 어느새 평상시의 냉정한 표정으로 돌아와 있었다.

"본 파에서 이미 두 분의 장로와 매화사절(梅花四絶)이 내려와 있다."

두기춘은 흠칫 놀랐다.

"장로님 두 분과 매화사절 네 분이 모두 오셨습니까?"

"그렇다. 이번 일을 위해 어제부터 상인으로 변장하여 유화상단의 지점에서 지내고 계시다."

고매한 화산파의 장로들과 일대제자들 중 최고의 고수들인 매화사절이 변복(變服)까지 하고 숨어 있다니. 화산파에서 이번 일에 얼마나 심력을 기울이고 있는지, 두기춘은 뼈저리게 느낄 수 있었다.

곡수는 두기춘의 굳어진 얼굴을 힐끔 쳐다보더니 진중한 음성으로 말했다.

"꼭 그렇게까지 해야 하는지 궁금한 것이냐?"

두기춘은 자신의 마음을 숨기지 않았다.

"저로서는 그분들의 노고에 그저 머리가 조아려질 뿐입니다."

"그러니 이번 일은 반드시 이루어야 한다. 다시 말해서 그러지 않고서는 안 될 만큼 본 파로서는 중대한 기로에 있다는 말이다."

곡수는 멀리 보이는 종남산의 산봉우리를 한동안 묵묵히 바라보고 있더니 한 자 한 자 씹어뱉듯이 분명한 음성으로 말했다.

"이번에 분명하게 종남파의 예봉을 꺾어 놓지 않는다면 언젠가 본 파는 종남파에 머리를 조아리게 될지 모른다. 내 대(代)에 그런 일이 벌어지는 일만큼은 기필코 막을 것이다."

제 268 장
심야방객(深夜訪客)

제268장 심야방객(深夜訪客)

구궁보를 떠나는 길은 허무할 정도로 간단했다.

종남파의 고수들은 서둘러 행장을 꾸리고 숙소를 빠져나왔다. 그들을 제지하는 사람도 없었고, 왔을 때처럼 안내하는 자도 없었다. 어두운 밤길에 교교한 달빛만이 그들을 배웅하고 있을 뿐이었다.

그들은 진산월이 갑자기 밤에 길을 떠나려는 이유를 알지 못했지만 누구도 묻지 않았고, 다른 의견을 제시하는 사람도 없었다. 그것은 그만큼 그들이 진산월에게 절대적인 믿음을 가지고 있기 때문이었다. 적어도 진산월이 아무런 목적 없이 즉흥적으로 일을 벌이는 성격이 아님을 너무도 잘 알고 있는 것이다.

그동안 여정을 함께했던 뇌일봉은 오늘 오후에 친우인 곽자령을 따라 유중악 일행과 함께 떠나 버렸기 때문에 지금은 순수한 종남파의 인원들만 남아 있는 상태였다. 그래서 진산월의 한마디에 모두들 순순히 따를 수 있었다.

일행 중 가장 늦게 합류한 사람은 의외로 낙일방이었다.

진산월이 모용단죽을 만나는 동안 낙일방은 천봉궁의 처소를 방문했다. 그는 진산월이 돌아온 후에야 숙소로 왔는데, 그곳에서 무슨 일을 겪었는지 표정이 몹시 무거웠다.

낙일방은 중인들이 행장을 꾸리는 모습을 보고 어리둥절해 하다가 동중산의 설명을 듣고 나서야 자신도 서둘러 짐을 챙기기 시작했다. 낙일방을 마지막으로 숙소를 떠난 일행은 소환로의 좁은 길을 통해 구궁보를 벗어났다.

구궁보를 나와 길을 걷다가 문득 돌아보니 괴괴한 어둠에 잠긴 구궁보의 높은 담벼락이 마치 거대한 암흑의 성(城)처럼 느껴졌다.

낙일방은 자신도 모르게 나직한 탄식을 토해 냈다.

"흐음."

설레는 마음으로 왔다가 기대도 하지 않았던 많은 무림인들의 뜨거운 환호를 받았고, 피비린내 나는 살인사건을 목격한 날 밤에 도망치듯 구궁보를 떠나게 되니, 그 모든 일들이 그야말로 하룻밤의 꿈과도 같았던 것이다.

동중산이 그의 그런 모습을 가만히 바라보고 있다가 조용한 음성으로 물었다.

"아쉬우십니까?"

낙일방의 얼굴에 한 줄기 착잡한 빛이 떠올랐다.

"솔직히 그렇군요. 무언가 특별한 것을 기대한 것은 아니었지만, 이런 식으로 떠나게 될 줄은 몰랐거든요."

"장문인께 나름대로의 사정이 있을 겁니다."

"장문 사형의 문제가 아니라 내 문제예요."

동중산의 외눈이 번쩍 빛났다.

"가신 일이 잘 안 되셨습니까?"

낙일방은 가느다란 한숨을 내쉬었다.

"만나려고 했던 사람은 만나지도 못하고, 엉뚱한 말만 듣고 말았어요."

"그게 무언지 제가 알아도 되겠습니까?"

낙일방은 고개를 저었다.

"아직은 말할 때가 아니에요. 하지만 조만간에 기회가 되면 제일 먼저 동 사질에게 말해 주도록 하지요."

"기다리겠습니다."

동중산은 일전에 낙일방의 실종이 그에게 소홀했던 자신의 잘못이라고 생각했기 때문에 그 후로 낙일방에 대한 것이라면 아주 사소한 것이라도 놓치지 않으려고 했다. 지금도 그의 솔직한 심정은 낙일방을 계속 채근해서라도 그가 왜 늦은 밤에 천봉궁의 숙소로 찾아갔으며, 그곳에서 무슨 일을 겪었는지를 알고 싶었다. 하나 낙일방의 굳게 다물어진 입술과 어두운 표정을 보고는 오늘 그의 입에서 말을 듣기에는 힘들다는 것을 깨닫고 한발 뒤로 물러난 것이다.

동중산은 짐짓 밝은 표정을 지으며 살짝 음성을 낮추었다.

"그래도 저로서는 무척이나 유익하고 즐거운 시간이었습니다. 특히 사고께서 돌아오신 것만으로도 이곳까지 온 성과가 충분히 있었다고 봅니다."

낙일방의 얼굴도 눈에 띄게 밝아졌다.

"정말 그렇군요. 사저와 다시 함께 여행을 하게 되는 날이 올 줄은 상상도 못했어요. 늘 꿈으로만 그리고 있었는데……."

그는 잠시 아련한 표정을 짓더니 자신도 모르게 한쪽으로 고개를 돌렸다.

그곳에는 진산월과 임영옥이 어깨를 나란히 한 채 걸음을 옮기고 있었다. 그들의 모습을 보자 낙일방은 언제 어두운 표정을 지었느냐는 듯 표정이 환해지며 입가에 절로 미소가 떠올랐다. 두 사람을 보기만 해도 기분이 좋은 모양이었다.

임영옥은 묵묵히 앞을 바라보며 걸음을 옮기고 있다가 문득 옆을 돌아보았다. 무언가 깊은 상념에 잠겨 있는 진산월의 옆모습이 그녀의 눈에 가득 들어왔다.

얼마 전 영하의 강변에서 보았을 때보다는 한결 살이 올라서 나아 보였으나, 아직도 예전의 모습과는 많이 달라져 있었다. 그녀는 진산월이 아마도 그때의 모습으로는 영원히 되돌아갈 수 없을 거라고 생각했다.

왼쪽 뺨에 깊게 새겨진 칼자국은 더욱 도드라져 보였고, 짧게 자라난 수염이 턱밑과 뺨을 살짝 덮고 있었다. 무엇보다 눈빛이 예전보다 한층 더 깊어져서, 그를 보고 있자니 아릿한 감정이 가슴 한구석을 적셔 왔다.

예전에는 그의 모든 것을 속속들이 안다고 생각했는데, 지금은 그에게서 낯설고 모를 구석이 많이 느껴졌다. 그를 변하게 한 세월이 원망스러웠고, 그런 세월의 거친 흐름 속에서 이렇게 변할 수밖에 없었던 그가 너무도 안쓰러웠다.

그때, 문득 진산월이 고개를 돌려 그녀를 바라보았다. 그녀는 시선을 피하지 않았다. 진산월은 그녀의 눈을 가만히 들여다보고 있더니 나직한 음성으로 속삭이듯 말했다.

"사매가 그런 눈으로 나를 보고 있으니 내 가슴이 이상해지는군."

임영옥은 말없이 눈을 감았다가 떴다. 그 눈빛의 영롱함은 진산월의 마음을 두근거리게 하기에 충분했다.

진산월은 잠시 임영옥의 마음을 헤아려 보았다. 사 년 가까이 머물던 곳을 이렇게 불쑥 떠나게 되었으니, 그녀의 심정이 무척이나 복잡할 것이라는 건 묻지 않아도 짐작할 수 있었다.

하나 그녀는 아무 말도 하지 않았고, 그 역시 아무것도 묻지 않았다. 이런 것은 시간이 지나면 자연스레 정리될 것이다. 그녀가 뜻하지 않게 그를 떠나 구궁보에 들어와야만 했던 사 년 전의 어느 날처럼.

한참 후에 임영옥은 진산월을 향해 물었다.

"사형은 이틀 후에 백대행과 비무를 하기로 약조하지 않았나요?"

"그래서 일단은 나루터 주변의 객잔에 머무를 생각이야."

그럴 바에는 구궁보에 그때까지 머무르는 게 더 좋았을 것이다. 하나 임영옥은 진산월에게 나름대로의 사정이 있을 거라고 생각했다. 아니면 진산월은 단지 구궁보에서 한시라도 빨리 떠나고 싶었던 것뿐이었을까?

"마침 이곳으로 올 때 마지막으로 들렸던 주루의 음식이 괜찮더군. 사매의 입에도 음식이 맞을 거야."

임영옥은 예전에 늘 그랬던 것처럼 조용히 머리를 끄덕였다.

"사형의 뜻대로 하세요."

그들이 나루터의 객잔에 도착했을 때는 이미 삼경(三更)이 가까워 오고 있었다.

막 잠이 들었었는지 한참 동안 문을 두드린 후에야 겨우 문을 열고 나온 객잔 주인은 연신 하품을 하고 있었다.

"배가 끊긴 지 한 시진이 넘었는데, 어디서 오는 길이시오?"

주인의 물음에 동중산은 부드럽게 웃어 보였다.

"구화산에 참배를 드리고 내려오는 길에 몇 군데 경치 좋은 곳을 둘러보다가 시간 가는 줄 몰랐소. 인원이 제법 많아서 별채가 있으면 통째로 빌리려 하는데, 가능하겠소?"

주인은 남녀가 섞인 열 명 가까이 되는 일행들을 대충 훑어보고는 머리를 긁적였다.

"별채는 없고, 후원에 빈 방 서너 개가 있는데 좀 부족할 것 같구려."

동중산이 진산월을 돌아보았다.

"어쩌시겠습니까?"

"이 시간에 다른 곳으로 가기에는 너무 늦은 듯하구나."

"알겠습니다."

동중산은 그에게 머리를 조아리고는 주인을 향해 말했다.

"방 하나만 더 비워서 다섯 개를 채워 주시오. 사례는 두둑하게 하리다."

주인은 잠시 생각해 보더니 이내 고개를 끄덕였다.

"지금 내 아들 녀석이 쓰는 방이 제법 크고 널찍하오. 그 녀석을 내 방으로 불러들이면 얼추 맞을 것 같소. 하지만 방값으로 이 할은 더 생각해 주셔야 하오."

"그렇게 합시다."

방 다섯 개가 비워지자 동중산은 재빨리 인원을 분배했다.

사문의 가장 어른인 성락중과 장문인인 진산월, 그리고 유일한 홍일점인 임영옥이 각기 방 하나씩을 사용하고, 배분이 같은 전흠과 낙일방이 하나, 그리고 제자들인 동중산과 유소응, 손풍이 마지막 하나를 함께 쓰게 되었다.

밤이 너무 늦어서, 방의 분배가 끝나자마자 그들은 모두 각자의 방에 들어가 잠자리에 들었다.

사위가 조용해질 무렵, 진산월은 누워 있던 침상에서 일어나 하나뿐인 탁자에 있는 촛불을 켰다. 그런 다음 탁자 앞의 의자에 앉았다.

"들어오시오."

문이 소리도 없이 열리며 한 사람이 안으로 들어왔다.

들어온 사람은 다름 아닌 냉옥환이었다. 냉옥환은 한 차례 방

안을 둘러보더니 진산월 외에는 아무도 없음을 확인하고는 진산월이 앉은 의자 맞은편에 가서 앉았다. 늦은 밤에 여인이 스스로 남자의 방에 들어온다는 것은 쉽지 않은 일이었으나, 그녀의 행동에는 거침이 없었다.

흔들리는 촛불 아래 두 사람의 시선이 서로 마주쳤다.

냉옥환은 짤막한 물음을 던졌다.

"모용 대협을 만나셨나요?"

진산월은 고개를 끄덕였다.

"만났소."

"서풍에 날리는 것이 무엇인지 물어보셨나요?"

"그렇소."

냉옥환은 흔들림 없는 냉정한 눈으로 진산월을 바라보더니 물었다.

"무어라고 답하던가요?"

"바람에 날리는 건 여인의 치마가 적당하다고 했소."

"……!"

"그리고 서풍이라면 녹색 치마가 어울릴 거라고 하더군."

냉옥환의 눈빛이 어느 때보다 날카롭게 번쩍거렸다. 진산월은 촛불 아래 비치는 그녀의 얼굴을 묵묵히 보고 있다가 이번에는 자신이 물었다.

"원하는 대답이었소?"

냉옥환은 아무 말도 하지 않았다. 하나 진산월은 차갑게 가라앉아서 어떤 일이 있어도 흔들릴 것 같지 않던 그녀의 눈빛이 미묘하게 흔들리는 것을 알아보았다.

"실례가 되지 않는다면 그 질문에 담긴 의미를 말해 주셨으면 하오."

진산월의 요구는 정당한 것이었다. 하나 이번에도 그녀는 입을 굳게 다문 채 입을 열지 않았다.

한동안 방 안에는 무거운 침묵이 감돌았다. 냉옥환은 무언가 깊은 생각에 잠겨 있었고, 진산월은 그녀가 입을 열기만을 조용히 기다리고 있었다.

한참 후에야 마음을 굳힌 듯, 그녀는 입을 열기 시작했다. 그녀의 입에서는 의외의 말이 흘러나왔다.

"진 장문인은 모용 대협에 대해 얼마나 알고 계신가요?"

진산월은 그녀가 묻는 의도를 정확히 알지 못했으나 사실대로 말해 주었다.

"강호에 퍼진 소문을 귀동냥한 정도요."

"정확히 모른다는 말이로군요."

"남들이 알고 있는 정도라고 해야 정확할 거요."

냉옥환은 잠시 입술을 잘근잘근 깨물다가 다시 입을 열었다.

"모용 대협의 본명은 모용청(慕容淸)이에요. 단죽은 원래 그분의 가까운 사람들이 불렀던 애칭이었어요."

"그건 처음 듣는 말이로군. 그런데 어떻게 애칭이 본명보다 더욱 알려지게 된 거요?"

"그건 그분이 본명을 버렸으니까요."

"어째서 그렇소?"

"자세한 속사정은 한낱 외인인 내가 말해 줄 수 없어요. 아무튼 본명을 버린 뒤로 그분은 스스로를 모용단죽이라고 자칭했고, 그 뒤로 사람들은 그분을 그 이름으로 부르게 되었어요."

모용단죽의 본명이 따로 있다는 것은 확실히 흥미 있는 일이기는 했다.

하나 그것이 이번 일과 무슨 관계가 있단 말인가?

"모용 대협을 애칭으로 불렀던 사람 중에는 저의 사부님도 계세요."

냉옥환의 사부라면 자타가 공인하는 무림 최고의 여고수인 천수관음이었다.

천수관음이 모용 대협과 친분이 두터운 사이였다는 것은 진산월도 정소소에게 들은 적이 있었다. 그때 정소소의 말로는 천수관음이 모용 대협에게 구애했다가 거절당했고, 그 실연의 충격으로 평생을 독신으로 지내 오고 있다고 했다. 그녀가 자신의 애제자인 냉옥환을 모용봉의 시비로 보낸 것도 제자를 통해서라도 자신의 실연을 보상받고 싶었기 때문이라는 것이 정소소의 견해였다.

당시 진산월은 정소소의 말을 흔히 접할 수 있는 무림사(武林史)의 뒷이야기 정도로 생각하고 한쪽 귀로 흘려들었는데, 막상 냉옥환에게서 직접 그에 대한 이야기를 듣게 되자 그리 단순한 내용이 아님을 깨달았다.

"사부님과 모용 대협은 사실 오래전에 정혼(定婚)을 약조한 사이였어요. 하나 뜻하지 않은 일로 두 분은 혼인을 할 수가 없게 되었지요."

냉옥환의 말은 정소소가 말한 것과는 비슷하면서도 세부적인 면에서는 조금 달랐다. 냉옥환의 말대로라면 단순히 천수관음이 일방적으로 모용 대협을 짝사랑했던 것이 아니라 결혼까지 약속할 정도로 두 사람 사이가 친밀했던 것이다.

"두 분이 혼인을 하지 않게 된 이유가 무엇인지 알 수 있겠소?"

진산월의 물음에 냉옥환은 고개를 저었다.

"그 안의 정확한 사정은 두 분 외에는 누구도 모를 거예요. 또한 제자인 저로서는 그분들의 내밀한 과거 일을 남에게 언급하고 싶지 않군요."

"이해하오. 내가 너무 섣부른 질문을 한 것 같구려."

"진 장문인으로서는 궁금할 법도 하겠지요. 아무튼 두 분은 그 뒤로도 서로의 친분을 다지는 정도로 관계를 유지해 오고 계셨어요. 가끔 서신 왕래를 하면서 안부를 묻기도 했고, 명절이나 생일 때는 사람을 보내 선물을 주고받기도 했었지요."

"지금은 그렇지 않다는 말로 들리는구려."

냉옥환은 진산월의 얼굴을 물끄러미 보고 있다가 다시 입을 열었다.

"몇 년 전부터 두 분 사이의 왕래가 없어졌어요. 좀 더 정확히 말하자면 모용 대협 쪽에서 일방적으로 연락을 끊었어요."

"연락이 끊겼다는 건 무슨 뜻이오?"

"말 그대로예요. 서신을 보내도 답장이 없었고, 인편을 통해도 연락이 닿지 않았어요."

"그래서 소저가 구궁보로 온 것이오?"

그녀의 고개가 거의 알아차리기 힘들 만큼 살짝 끄덕여졌다.

"사부님께서는 오랜 기간 동안 사귀어 오면서 모용 대협을 잘 알고 계셨기에 갑자기 그분에게서 연락이 끊긴 것에 상당한 의아함을 느끼셨어요. 그래서 나를 통해서라도 모용 대협이 연락을 끊은 이유를 알려고 하신 거예요."

단순히 그 이유뿐이라면 천수관음의 제자가 다른 사람의 시비가 될 필요까지는 없을 것이다. 냉옥환은 자신이 모용봉의 시비가 되어야만 했던 사정을 짤막하게 설명했다.

"구궁보에 와서야 나는 모용 대협을 만나는 일 자체가 그리 수월한 것이 아님을 알게 되었어요. 모용 공자에게 부탁을 해도 모용 대협께서 외유 중이라 연락을 할 수가 없다는 말만 들었어요. 언제까지고 구궁보에서 무작정 모용 대협을 기다리고 있을 수는 없기에 나로서는 지속적으로 구궁보에 머물러 있어야 할 당위성을 만들어야만 했지요."

순간적으로 진산월의 머릿속에 몇 가지 의문이 떠올랐다.

구궁보에 머무르는 것이라면 식객(食客)으로 있어도 충분한 일이었다. 그녀는 무작정 기다리고 있을 수 없다고 했지만, 실제로 구궁보에는 오랫동안 머무르고 있는 손님들도 상당수 있었다. 더구나 모용 대협과 천수관음의 친분 관계를 고려해 본다면 그녀는 시비보다는 식객으로 있는 것이 더 어울렸을 것이다.

그럼에도 불구하고 냉옥환은 모용봉의 시비가 되는 굴욕적인 상황을 자처했다.

그것에는 필연적인 이유가 있을 것이다.

진산월은 그 이유를 어느 정도 짐작할 수 있을 것 같았다.

식객이라면 단순한 손님이기 때문에 구궁보의 자세한 속사정을 알기에는 어려운 점이 있다. 하지만 시비라면 외부에서는 알 수 없는 구궁보의 은밀한 일을 알 수 있을 뿐 아니라 구궁보의 깊숙한 곳까지 자유롭게 출입할 수 있을 것이다.

그렇다면 냉옥환은 다른 사람의 시비가 되는 굴욕을 감수하면서까지 구궁보 내에서 반드시 알아내어야 할 일이 있었던 것은 아닐까?

그렇다면 그 일은 대체 무엇이란 말인가?

진산월의 시선이 냉정하게 가라앉아 있는 냉옥환의 얼굴에 고정되었다.

"소저의 신분으로 남의 시비가 되는 일이 결코 쉽지만은 않았을 거요."

냉옥환은 부인하지 않았다.

"그리 편안한 자리는 아니었어요."

"그래서 원하는 것을 얻으셨소?"

진산월의 직설적인 물음에 냉옥환은 날카로운 눈으로 진산월을 응시했다. 진산월의 얼굴은 여전히 무표정했고, 눈빛은 한 점의 흔들림도 없어서 마치 석상을 보고 있는 것 같았다. 냉옥환은 속마음을 알 수 없는 진산월의 두 눈을 뚫어지게 보고 있다가 살짝 고개를 돌렸다.

그녀가 시선을 거둔 의미는 그녀 자신도 알 수 없을 것이다.

그녀는 문득 가느다란 한숨을 내쉬었다.

"진 장문인은 정말 상대하기 까다로운 사람이군요. 진 장문인이 예상한 대로, 나는 확실히 한 가지 분명한 목적을 가지고 모용 공자의 시비가 되었어요."

진산월은 그것이 무엇이냐고 묻지 않았다. 다만 말없이 그녀의 입을 가만히 주시할 뿐이었다.

말없는 침묵은 때로는 다른 어떠한 추궁이나 독촉보다 사람을 더욱 재촉하게 만드는 법이다. 그녀도 또한 그런 것을 느꼈는지 살짝 그를 향해 원망하는 눈빛을 보냈다.

"나는 모용 대협의 안위를 직접 확인하고 싶었어요."

"……!"

"사부님께서는 모용 대협의 신상(身上)에 무슨 변고가 생긴 게 아닌가 염려하셨어요. 모용 대협을 직접 만날 수 없게 되자 그 염려는 의심으로 변했고, 모용 공자의 몇 가지 행동에서 어떤 위화감까지 느끼시자 어떤 식으로든 그 일을 분명하게 확인해야 할 필요성을 절감하신 거지요."

진산월은 다시 질문을 던졌다.

"모용 공자의 어떤 행동에서 위화감을 느꼈다는 거요?"

"모용 대협에 대해 거론하는 것을 썩 내켜 하지 않는 것 같다는 인상을 받았어요. 내가 몇 차례나 모용 대협을 직접 만나야겠다고 했을 때는 난처한 표정을 숨기지 않았는데, 그것이 꼭 모용 대협을 누구와도 만나지 않게 하려는 의도를 가진 것 같아서 마음이 불편했어요."

"그래서 소저는 혹시 모용 공자가 일부러 모용 대협을 만나지 않게 하는 게 아닌가하고 의심한 것이구려."

"솔직히 처음에는 그런 의심을 하기도 했지요. 나중에야 모용 대협이 진짜 구궁보에 없었고, 구궁보로 돌아오는 일도 극히 드물다는 것을 알고 그 부분에 대해서는 의심을 풀게 되었어요."

"그러면 다른 점에서는 아직도 그에게 의혹을 가지고 있다는 말이오?"

냉옥환은 살짝 고개를 끄덕였다.

"모용 공자가 모용 대협에 대해 숨기는 것이 있는 건 분명하다고 생각해요. 다만 그것이 꼭 모용 대협을 음해하거나 손해를 입히기 위한 의도라고 볼 수만은 없어서 무작정 모용 공자를 의심할 수도 없는 상황이에요."

"모용 공자가 모용 대협에 대해 외부에 밝히려 하지 않는 점이 있다는 건 확실히 미심쩍은 구석이 있는 것 같구려. 그런데 소저가 모용 공자의 시비가 된 것은 벌써 이삼 년이나 되었다고 알고 있는데, 그동안 모용 대협을 만나서 직접 확인해 보지 못했단 말이오?"

냉옥환의 얼굴에 한 줄기 씁쓸한 빛이 떠올랐다.

"만일 확인했다면 내가 아직까지 구궁보에 머물러 있을 이유가 없었겠지요."

"모용 대협이 일 년에 몇 번은 구궁보에 돌아왔을 텐데, 그때 만나면 되는 일 아니었소?"

그녀는 고개를 저었다.

"모용 대협이 가끔 구궁보에 오기는 하지만, 그 시기가 일정치 않기 때문에 그가 언제 왔다 갔는지는 거의 아는 사람이 없어요. 더구나 그는 구궁보에 왔을 때도 하루나 이틀 잠깐 머물다가 다시 홀연히 떠나기 일쑤여서, 그를 직접 만나 본 사람은 모용 공자 외에는 아무도 없는 형편이에요."

모용 대협을 자신의 거처인 구궁보에서도 보기 힘들다는 것은 확실히 뜻밖의 일이 아닐 수 없었다.

"멀리서도 본 적이 없었단 말이오?"

"우습겠지만, 사실이 그래요. 모용 대협이 구궁보에 왔다는 걸 알고 뒤늦게 면담을 요청한 적도 있었는데, 이미 다시 떠났다거나 여러 가지 이유로 거절당하곤 했어요."

"그래서 나에게 그런 부탁을 했던 거요?"

"진 장문인이 모용 대협을 만나기로 했다는 걸 알고 무척 놀랐어요. 지난 삼 년간 모용 공자 외에 모용 대협을 만난 사람은 진 장문인이 처음이에요. 그래서 나로서는 어떤 식으로든 그 기회를 이용하지 않을 수 없었어요."

"내가 모용 대협을 만났다면 그것만으로도 그분의 안위가 무사하다는 게 증명이 되는 셈인데, 굳이 내게 그런 부탁을 했던 이유는 무엇이오?"

"확인해 봐야 했어요."

"무엇을 말이오?"

냉옥환의 음성은 어느 때보다 나직했으나, 진산월의 귀에는 너무도 크게 들렸다.

"모용 대협이 진짜 본인이 맞는지."

그녀의 말을 보통 사람이 들었다면 경악을 금치 못했을 것이다. 놀랍게도 그녀는 천하제일고수의 진위(眞僞)를 의심하고 있는 것이다.

다행히 진산월은 쉽게 경동하는 사람이 아니었다. 진산월은 그녀의 의중을 파악하려는 듯 눈을 빛내며 그녀의 냉정해 보이는 얼굴을 뚫어지게 주시하다가 반문했다.

"소저는 구궁보에 가끔씩 나타나는 모용 대협이 진짜 본인이 아닐 수도 있다고 생각했던 것이구려."

"내가 아니라 사부님의 생각이세요."

"서풍에 날리는 것이 무엇인지 묻는다는 것도 소저의 사부님 생각이셨소?"

"그래요."

"그래서 확인이 되었소?"

냉옥환은 쉽게 대답하지 않았다. 이번에도 진산월은 그녀의 대답을 재촉하지 않았다. 잠시 침묵을 지키고 있던 그녀는 한참 후에야 비로소 낮게 가라앉은 음성으로 입을 열었다.

"아직은 무어라고 말할 수가 없어요."

진산월은 오늘 저녁에 자신이 만났던 모용단죽에 대해 떠올려 보았다.

그에 대한 첫인상은 오래된 고목(古木)과 같다는 것이었다. 말과 행동에서 깊은 세월의 연륜(年輪)을 생생하게 느낄 수 있었고, 무공의 경지는 자신의 눈으로도 섣불리 측량할 수 없었다.

아무리 강호에 기인이사가 구름처럼 많다고 해도 그런 사람이 또 있다고는 생각되지 않았다.

그렇다면 자신이 만났던 사람은 모용단죽 본인이 확실한 것일까?

하나 그렇다고 선뜻 말하기에는 망설여지는 것이 진산월의 솔직한 심정이었다.

특별한 이유가 있어서는 아니었다. 단지 지금까지 소문으로만 듣고 막연히 마음속으로 생각하고 있었던 모용 대협의 인상과 직접 만났을 때의 인상이 어딘지 조금 맞지 않다는 느낌이 들었던 것이다.

하나 모용 대협을 처음 만난 그로서는 그 단순한 느낌만으로 그 사람이 진짜 모용 대협 본인인지 아닌지를 섣불리 속단할 수 없었다.

한 가지 분명한 것은 자신이 만나 본 그 사람이 진짜 모용 대협이든 아니든 절대로 자신의 아래가 아니며, 어쩌면 자신으로서는 넘볼 수 없을 정도로 높은 경지에 올라 있을지도 모른다는 것이었다. 그것만으로도 진산월은 오늘 그를 만난 가치가 있다고 생각했다.

진산월은 오랫동안 숙고하다가 가장 묻고 싶었던 물음을 던졌다.

"그 질문이 의미하는 건 대체 무엇이오? '서풍에 휘날리는 녹색 치마'라는 구절은 오래된 시구의 한 부분 같은데."

냉옥환의 답변은 충분히 예상 가능한 것이었다.

"진 장문인의 말씀대로예요. 그것은 '거상'이라는 시의 한 구절로, 사부님이 가장 좋아하시는 시구예요. 사부님의 함자가 바로 옥부용(玉芙蓉)이세요."

강호에 별호로만 알려진 천수관음의 본명을 진산월은 처음으로 알게 되었다.

'거상'은 '부용'의 다른 이름이었다. 누구라도 자기 이름과 같은 제목의 시가 있다면 호감을 갖게 될 것이다. 설사 무림에서 전설적인 명성을 떨치고 있는 최고의 여고수라고 할지라도 말이다.

냉옥환은 이내 짧은 한마디를 덧붙였다.

"그리고 사부님은 늘 붉은 치마를 입고 다니세요."

진산월의 눈이 번쩍 빛났다.

"그렇다면……."

"그래서 그의 대답만으로는 알 수가 없다고 한 거예요. 모용 대협은 사부님 앞에서만은 그분을 '서풍취홍상(西風吹紅裳)'이라고 불렀거든요."

제 269 장
수욕정이(樹欲靜而)

제269장 수욕정이(樹欲靜而)

구강의 나루터는 이른 아침부터 사람들로 북적거리고 있었다.

평상시에는 정오나 되어야 구화산으로 가는 사람들이 보이곤 했는데, 오늘은 이상하게도 아침 해가 뜨기도 전부터 사람들이 하나둘씩 몰려오더니, 사시(巳時)가 될 때는 나루터 주위의 모든 주루가 빈자리를 찾아볼 수 없을 만큼 인파로 가득 메워졌다.

그들은 대부분이 병장기를 소유한 무림인들이었고, 특히 구궁보의 연회에 참석했던 인물들이 상당수 있었다. 그들은 서로 인사를 나누기도 하고 진지한 토론을 벌이기도 했는데, 그래서인지 나루터 전체가 마치 잔치집이라도 되는 양 시끌벅적하고 소란스러워서 시장바닥을 연상케 할 정도였다.

정오가 가까워 올 무렵, 구화산 방면에서 일단의 사람들이 나타나 나루터로 다가왔다. 그들이 모습을 드러내자 나루터 주변의 주루에서 연신 밖을 내다보고 있던 사람들이 모두 시선을 집중시켰다.

"형산파 고수들이다!"

나직한 속삭임이 거대한 울림처럼 사방으로 퍼져 나갔다. 고함을 지르거나 큰 소리를 내는 사람은 없었으나, 묘한 긴장감을 담은 웅성거림으로 인해 나루터 전체가 들썩거리는 듯한 느낌이 들었다.

나타난 사람들은 모두 다섯 명이었는데, 하나같이 청삼을 입고 청색 두건을 쓴 젊은이들이었다. 그들 중 유난히 키가 크고 행동거지가 자유분방해 보이는 청년이 주위의 시선을 끌었다.

나루터 주변에 있는 주루 중에서도 가장 끝 쪽의 주루의 창가에서 고개를 창문 밖으로 반쯤 내밀고 있던 사람이 그들의 모습을 유심히 보더니 일행을 향해 투덜거렸다.

"이런 제길. 자네 말대로 좌군풍은 오지 않았군."

그의 맞은편에 앉아 있던 사람이 히죽 웃었다.

"닷 냥짜리 내기였다는 걸 잊지 말게."

먼저 말을 했던 사람은 연신 구시렁거리면서도 품속에서 다섯 냥을 꺼내 그에게 던져 주었다.

"잘 먹고 잘 살게."

"고맙네. 자네 덕분에 오늘은 풍족한 식사를 할 수 있겠군."

"그나저나 좌군풍이 오지 않을 것이라는 건 어떻게 알았나?"

맞은편의 사람은 앞에 놓인 술을 얄밉도록 맛있게 들이켠 후 대수롭지 않은 듯 말했다.

"자네도 조금만 더 생각해 보면 알 걸세. 남들 골탕 먹이는 일에는 머리가 그렇게 잘 돌아가면서, 이런 일에는 왜 그 비상한 머리를 굴리려 하지 않는 건가?"

먼저 입을 열었던 사람의 얼굴이 내다 버린 종잇조각처럼 구겨졌다.

"쓸데없는 소리 말고 내 말에 대답이나 하게."

"오결검객은 형산파 내에서도 독보적인 지위에 있는 인물들일세. 다시 말해서 삼결이나 사결이 무슨 일을 당하든, 오결만 건재하다면 형산파는 전혀 흔들림 없이 문파를 유지할 수 있다는 거지."

"그래서?"

"그러니 형산파로서는 패배가 유력해 보이는 이런 비무에 굳이 오결이 모습을 드러낼 하등의 이유가 없다는 말일세. 백대행이 종남파와의 비무에서 패한다고 해도 사결제자 한 명의 패배로 그치고 만다는 말이지. 게다가 만에 하나라도 승리를 거둔다면……."

"사결만으로도 종남파를 꺾었으니 오결은 나올 필요도 없다?"

"뭐 그런 식으로 소문이 퍼지겠지. 하지만 그건 별로 가망 없는 얘기고, 형산파로서는 어디까지나 이번 비무를 백대행과 사결제자들의 일로 국한시키려 할 걸세."

"듣고 보니 그럴듯하군."

"게다가 좌군풍이 오지 않아야 할 결정적인 이유가 따로 있네."

"자네가 귀신같은 구석이 있다는 건 나도 익히 알고 있네. 어서 말해 보게."

"교활한 자네 입에서 칭찬을 듣게 되니 기분이 야릇해지는군. 자네는 좌군풍이 언제부터 강호에 명성을 떨쳤는지 아는가?"

먼저 입을 열었던 사람은 고개를 갸웃거렸다.

"글쎄. 무척 오래되었다는 건 알겠는데, 정확한 건 기억이 나지 않는군."

"이십여 년 전의 기산취악 때부터일세."

먼저 입을 열었던 사람은 손뼉을 탁 쳤다.

"아! 이제 알겠군. 그때 형산파에서 나온 네 명의 고수 중 하나였지?"

"그래. 그러니 그가 이곳에 나타난다면 종남파로서는 과거의 치욕을 씻기 위해서라도 반드시 그에게 시비를 걸었을 것이네."

"당당한 형산파의 오결검객이 다른 문파의 도전이 무서워서 모습을 나타내지 않았다는 말인가?"

"기산취악 같은 문파와 문파 간의 정식 결전이라면 좌군풍도 피할 이유가 없지. 하지만 이런 자리에서의 비무는 아무리 좌군풍이라도 껄끄러울 수밖에 없을 걸세. 더구나 오결검객이라는 자신의 지위를 생각해 본다면 말일세."

"그 상대가 신검무적이라면 더욱 그렇겠지."

"그래. 아무래도 제대로 된 오결의 솜씨를 보려면 종남파가 형산파에 정식으로 도전장을 내미는 때를 기다려 보는 수밖에 없네."

"그때가 언제일까?"

"조만간 닥쳐올 걸세. 종남파가 괜히 비무행을 시작한 게 아닐 테니 말일세."

　두 사람이 서로 대화를 나누고 있는 동안에 형산파의 다섯 제자들은 나루터의 중앙에 있는 공터에 가서 어깨를 나란히 한 채 우뚝 서 있었다. 그들의 모습은 당당한 가운데 일견 비장함까지 풍기고 있어 보는 이의 가슴에 진한 인상을 남겨 주었다.

　정오의 햇살이 공터에 서 있는 다섯 젊은이들의 어깨 위에 내리쬐었다. 그 햇살이 따가울지 자신들에게 쏠려 있는 수많은 중인들의 시선이 더 따가울지는 그들 외에는 아무도 아는 사람이 없을 것이다.

　우두커니 그들을 보고 있던 사람들 중 다섯 냥을 벌었던 자가 갑자기 나직한 탄식을 토해 냈다.

　"젊음이 죄로군."

　앞에 앉아 있던 사람이 어리둥절한 눈으로 그를 바라보았다.

　"그건 또 무슨 말인가?"

　"생각해 보게. 이런 일이 벌어지게 된 것도 모두 백대행이 한순간의 혈기를 이기지 못했기 때문일세. 그렇지 않았다면 아무리 신검무적이라 해도 모용 공자의 생일연에서 형산파를 먼저 도발하지는 않았을 걸세."

　"그도 그렇겠군."

　"어차피 나중에 시간이 흐르면 자연히 종남파와 자웅을 겨루게 되었을 텐데, 순간적인 실수 때문에 문파가 떠맡아야 할 짐을 떠안게 되었으니. 한편으로는 안쓰러우면서도 저렇게 물러서지 않고 달려드는 젊음이 부럽기도 하네."

제269장 수욕정이(樹欲靜而)　231

"그 말을 들으니 우리가 부쩍 늙어 보이는군."

"나는 몰라도 자네는 확실히 늙었네. 원래 늙을수록 교활해진다고 하지 않는가?"

"제길. 그 말은 그만하라니까."

듣고 있던 사람이 투덜거리자 말을 꺼냈던 자도 한숨을 내쉬었다.

"하긴, 귀호나 교리나 그게 그거지. 이크, 나오는 것 같네."

낮게 소곤거리던 두 사람은 바짝 긴장한 표정으로 주루 안을 힐끔거렸다.

그들이 앉아 있는 주루의 내실에서 몇 사람이 밖으로 모습을 드러내고 있었다. 그들을 보자 주루 안에서 떠들고 있던 사람들이 일제히 입을 다물었다. 개중에는 마른침을 꼴깍 삼키는 자들도 적지 않았다.

그들은 설마 자신들이 지금까지 입이 아프게 떠들어 댔던 종남파의 고수들이 자신들과 같은 객잔에 머무르고 있을 줄은 짐작도 하지 못했던 것이다. 하나 귀호나 교리 같은 눈치 빠른 자들은 이미 이곳에 종남파 고수들이 있음을 알고 아침부터 이곳에서 죽치고 있었기에 흥미진진한 표정으로 그들을 훔쳐보기에 여념이 없었다.

신검무적은 보는 것만으로도 가슴이 떨릴 정도로 위엄이 있어 보였고, 옥면신권은 정말 강호제일의 미남자라고 해도 손색이 없을 정도로 준수한 것 같았다. 외눈의 비천호리는 일견하는 것만으로도 그 비범함을 느낄 수 있었고, 무영검군은 별호 그대로 신비스러움을 간직하고 있는 것 같았다.

그들 외에도 종남파 고수들의 누구 하나 평범해 보이는 사람이 없었다. 심지어는 신검무적의 제자라는 어린 소년조차 중인들의 따가운 시선에도 전혀 놀라거나 당황하지 않고 침착해 보였다.

그중에서도 신검무적의 옆에 서 있는 면사를 쓴 여인의 모습이 유독 중인들의 시선을 끌었다. 면사 여인의 얼굴은 알아볼 수 없었지만, 살짝 드러난 자태만으로도 많은 남자들이 매혹당할 정도였다.

그들이 주루를 벗어나 공터로 향하자 그곳 주루에 있던 사람들은 물론이고 다른 주루에 있던 사람들도 일제히 밖으로 나와 공터 주위로 몰려들었다.

삽시간에 제법 넓었던 공터는 사람들로 뒤덮였으나 이상하게도 조금 전과는 달리 그렇게 소란스럽지 않았다. 모두들 약속이나 한 듯이 입을 굳게 다문 채 종남파와 형산파 고수들을 지켜보고 있었던 것이다. 간혹 낮게 소곤거리는 자들도 있었으나, 대부분은 앞으로 벌어질 모든 광경들을 단 하나도 놓치지 않겠다는 듯 눈을 빛내며 장내에 시선을 집중시키고 있었다.

종남파 고수들이 모습을 드러내자 무표정한 얼굴로 허공을 응시하고 있던 형산파 고수들의 얼굴이 눈에 띄게 경직되었다. 하나 그들 중 중앙에 서 있는 훤칠한 키의 청년만은 담담한 신색을 유지하고 있었다.

진산월은 차분한 눈으로 그들 한 사람 한 사람을 훑어보았다. 그들 중에는 구궁보에 오기 전 구화산 입구에서 잠깐 보았던 추풍

비검 정일군도 있었다. 이글이글 타오르는 눈을 하고 있는 정일군은 진산월과 시선이 마주치자 입술을 질끈 깨문 채 피하지 않고 그를 마주 보았다. 절대로 물러서거나 꽁무니를 빼지 않겠다는 결연한 모습이었다.

형산파 고수들을 한 사람씩 훑던 진산월의 시선이 이내 중앙의 훤칠한 키의 청년에게 고정되었다. 청년, 백대행은 그를 향해 정중하게 포권했다.

"오셨군요."

며칠 전에 볼 때와는 달리 호탕한 가운데 예의를 잃지 않은 모습이었다.

진산월도 격식에 어긋나지 않게 그의 인사를 받았다.

"일찍 온 모양인데, 오래 기다리게 해서 미안하오."

"날이 좋고 주위의 풍광이 마음에 들어서 조금도 지루하지 않았습니다."

진산월은 그 말에 문득 고개를 들어 하늘을 올려다보았다. 유난히 눈이 부시도록 파란 하늘이 시야에 가득 들어왔다. 한 점 구름이 떠 있는 파란 하늘 아래 보이는 강물이 넘실거리는 포구의 모습은 왠지 묘한 감흥을 불러일으키는 것이었다.

"그렇군. 정말 좋은 날씨로군. 오래된 일을 매듭짓기에 딱 어울리는 날씨야. 그렇게 생각하지 않소?"

백대행도 그를 따라 하늘을 올려다보고 나루터 주위를 한 차례 둘러보더니 이내 고개를 끄덕였다.

"그렇군요. 정말 해원(解寃)에 좋은 날씨입니다."

"우리 사이에 원한 같은 건 없소. 그저 케케묵었던 일 하나만이 있을 뿐이오."

백대행은 가만히 그를 바라보았다.

"정말 그렇게 생각하십니까?"

"그렇소. 말 한 마디로도 풀 수 있고, 행동 하나로도 풀 수 있는 아주 사소한 일이지."

"제게 아량을 베푸시는 겁니까?"

진산월의 입가에 희미한 미소가 떠올랐다. 어찌 보면 차갑고, 어찌 보면 냉정하며, 또 어찌 보면 유쾌한 듯한 미소였다.

"그런 게 아니라는 건 당신도 알고 있을 거요. 나는 다만 한 가지를 분명히 하고 싶었을 뿐이오."

"그게 무엇입니까?"

"나는 당시에도 일파의 장문인이었고, 지금도 마찬가지요. 당신도 그때나 지금이나 한 문파의 제자요. 우리의 신분은 그대로인데, 나를 대하는 당신의 자세나 행동은 많이 달라져 있소."

"……!"

"당시에 당신은 마음대로 나를 재단하여 시비를 걸어오더니, 지금은 또 당신 마음대로 판단하여 내게 도전을 해 왔소. 당신의 태도나 동기는 달랐지만 결과는 마찬가지가 되었소. 다시 말해서 나무는 가만히 있으려 하나 바람이 그치지 않는 형세요."

담담함을 유지했던 백대행의 눈자위가 한 차례 실룩거렸다.

진산월은 그의 표정은 살피지도 않고 허공을 응시한 채 조용한 음성으로 말했다.

"이번 일 이후로 더 이상은 나를 흔들려고 하지 마시오. 그러지 않는다면 다음에는 당신이 아닌 당신의 문파에 책임을 물을 거요."

백대행은 눈도 깜박이지 않고 한참 동안이나 진산월을 응시하고 있더니 이윽고 굳은 음성으로 입을 열었다.

"진 장문인의 뜻을 알겠습니다. 오늘 이후 더 이상 진 장문인을 귀찮게 하는 일은 없을 겁니다."

생각해 보면 한 문파의 제자가 다른 문파의 장문인에게 공개적으로 도전한다는 것은 무림의 정서상 용납하기 힘든 일이었다. 그런데도 진산월은 그의 도전을 순순히 받아주었다. 그것으로 과거의 일에 대한 모든 아쉬움이나 미련을 접겠다는 의미였던 것이다.

문파의 우두머리로서 타 문파 제자의 도전을 피해야만 했던 당시의 그의 심정을 누가 알 수 있겠는가?

진산월은 천천히 고개를 떨구어 백대행을 바라보았다.

"이번 일은 당신과 나의 비무로 종결지을 거요. 비무에서 나는 삼 초를 양보하겠으며, 십 초가 지나도 승부가 나지 않는다면 내가 패한 것으로 하겠소."

백대행의 옆에 있던 형산파의 제자들은 정색을 했으나 백대행은 오히려 표정이 차분하게 가라앉았다.

"배려에 감사드립니다."

"배려가 아니라 강호의 도의(道義)요."

짤막한 말이었으나 형산파 고수들은 형산파 고수들대로, 종남파 사람들은 그들대로 각기 다른 감흥을 느껴야만 했다.

문파의 제자가 자신의 무공을 믿고 타 문파의 장문인에게 도전하는 것은 확실히 강호의 도의가 아니었다. 그럼에도 불구하고 진산월은 그의 도전을 받아 주었으며, 오히려 삼 초를 양보함으로써 일파의 지존으로서 당당함을 보인 것이다.

도의란 일방적인 것이 아니라 이렇듯 서로 간에 지켜야 하는 무언의 약속과도 같은 것이었다.

한낮의 햇살은 제법 따가웠다. 진산월은 자신의 머리 위를 비추는 태양을 잠시 올려다보더니 이내 고개를 내려 자신의 앞을 바라보았다.

백대행은 검을 뽑아 들고 중단(中段)으로 세운 채 눈도 깜박이지 않고 검 끝에게 시선을 고정시키고 있었다. 어깨를 약간 추켜올리고 검을 들지 않은 팔을 반쯤 벌리고 있는 다소 특이한 자세였다. 이것은 형산파의 예전초식(禮典招式) 중 하나인 포원수일(抱元守一)로, 상대에게 헛된 살심(殺心)을 품지 않음을 보여 주면서 한편으로는 자신의 몸과 마음을 다해 승부에 임하겠다는 의미를 담고 있었다.

진산월의 자세는 그에 비하면 평범하다 할 정도로 아무런 특징이 없었다. 두 팔을 자연스레 늘어뜨리고 양팔을 어깨너비로 벌린 상태로 우뚝 서 있었는데, 담담한 가운데 진중함이 느껴지는 자세였다. 진산월은 슬쩍 오른손을 앞으로 내밀고 왼손을 가슴 쪽으로 가져갔다가 다시 원래의 자세로 돌아왔다. 종남파의 예전초식인 조운일환을 펼쳐 보인 것이다.

수많은 사람들로 둘러싸여 있음에도 주위는 아주 조용했고, 하늘은 유달리 쾌청했다. 어디선가 불어오는 한 줄기 산들바람이 중인들의 머리를 흔들고 지나간다 싶은 순간, 비무가 시작되었다.

 먼저 움직인 사람은 백대행이었다. 그의 건장한 어깨가 한 차례 흔들거림과 동시에 중단을 겨누고 있던 그의 검이 한 줄기 빛살처럼 진산월의 앞가슴을 향해 날아들었다.

 백대행이 펼친 초식은 형산파의 구종(九種) 검법 중 유룡십이검(遊龍十二劍)의 천개유룡(天開遊龍)이었다. 유룡십이검은 구종 검법 내에서의 서열은 사 위에 불과했으나, 검로가 자유분방하고 속도가 빨라서 상대의 반응을 유도하는 첫 출수의 초식으로는 더할 나위 없이 적합한 것이었다.

 지금도 백대행의 검은 한 치의 거리낌도 없는 호탕한 기세로 유성처럼 진산월의 앞가슴을 향해 날아들고 있었다. 그의 깔끔한 자세와 검의 거침없는 기세에 여기저기서 나직한 탄성이 흘러나왔다.

 진산월은 슬쩍 몸을 옆으로 틀어 백대행의 검을 피했다. 그러자 백대행은 진산월의 행동을 미리 짐작이나 하고 있었다는 듯 주저하지 않고 허공으로 솟구쳐 오르며 양팔을 크게 휘둘렀다. 진산월의 옆을 스쳐 지나갈 듯하던 그의 검이 허공에서 유연하게 움직이며 순식간에 진산월의 상반신 전체를 검세 속에 가두어 버렸다. 그야말로 멋들어진 용유대해(龍遊大海)의 일식이었다.

 진산월은 우두커니 그 자리에 서 있다가 백대행의 검이 지척까지 다가온 후에야 수중에 들고 있던 용영검을 검집에서 뽑지도 않은 채 앞으로 불쑥 내밀며 살짝 흔들었다. 그러자 그토록 삼엄하게 다가들던 백대행의 검초 한구석이 뻥 뚫리며 진산월의 몸이 그 속에서 빠져나왔다.

"아!"

사방에서 탄성이 봇물처럼 터져 나오는 순간, 허공에 떠 있던 백대행의 몸의 뒤집히며 발이 위, 머리가 아래인 상태로 진산월의 머리 위를 향해 떨어져 내렸다. 그와 함께 폭포수 같은 검기가 진산월의 몸을 뒤덮어 버렸다. 신기에 가까운 그 초식은 바로 유룡십이검 중의 최절초인 천룡번공(天龍飜空)이었다.

천개유룡에서 용유대해로, 다시 천룡번공으로 이어지는 삼 초의 연환식(連環式)은 치밀하게 짜인 비밀스런 수법으로, 이 유룡삼연식(遊龍三連式)이 이런 공개된 자리에서 펼쳐진 것은 실로 오랜만의 일이었다. 비록 어느 정도 살기가 억제되기는 했으나, 유룡삼연식의 위력은 멀리 떨어진 사람들도 생생하게 느낄 수 있을 정도였다. 때문에 중인들은 숨도 제대로 쉬지 않은 채 눈을 부릅뜨고 장내의 광경을 주시하고 있었다.

진산월이 미끄러지듯 가볍게 옆으로 한 걸음 물러서며 용영검을 빠르게 휘둘렀다. 어느 사이에 용영검이 검집을 벗어나 특유의 우윳빛 검광을 뿌리고 있었다.

파파파팍!

세찬 바람이 휘몰아치며 시퍼런 검기가 사방으로 퍼져 나갔다.

중인들은 장내를 휘감은 자욱한 먼지 때문에 자세한 사정을 알 수 없어 답답한 표정을 지었으나, 이내 무언가를 발견한 듯 두 눈이 찢어지도록 부릅떴다.

먼지 속을 뚫고 무섭게 격돌하고 있는 두 사람의 신형을 발견한 것이다. 엄밀히 따지면 격돌이라고 할 수는 없었다. 한쪽은 미친 듯이 공격을 퍼붓고 있고, 다른 한쪽은 슬쩍슬쩍 몸을 움직이며 검초를 피하고 있는 형국이었다.

일방적인 공세를 취하고 있는 사람은 백대행이었고, 수세에 몰린 사람은 진산월이었다. 중인들은 예상과는 전혀 다른 전개에 처음에는 다소 어리둥절했으나, 이내 열렬한 환호를 터뜨렸다.

"와아!"

"과연 대로검이다!"

약자를 응원하는 것은 무림인의 보편적인 정서였다. 당대 제일 검객의 손에 일패도지할 줄 알았던 백대행이 오히려 우세를 보이는 듯하자 자신도 모르게 그에게 성원을 보내고 있는 것이다.

하나 자세한 사정을 알고 있는 몇몇 고수들은 살짝 고개를 내저었다. 겉으로 보기에는 백대행이 일방적으로 공세를 퍼붓는 것 같아도 실제로는 그다지 진산월에게 위협을 주지 못하고 있음을 간파한 것이다. 단지 그들로서도 알 수 없는 것은 왜 진산월이 반격 한 번 하지 않고 계속 백대행의 검을 피하고만 있느냐는 것이었다.

순식간에 몇 초가 훌쩍 지나갔다.

백대행은 이번 일전(一戰)에 자신의 모든 것을 건 사람처럼 수비는 전혀 도외시한 채 계속 수중의 검을 맹렬하게 휘두르고 있었다. 그가 지금 펼치고 있는 것은 형산파가 천하에 자랑하는 독보적인 원공검법의 절초들이었다.

형산에 많이 서식하는 원숭이들의 행동을 보고 원공(猿公)이라는 희대의 기인이 창안했다 하여 원공검법이라고 불렸으나, 진실한 내력은 누구도 알지 못했다. 다만 형산파에 있는 아홉 종의 검법 중에서도 그 특이한 형태와 뛰어난 위력으로 강호 무림에 가장 널리 알려져 있고, 또 그만큼 많은 인기를 얻고 있는 검법이었다.

그래서 많은 무림인들은 원공검법이 형산파의 제일가는 검법이라고 생각하고 있었다. 하나 사실 원공검법은 형산파의 구종 검법 중 삼 위에 불과하며, 그보다 뛰어난 검법이 두 개나 있다는 것은 제대로 아는 사람이 드물었다.

형산파의 당대 고수들 중 원공검법의 최고 고수는 오결검객 중 한 명인 절영검(絕影劍) 비성흔(費星痕)으로 알려져 있다. 비성흔은 이십 년 전의 기산취악에서 사결검객 신분으로 당시 종남파의 장문인이었던 천치검 하원지를 격파하여 천하에 명성을 떨쳤고, 그 공으로 오결검객에 오른 인물이었다. 그 후 십 년간 폐관수련하여 원공검법을 화경(化境)에 이르도록 연마하였고, 결국 오결검객 중에서도 다섯 손가락 안에 꼽히는 최고의 검객이 되었다고 한다.

지금 백대행이 펼치는 원공검법은 비성흔의 그것과 정확히 비교할 수 없으나, 중인들의 눈에는 가히 절정에 다다른 것처럼 보였다. 언뜻 보기에도 그 엄밀한 검영을 뚫는다는 건 불가능에 가까운 일처럼 생각되었다.

백대행의 검이 어찌나 빠르고 매섭게 움직이는지, 그 검이 정확히 어디를 노리고 있는지 짐작조차 할 수 없었다. 이것이 원공검법의 가장 무서운 점이었다. 원숭이의 동작에서 유래했기 때문인지 원공검법의 검로는 종종 무림의 상궤(常軌)를 벗어나는 것이었고, 동작의 자유스러움과 검초의 기발함은 사람들을 당혹하게 하기 일쑤였다.

하나 눈이 날카로운 사람이라면 종잡을 수 없을 정도로 정신없이 움직이는 백대행의 검이 최종적으로 노리는 부위가 진산월의 오른 손목임을 알 수 있을 것이다. 이것은 원공검법 중에서도 절초 중의 절초인 백원적과(白猿摘果)라는 초식으로, 원숭이가 나무에서 과일을 따는 동작을 모방하여 상대의 검을 든 손목이나 검 자체를 노리는 고도의 수법이었다.

하나 그 초식이 백대행이 펼친 아홉 번째 초식임을 알고 있는 사람은 별로 없었다. 중인들이 제대로 알지도 못하는 사이에 어느새 비무의 마지막이 다가오고 있었던 것이다.

백원적과의 무서움은 마땅히 피하거나 대처하기가 쉽지 않다는 것이었다. 미친 듯이 휘몰아치던 검기의 소용돌이 속에서 느닷없이 검기 한 가닥이 튀어나와 손목을 노리고 날아들기 때문에 방비하기도 힘들고, 반격을 가한다는 것은 더더욱 어려운 일이었다.

진산월은 피하지 않았다. 대신 수중의 용영검을 슬쩍 앞으로 내밀었을 뿐이다.

땅!

귀청이 떨어질 듯 요란한 음향과 함께 백대행의 검끝이 정확하게 용영검의 검신에 가로막혔다.

검신으로 검을 막는 수법은 일정 수준 이상의 검객들 사이에서는 금기시되는 행동이었다. 자칫 잘못하다가는 검을 타고 흐르는 상대의 검날에 치명적인 위험에 빠질 수도 있기 때문이었다.

과연 백대행의 검이 용영검의 검신을 타고 진산월의 몸 쪽으로 빠르게 미끄러져 왔다. 그것을 본 중인들이 놀란 외침을 토해 냈다.

"아앗?"

누가 보기에도 진산월이 미처 피할 사이도 없이, 백대행의 검이 용영검을 지나 그의 가슴을 가르고 갈 것 같았던 것이다. 이것이야말로 원공검법의 가장 무서운 살초인 영원헌도(靈猿獻桃)였다. 백원적과로 상대의 손목을 노리고, 상대가 검을 틀어 막을 때 그 검을 따라가서 상대의 가슴을 베는 이 연환식은 형산파가 비장의 수법으로 자랑하는 최고의 절기 중 하나였다.

진산월의 가슴이 막 백대행의 검에 베어지려는 순간, 갑자기 눈부신 검광 한 가닥이 피어올랐다.

팟!

검광은 순식간에 사라져 버렸다. 너무도 홀연히 나타났다가 갑작스럽게 사라졌기 때문에 중인들 중 상당수는 자신의 눈이 잘못된 것이 아닌가 하여 눈을 껌벅여야만 했다.

진산월과 백대행은 어느새 이 장의 간격을 두고 떨어져 있었다. 조금 전까지만 해도 일방적인 우세를 점하는 것 같았던 백대행은 전신이 땀으로 흠뻑 젖은 채 연신 가쁜 숨을 몰아쉬고 있었다. 자세히 보면 검을 들고 있는 그의 손이 쉴 사이 없이 떨리고 있음을 알 수 있을 것이다.

그에 비해 수세에 몰려 있는 듯했던 진산월은 담담한 표정으로 묵묵히 그를 바라보고만 있었다. 용영검 또한 어느새 그의 허리춤에 매달린 검집에 들어가 있어 모르는 사람이 보았다면 방금 전까지 살벌한 비무를 한 것이 아니라 산책이라도 나갔다 돌아온 것으로 오해 했을지도 몰랐다.

"으웩!"

갑자기 백대행이 한바탕 시커먼 피를 게워 냈다.

피를 토하고 난 백대행의 표정은 오히려 개운해져 있었다. 마음을 무겁게 짓누르고 있던 모든 것들을 피와 함께 토해 낸 듯한 모습이었다.

백대행은 떨리는 손을 몇 차례 쥐었다 폈다 하더니 이내 검을 거두고는 진산월을 향해 정중하게 허리를 숙였다.

"가르침을 주셔서 감사합니다."

진산월은 담담하게 그의 인사를 받았다.

"좋은 승부였소."

두 사람이 별다른 말도 없이 가벼운 인사를 하고는 서로의 일행에게로 돌아가자 대부분의 사람들은 어찌 된 영문인지 몰라 눈을 크게 뜨고 소곤거렸다. 하나 그들 중 몇몇 사람들은 감탄을 금치 못하고 있었다.

귀호와 교리라는 별호를 가진 자들도 그런 사람들 중 하나였다.

"과연 대단하군."

귀호의 말에 그와 함께 열심히 비무를 지켜보았던 교리가 고개를 끄덕였다.

"역시 당대 제일검객의 명성이 헛것이 아니로군. 오늘 아주 좋은 눈요기를 했군그래."

"형산파의 저 쌍원참(雙猿斬) 수법을 저토록 수월하고 완벽하게 깨뜨리는 사람은 처음 보았군. 신검무적의 나이를 생각해 본다면 정말 믿어지지 않는 일 아닌가?"

"그런데 신검무적이 마지막에 펼친 게 무슨 수법인지 아나? 오늘 그가 펼친 초식들은 하나같이 어딘지 모르게 눈에 많이 익은 것 같더군."

"자네 말대로 특별한 초식은 하나도 없었네. 특히 마지막 초식은 삼재검법 중의 개창망월(開窓望月)인 것 같더군."

삼재검법은 강호에 산재한 수많은 검법 중에서도 가장 기초적인 검법이라고 할 수 있었다.

교리는 고개를 갸웃거렸다.

"평범한 개창망월 같지는 않던데."

"그야 당연하지. 그랬다면 채 초식을 반도 펼치기 전에 먼저 가슴이 베어졌을 걸세. 단지 신검무적이 펼친 개창망월은 엄청나게 빨랐을 뿐이야."

"먼저 발출한 백대행의 검이 채 다가오기도 전에 먼저 밀어낼 정도로 말이지."

"그렇지. 저 정도 빠르기라면 강호제일의 쾌검이라는 분광검객 고심홍의 쾌검과 견주어도 손색이 없을 듯하네."

"그 정도란 말이지? 하지만 단순히 빠르다고 해서 백대행의 쌍원참을 막을 수는 없지 않은가? 내가 알기로는 형산파의 최고 수법들에는 하나같이 괴상한 기운이 담겨 있어서 일반적인 방법으로는 검을 막아도 따라오는 검기에 낭패를 당하기 일쑤라고 하던데……."

"그런 소문이 있기는 했지. 단순한 검기는 아니고 형산파의 독특한 내가진기를 이용한 유살검기(幽煞劍氣)의 일종이라고 들었네. 내 짐작에는 신검무적도 검에 특수한 기운을 불어넣었던 것 같네. 조금 전에 보니 백대행의 검이 그의 검에 닿기도 전에 살짝 밀려나는 것 같더군. 아마 검기불혈진맥의 수법을 함께 사용한 모양일세."

"그래서 백대행이 그렇게 손을 떨고 있었군. 그나저나 자네는 참 눈도 좋네. 이 멀리서 그걸 다 봤단 말인가?"

교리가 눈을 반짝이며 말하자 귀호는 싱겁게 웃었다.

"나 혼자 본 것처럼 말하는군. 자네도 뻔히 알면서 왜 그러나? 자꾸 그러니까 자네보고 교활하다고 하는 걸세."

교리의 얼굴이 쓰다 버린 종잇조각처럼 구겨졌다.

"이런 귀신같은 친구. 아무튼 백대행은 비록 패하기는 했으나 날카로운 한 수를 선보여 자신이 호락호락하지 않음을 입증해 보였고, 신검무적 또한 앞으로 상대할 형산파의 검법을 직접 겪어 보았으니 양측 모두 불만스럽지는 않겠군."

귀호는 고개를 저었다.

"엄밀히 따지면 이번 일은 무조건 종남파의 이득일세."

"왜 그런가?"

귀호의 눈빛에 한 줄기 기광이 번뜩였다.

"백대행은 형산파의 비전검법 중 두 가지나 선보였지만, 신검무적은 종남파의 무공은 단 하나도 쓰지 않았네. 다시 말해서 오결검객이 아닌 한은 종남파 무공을 사용할 가치도 없다고 선포한 셈일세."

교리는 잠시 생각에 잠겨 있더니 지금까지와는 달리 표정이 무거워졌다.

"무서운 도발이로군."

"그렇지. 종남파가 형산파에 굳이 도전하지 않아도 형산파로서는 도저히 그냥 있을 수만은 없게 되었으니 말일세."

"만약 그걸 의도한 것이라면 정말 무서운 심계라고 할 수 있겠군."

귀호는 감탄인지 탄식인지 모를 한숨을 내쉬었다.

"휴우. 그러니 정말 놀라운 일 아닌가? 이제 이십 대 중반의 나이에 그만한 무공에 그런 심계까지 가지고 있으니 말일세."

제 270 장 의외적청 (意外的請)

장강의 물결은 끝없이 푸르렀다. 멀리 보이는 강변의 언덕은 울창한 나무와 수풀로 뒤덮여 있었고, 그 너머로 장쾌하게 펼쳐진 초원이 아득히 늘어선 산봉우리들을 배경 삼아 한껏 창창함을 뽐내고 있었다.

진산월은 선상에 우뚝 선 채 흘러가는 강물을 무심히 바라보고 있었다.

의창(宜昌)으로 가는 배 안이었다. 의창에서 배를 내려 형산(荊山)을 지나면 바로 무당산(武當山)이 지척이었다. 유 월 일 일에 무당파에서 개최하는 집회에 참석하는 여정으로는 시일이 넉넉한 편이어서, 배에서 지내는 것이 지루하다면 강릉(江陵)쯤에서 내려 형문(荊門)을 지나는 육로를 이용할 계획도 가지고 있었다.

진산월의 두 눈에 투영되는 장강의 물결은 끊임없이 흔들리고 있었다. 물결이 흔들릴 때마다 진산월의 마음속에도 수없이 많은 생각들이 떠올랐다가 사라지고는 했다.

물결 하나에 생각 하나. 끝없이 이어지는 물결처럼 그의 생각도 이리저리 이어지고 있었다.

"심사가 복잡해 보이는군."

문득 들려온 음성에 진산월은 고개를 들어 옆을 바라보았다. 언제 다가왔는지 성락중이 뒷짐을 진 채로 그의 옆에 나란히 선 채 강물을 내려다보며 서 있었다.

"앞으로의 여정을 생각하고 있었습니다."

성락중은 강물에서 그의 얼굴로 시선을 돌렸다.

진산월의 얼굴은 한편으로는 냉정해 보였고, 다른 한편으로는 강인해 보였다. 하나 성락중은 그가 어딘지 모르게 외로워 보인다고 생각했다. 한동안 묵묵히 진산월을 보고 있던 성락중은 낮게 가라앉은 음성으로 조용히 말했다.

"자네 어깨에 지워진 짐이 너무 무거워 보여서 마음이 편치 않네. 조금은 그 짐을 나에게 나누어 주어도 좋지 않겠나?"

진산월은 살짝 미소 지었다.

"지금도 충분히 사숙께서 나눠 지고 계시지 않습니까?"

성락중은 고개를 갸웃거렸다.

"내가 말인가?"

"사숙께서 옆에 계시는 것만으로도 저로서는 무거운 짐을 덜어 낸 느낌입니다."

"그렇게 생각해 준다니 고마운 일이군."

잠시 두 사람 사이에 침묵이 감돌았다.

성락중은 다시 시선을 돌려 뱃전에 부딪혀 하얀 포말을 이루고 사라지는 물결을 가만히 내려다보고 있다가 혼잣말처럼 나직한 음성으로 말했다.

"가끔은 강호(江湖)의 삶이 저 물결처럼 덧없다는 생각도 드는군."

"왜 갑자기 그런 생각을 하셨습니까?"

"갑자기는 아닐세. 해남에 있을 때부터 바다를 보고 있다 보면 가끔씩 그런 생각이 들었다네. 부서질 줄 알면서도 끝없이 바위를 향해 몰아쳐 가는 파도를 보고 있자니 이루어질 수 없는 꿈을 향해 돌진해 가는 나 자신을 보고 있는 것 같아서 울적해질 때가 있었네."

그렇게 말하는 성락중의 얼굴에는 무어라 형용키 어려운 복잡한 빛이 어려 있었다. 진산월은 그의 옆모습을 보고 있다가 다시 물었다.

"사숙께서는 지금도 우리가 이루어질 수 없는 꿈을 향해 나아가고 있다고 생각하십니까?"

성락중은 고개를 흔들었다.

"그렇지 않네. 여전히 어렵고 힘든 길이지만, 그래도 지금이라면 가능할지도 모른다고 생각하고 있네. 다만 그 꿈을 이루기 위해서 자네를 비롯한 본 파의 제자들이 짊어져야 할 막중한 짐의 무게와 헤치고 나아가야 할 길의 험난함이 가슴을 무겁게 할 뿐이네."

"그건 모두 우리가 원해서 한 일입니다."

"……!"

"우리에게 그 짐을 지고 그 길을 걸으라고 강요한 사람은 아무도 없었습니다. 하지만 우리는 오래전에 이미 그 길을 걷기로 결심했고, 추호도 그 길을 걷는 데 주저하지 않았습니다."

성락중은 잠시 침묵을 지키다 무거운 표정으로 물었다.

"그 길을 걷기로 한 것을 후회해 본 적은 없나?"

이번에는 진산월이 입을 다물었다. 한동안 의미를 알 수 없는 눈으로 배를 스치고 지나가는 푸른 물살을 바라보고 있던 진산월은 거의 알아차리기 힘들 만큼 나직한 음성으로 중얼거리듯 말했다.

"저에게 후회란 사치스런 감정입니다. 약간의 미련은 있을지 모르지만, 되돌리기에는 이미 모든 것이 너무 늦어 버렸습니다."

성락중은 가볍게 탄식했다.

"미련은 후회의 그림자 같은 것일세. 하지만 되돌리기에는 너무 늦어 버렸다는 말은 맞는 것 같군. 우리는 돌아가기에는 너무 멀리까지 와 버렸네."

"……."

"무당산에서 형산파는 어떤 식으로든 우리와 결판을 내려고 할 걸세. 일이 여기까지 되어 버렸으니 우리도 피하거나 물러설 수는 없지. 무당산에 도착하는 그날이 무척이나 설레면서도 한편으로는 기다려지는군."

"걱정이 되십니까?"

성락중의 얼굴에 한 줄기 씁쓸한 미소가 떠올랐다.

"걱정이 된다기보다는 두렵다고 하는 게 더 옳은 말이겠지. 형산파는 현재 구대문파 중에서도 화산파와 함께 가장 강력한 위세를 떨치고 있는 문파일세. 우리들만으로 그들과 맞붙는다고 생각하면 두려움을 느끼는 건 너무도 당연한 일인 걸세. 자네는 두렵지 않나?"

진산월은 웃었다. 차분하기보다는 냉정하고, 부드럽기보다는 단호하며, 유쾌하기보다는 비장해 보이는 웃음이었다.

"길을 걷다 쓰러지는 걸 두려워할 필요는 없습니다. 제가 두려워하는 건 오직 하나, 길을 걷고 싶어도 걷지 못하게 되는 것뿐입니다."

성락중은 미소 짓고 있는 진산월의 얼굴을 물끄러미 보고 있더니 알 듯 말 듯 나직한 한숨을 내쉬었다.

"자네는 그런 마음으로 살아왔군. 문파의 선배로서 자네에게 무어라고 할 말이 없네."

"사숙께선 지금까지 잘해 오셨습니다."

"나도 그런 줄로만 알았네. 하지만 자네와 다른 제자들이 어떻게 지내 왔는지를 알게 되니 내가 너무 편하고 안락한 길로만 걸어온 것 같아 부끄럽고 미안한 마음일세."

성락중도 나름대로 최선을 다해 살아온 인물이었다. 매 순간마다 그는 최선을 다해 왔으며, 단 하루도 종남파의 부흥을 꿈꾸지 않은 날이 없었다.

하나 지난 몇 달간의 여정 동안 종남파의 고수들이 어떠한 역경을 헤쳐 왔는지를 조금씩 알게 되자, 그는 문파의 선배 이전에 한 명의 인간으로서 그들을 존중하지 않을 수 없었다.

선배 고수 하나 없고 비전무공조차 사라져 버린 상태에서 무공도 변변치 않은 몇 명의 젊은이들이 호시탐탐 자신들의 목줄을 노리는 무시무시한 주위의 위협과 억압을 뚫고 나오기까지 얼마나 많은 고통과 인내가 있었겠는가? 앞이 전혀 보이지 않는 컴컴한 어둠 속에서 본산마저 빼앗긴 채 뿔뿔이 흩어져 정처 없이 떠돌아다녀야만 했을 때, 그들의 심정이 얼마나 비통했겠는가?

그런 상태에서도 그들은 초지(初志)를 잃지 않고 끝내 무서운 적들을 물리침으로써 문파를 지켜 냈을 뿐 아니라, 제이(第二)의 부흥기를 이루어 내고 있는 것이다. 강호에 종남파의 이름이 다시 퍼지기까지 그들이 겪어야 했을 그 많은 고난과 위험, 그리고 그들이 흘려야 했을 피와 땀과 눈물을 생각하면 성락중은 마음이 격해지고 눈시울이 뜨거워져 오는 것을 참을 수 없었다.

이제 당금 강호에서 종남파를 무시하거나 가볍게 보는 사람은 아무도 없었다. 종남파의 명성은 지난 백여 년 이래 가장 높게 퍼진 상태였고, 신검무적과 그의 믿음직한 사제들은 강호의 전설이 되어 가고 있었다.

이제 한 고비, 정말 중요한 마지막 한 고비만 넘긴다면 종남파는 과거의 영화를 되찾고 무림에 우뚝 설 수 있을 것이다.

그것은 바로 형산파를 꺾어야 한다는 것이었다. 형산파를 꺾고 기산취악의 치욕을 씻는 일이야말로 종남파의 부흥을 위한 가장 중요한 주춧돌이었다.

그런 점에서 오늘 구강의 나루터에서 벌인 백대행과의 비무는 여러모로 의미하는 바가 적지 않았다.

진산월은 종남파의 무공은 쓰지도 않은 채 형산파가 자랑하는 사결검객 중의 최고수를 불과 십 초 만에 꺾어 버렸다. 그러니 형산파로서는 어떤 식으로든 이에 대한 설욕을 하지 않을 수 없는 입장이었다.

그동안 종남파에 대한 형산파의 공식적인 대응은 '철저한 무관심'이었다. 구대문파에서도 첫째 둘째를 다투는 위세를 보이고 있는 형산파로서는 거의 몰락한 것이나 마찬가지인 종남파의 일에 이런저런 반응을 보인다는 자체가 모욕적이라고 생각했던 것이다. 물론 강호를 행도하던 형산파의 제자들이 종남파의 제자에게 시비를 걸어 굴욕을 선사하는 경우는 제법 있었으나, 문파 자체가 종남파에 어떤 행동을 하거나 반응을 보인 적은 없었다.

그런데 그러한 지금까지의 암묵적인 방식이 이번 일로 인해 깨어질 상황에 놓이게 된 것이다.

종남파로서도 굳이 멀리 호남성까지 가거나 무당산의 대집회에서 형산파를 일부러 도발하지 않더라도 그들과 자연스레 부딪히게 될 가능성이 높아졌다.

하나 막상 형산파와 격돌한다고 생각하자 성락중은 우려되는 바가 없지 않았다. 이 배에 타고 있는 종남파의 인원은 열 명도 채 되지 않았다. 그들 중 두 명은 이제 갓 무공에 입문한 풋내기들이었고, 몇몇 제자들의 무공은 아직은 그리 뛰어난 수준이 아니었다. 장문인인 신검무적과 낙일방을 제외하고는 뚜렷하게 믿을 만한 고수가 없었다.

　전흠이 비록 무공에 새롭게 눈을 뜨고 금령단을 복용하여 내공이 일취월장했다고 해도 아직 금령단의 약효를 완전히 소화시키지도 못한 상태였다. 형산파의 사결이라면 몰라도 오결검객의 상대가 되기에는 미흡한 실력이라고 하지 않을 수 없었다.

　결국 형산파의 오결검객들을 상대할 수 있는 사람은 장문인인 신검무적과 낙일방, 그리고 자신뿐인데, 이들 세 사람만으로 과연 형산파와의 격돌에서 승리할 수 있을지 회의감이 들었던 것이다.

　물론 성락중은 오랜 기간 동안 형산파에 기산취악의 치욕을 설욕할 기회를 기다려 온 사람이었다. 하나 막상 가까운 시일 내에 그들과의 대결이 실현될 가능성이 보이자 절로 마음이 무거워질 수밖에 없었다. 지금의 종남파에게 형산파는 거대한 벽(壁)이나 마찬가지였다. 열 명도 되지 않는 인원으로 그 거대한 벽과 정면으로 마주쳐야 한다고 생각하면 누구라도 엄청난 중압감을 느끼지 않을 수 없을 것이다.

　하나 진산월의 생각은 그와는 다른 것 같았다.

　진산월은 이미 화산파에 비견될 정도로 강력했던 초가보와의 처절한 격전 끝에 승리를 일구어 냈고, 강호에 재출도해서도 크고 작은 험악한 싸움을 수없이 치러야만 했다. 뿔뿔이 흩어진 문파 제자들을 하나씩 모아 마침내 화산파조차 두려워하던 막강한 초가보를 물리쳤던 그가 형산파와 격돌하는 것을 두려워할 리 없었다.

　승리에 대한 확신이 있기 때문은 아니었다. 다만 그는 종남산을 떠나올 때부터 이미 그 일을 각오했으며, 어떤 일이 있어도 뒤로 물러설 수 없다는 것을 너무도 잘 알고 있었던 것이다.

오래전부터 일은 그렇게 진행될 수밖에 없었다. 사 년 전에 군림천하의 꿈을 꾸기 시작한 때부터 이미 그렇게 결정지어졌던 것이다.

이제 성락중도 진산월의 마음가짐이 어떠한지를 절실히 느끼게 되었다. 어떠한 난관이 닥치더라도 기필코 끝까지 가고야 말겠다는 진산월의 결연한 각오를 알게 되니 오히려 마음이 편안해졌다. 문파의 선배로서, 그리고 한 사람의 무인(武人)으로서, 성락중은 다시 한 번 마음 깊숙이 진산월에게 감복했으며, 미력한 힘이나마 최선을 다해 그와 길을 함께하겠다는 결심을 새삼 굳게 다지게 되었다.

두 사람이 뱃전에 서서 강물을 응시한 채 각기 다른 상념에 잠겨 있을 때였다.

멀리서 한 채의 배가 그들이 탄 배 쪽으로 다가오는 것이 보였다. 상당히 크고 호화로운 배였다. 배의 선단에는 파란색 바탕에 노란색 원이 그려져 있고, 그 안에 '남담(南譚)'이라고 쓰인 깃발이 강바람에 세차게 펄럭이고 있었다.

언제 올라왔는지 뱃전에 나와 있던 동중산이 배에 펄럭이는 깃발을 유심히 보더니 진산월에게 다가와 나직한 음성으로 말했다.

"남담기(南譚旗)는 강남 담씨세가의 독문표기입니다. 특히 저처럼 남담이란 글자를 금색 원이 감싸고 있는 것은 당대의 가주가 타고 있는 배를 뜻하는 것이라고 들었습니다."

진산월은 묵묵히 고개를 끄덕였다.

담씨세가라면 일전에 만난 적이 있던 강남절품도 담중호가 가주로 있는 가문으로, 강남의 제일가는 명문세가였다. 진산월은 담중호와 인사를 나누고 구궁보까지 동행하기는 했으나, 그와 제대로 된 대화도 나눈 적이 없는 상황이었다.

가까이 다가와서 보니 진산월 일행이 탄 배가 초라해 보일 정도로 거대한 모습이었다. 높다란 배의 갑판에 담중호와 복마쌍룡도 여씨 형제가 나란히 서서 진산월이 탄 배를 내려다보고 있었다.

진산월과 시선이 마주치자 담중호는 정중하게 포권을 해 보였다.

"진 장문인을 다시 보게 되어 반갑소. 세가로 돌아가다가 멀리서 진 장문인이 탄 배를 보고 잠시 인사라도 나눌까 하여 배를 돌렸소."

가깝다고는 하지만 오 장은 족히 떨어진 거리였음에도 그의 목소리는 바로 옆에서 소곤거리는 것처럼 선명하게 들렸다.

진산월은 담담하게 답례했다.

"반갑소. 그렇지 않아도 별다른 인사도 없이 헤어져서 나도 아쉬움을 느꼈던 참이었소."

"괜찮다면 잠시 내 배로 올라와서 차라도 한잔하시지 않겠소?"

담중호가 진산월을 자신의 배로 초대하자 진산월은 선뜻 승낙을 했다.

곧이어 남담선(南譚船)이 진산월이 탄 배에 바짝 붙었고, 사다리가 내려졌다.

동중산은 조심성이 많은 성격답게 자신이 먼저 배 위로 올라가 별다른 이상이 없음을 확인한 후에야 진산월을 오르도록 했다. 동중산과 진산월을 제외한 다른 일행들은 자신들이 탄 배에 남아 있었고, 동중산을 대동한 진산월만이 담중호와 여씨 형제의 안내를 받으며 선상(船上)에 자리를 잡았다.

막상 올라와보니 담씨세가의 배는 겉으로 드러난 것보다 더욱 호화로웠고, 손님을 맞이할 시설이 완벽하게 구비되어 있었다. 선상의 가장 높은 곳에는 차양이 쳐진 야외석까지 마련되어 있어, 진산월은 그곳에 마련된 고급스런 의자에 편안하게 앉았고, 동중산은 그의 뒤에 시립했다.

진산월이 자리에 앉자 담중호도 그의 맞은편에 자리했고, 마찬가지로 여씨 형제도 호위하듯 그의 뒤에 나란히 서게 되었다. 복마쌍룡도 여씨 형제라면 강남 무림에서도 상당히 널리 알려진 당대의 고수들인데, 담중호를 대하는 모습은 정중하면서도 공손하기 그지없어서 오랫동안 주인을 따르는 충복을 보는 것 같았다.

배 한쪽에서 시비가 나와서 차를 따르자 담중호는 자신이 먼저 차를 한 잔 마신 다음 진산월에게 권했다.

"이것은 본 가에서 가져온 여래선(如來仙)이라는 차요. 용정(龍井)과 철관음(鐵觀音) 등 몇 종의 차를 배합하여 만든 것인데, 그런대로 담백한 맛이 있어서 내가 즐기는 것이라오."

진산월은 차향을 맡고는 천천히 차를 들이켰다. 은은한 맛이 코끝을 스치더니 이내 입안에 그윽한 풍미가 느껴졌다.

진산월은 차 한 잔을 다 마시고는 이내 흡족한 듯 고개를 끄덕였다.

"좋은 차로군. 아련한 맛이 입안을 감돌다 사라지니 절로 마음이 편안해지는 것 같소."

담중호는 빙긋 웃었다.

"진 장문인이 다도(茶道)에도 조예가 깊은 줄은 미처 몰랐소. 여래선의 진가를 알아주니 주인 된 입장에서 기쁘기 그지없소이다."

담중호가 다시 차를 따르자 진산월은 느긋한 표정으로 차를 음미했다. 새파란 강물이 넘실거리는 강 위에서 끝없이 푸른 하늘을 지붕 삼아 좋은 차를 마시고 있으니 그야말로 신선놀음이 따로 없는 듯했다.

진산월은 다시 한 잔의 차를 모두 마신 다음 담중호를 지그시 바라보았다.

"담 가주께서 일부러 가던 배를 돌려서 나를 찾아온 것은 단순히 차를 마시며 담소를 나누기 위해서만은 아닐 듯한데, 내게 다른 용무가 있으시오?"

진산월의 직설적인 물음에 담중호의 얼굴에 약간은 멋쩍은 미소가 떠올랐다.

"진 장문인의 눈이 워낙 날카로워서 숨기지 못할 줄을 알았소. 사실은 진 장문인께 한 가지 부탁드릴 것이 있소."

"그게 무엇이오?"

담중호의 묵직한 시선이 진산월의 두 눈에 고정되었다.

"진 장문인은 이번에 무당산에서 열리는 대집회에 참석하기 위해 무당산으로 가시는 것으로 알고 있소."

진산월은 굳이 숨길 일이 아니기에 순순히 시인을 했다.

"그럴 예정이오."

"실례가 되지 않는다면 그 여정에 한 사람을 동행시켜 주셨으면 하오."

뜻밖의 말에 항상 냉정하고 침착했던 진산월의 얼굴에 순간적으로 당혹스런 빛이 떠올랐다. 친분이라고 해 봐야 지금까지 한두 번 대면한 정도에 불과한 상태에서 갑자기 한 사람을 동행하게 해 달라고 하는 것은 너무 지나친 부탁이 아닐 수 없었다.

진산월은 이내 평정을 되찾고 담담한 눈으로 담중호를 바라보았다. 담중호가 바보가 아닌 다음에야 자신의 부탁이 무리한 것이며, 해석하기에 따라서는 상대에게 무례한 짓이 될 수도 있다는 것을 알고 있을 터였다. 그런데도 이런 부탁을 한 것에는 나름대로의 사정이 있을 것이다.

담중호는 뒤쪽으로 손짓을 했다.

그러자 선실에서 한 사람이 천천히 걸어 나왔다. 머리를 뒤로 길게 늘어뜨린 젊은 여인이었다. 여인치고는 상당히 큰 키에 유난히 반짝이는 눈동자가 상당히 인상적인 미녀였다. 그녀는 진산월의 앞으로 다가와서는 살짝 고개를 숙여 인사를 했다.

"진 장문인을 다시 뵙게 되니 반갑군요."

진산월은 눈앞의 미녀를 알아보고는 쓴웃음을 지어 보였다.

"이제 보니 담 소저셨구려. 잘 지내셨소?"

"덕분에."

그녀는 짤막하게 말하고 담중호의 옆에 가서 조용히 앉았다.

그녀는 일전에 소호에 있는 모산도의 추한산장에서 만났던 도봉황 담옥교였다. 그녀는 담중호의 하나뿐인 여동생으로, 담중호가 몹시 애지중지한다고 알려져 있었다. 하나 워낙 짧은 동안의 만남이었고, 그녀와는 제대로 된 대화조차 나눠 보지 못하고 헤어졌기에 진산월은 그녀에 대한 인상이 거의 남아 있지 않았다.

담중호는 얼굴에 살짝 미소를 지으며 입을 열었다.

"내 동생에게서 얼마 전에 진 장문인을 만난 적이 있다는 말을 듣고 깜짝 놀랐소. 그런데 어렵게 만난 진 장문인과 별다른 교분도 맺지 못하고 헤어져 속상해 하는 것을 보고 한바탕 웃고 말았소."

담옥교를 바라보는 담중호의 얼굴은 무뚝뚝한 평소의 모습과는 달리 환한 표정이 떠올라 있어, 그가 얼마나 자신의 동생을 아끼고 자랑스러워하는지 누구라도 쉽게 짐작할 수 있을 정도였다.

"마침 이 아이는 무당파에서 열리는 대집회에 참석하기를 희망하고 있었는데, 진 장문인께서 그곳에 가신다는 말을 듣자 자신도 함께 갈 수 있기를 바라고 있어 내가 어렵사리 진 장문인께 부탁을 드리게 된 것이오."

진산월의 시선이 그녀에게 향했다.

그녀는 아무 말도 듣지 못한 사람처럼 묵묵히 정면을 바라보고 있었는데, 진산월의 시선을 느꼈는지 살짝 고개를 돌려 그와 시선을 마주쳤다. 맑고 투명한 시선이었다. 그녀의 속마음이 어떠한지는 몰라도 그의 눈에 비친 그녀의 눈빛에는 아무런 사심(邪心)도

담겨 있지 않은 듯했다.

진산월은 잠시 침음하다가 천천히 입을 열었다.

"내가 무당산의 집회에 참석하려는 건 사실이오. 하지만 그 일은 내 개인적인 용무 때문이 아니라 본 파의 중대사 때문이오. 그래서 본 파의 제자가 아닌 외인과 동행하기에는 어려움이 있으니 담 소저께서 양해해 주시기 바라오."

진산월이 완곡하게 거절 의사를 밝히자 담옥교는 말없이 고개를 숙였다. 그의 말에 수긍하겠다는 건지, 아니면 부탁을 거절해 서운해 하는 것인지 의미를 알기 어려운 모습이었다.

그녀는 여전히 입을 다물고 있고, 대신 담중호가 그의 말을 받았다.

"진 장문인의 말씀을 충분히 이해하고 있소. 사실 내 부탁이 무리한 것이라는 사실쯤은 나도 잘 알고 있소. 원래는 내가 동생을 무당산까지 데려다 주려 했는데, 본 가에 급한 일이 생겨서 어쩔 수 없이 진 장문인께 신세를 지려 했던 것이오."

"……."

"동생으로서는 꼭 무당산에 가야 할 일이 있고, 나도 본 가의 사정 때문에 몸을 마음대로 움직일 수가 없는 형편이오. 동생은 혼자라도 가겠다고 하는데, 여자 혼자의 몸으로 강호의 고수들이 운집할 무당산까지 간다고 생각하니 오라비로서 불안한 마음이 들지 않을 수 없소. 그러다 운이 좋게도 진 장문인이 타고 있는 배를 발견하고 급히 배를 돌리게 된 거요. 염치가 없는 줄은 알지만, 진 장문인의 선처를 부탁드리겠소."

담중호가 이렇게까지 말하자 진산월도 무조건 거절할 수만은 없었다. 강남제일세가인 담씨세가의 당대 가주가 자신의 신분과 체면에도 아랑곳하지 않고 남에게 간곡하게 부탁을 하는 것은 좀처럼 보기 드문 일이었다. 아마 담중호 자신에게도 무척이나 낯설고 어색한 경험이었을 것이다.

진산월은 여전히 입을 굳게 다문 채 허공을 바라보고 있는 담옥교를 응시하다가 그녀에게 물었다.

"담 소저께서 무당산의 집회에 꼭 참석하시려는 이유가 무엇인지 알 수 있겠소?"

담옥교의 눈이 어느 때보다 영롱하게 반짝였다.

"그곳에서 꼭 만나야 할 사람이 있습니다."

"그 사람이 누구인지 말해 줄 수 있겠소?"

담옥교의 얼굴에 잠시 망설임의 빛이 떠올랐다. 하나 그녀는 이내 마음을 결정했는지 단호한 음성으로 말했다.

"죄송합니다. 그 사람이 누구인지는 제 스스로 밝힐 수 없군요. 하지만 제가 무당산에 가게 되면 제가 만나려는 사람이 누구인지 자연스레 아시게 될 겁니다."

그녀의 말인즉, 그 사람이 누구인지 알고 싶다면 자신을 동행시키라는 뜻이었다. 솔직히 진산월로서는 그녀가 꼭 만나야 할 사람이 누구인지는 그다지 궁금하지도 않았고 알고 싶지도 않았다. 아마 그녀가 은밀히 마음을 주고 있는 사람일 수도 있고, 헤어진 지 오래인 친구일 수도 있을 것이다.

지금 중요한 것은 과연 그녀의 동행을 허락하느냐 하는 것이었으며, 그 점에 대해 진산월은 고민하지 않을 수 없었다. 당연히 거절하는 것이 이치상으로 합당한 일이었지만, 강호 무림에 명성이 자자한 담씨세가의 가주가 몇 번씩이나 자존심을 굽히고 사정을 하는데 매몰차게 뿌리친다는 것도 쉽게 선택할 수 있는 일이 아니었다.

더구나 그 부탁이란 것이 여정에 여인 한 명을 동행시켜 달라는 것이었으며, 그 이유 또한 납득이 가지 않는 것은 아니어서 거절할 명분을 찾기도 쉽지 않았다.

자칫하면 이런 일로 담씨세가와 척을 지게 되어 원치 않은 적을 만들게 될지도 모르는 일이었다. 강호에서의 은원(恩怨)은 이처럼 아주 사소한 일로 시작되는 경우가 상당수 있기 때문이었다.

진산월의 고민은 길지 않았다. 종남파가 비무행을 시작하고 머나먼 강남까지 온 것은 단순히 형산파를 압박하기 위해서만은 아니었다. 그동안 고립무원의 처지였던 신세에서 벗어나 강호의 유수한 명문 정파들과 친분을 쌓으려는 목적도 있었다.

담씨세가는 자타가 공인하는 강남 제일의 명문세가이고, 담중호 본인은 강남제일도객으로 불리는 절세의 고수였다. 약간의 성가심만으로 이런 담씨세가와 친분을 맺을 수 있다면 결코 손해 보는 일은 아닐 것이다.

어차피 상대의 부탁을 수락해야 할 상황이라면 더 주저할 필요가 없었다.

"무당산까지 담 소저와 동행하겠소. 그런데 무당산에 도착한 이후에는 어떻게 하실 생각이시오?"

담중호가 활짝 웃으며 자리에서 일어나 진산월을 향해 포권을 했다.

"진 장문인의 배려에 감사드리오. 무당산에 가면 본 가와 친분이 두터운 분들이 계실 테니, 동생은 그들과 함께 움직이게 될 거요. 그러니 무당산에 도착한 이후에는 굳이 진 장문인께서 염려하지 않으셔도 되오."

담옥교도 진산월을 향해 살짝 고개를 숙였다.

"고마워요. 최대한 진 장문인과 종남파 분들에게 폐를 끼치지 않도록 노력하겠어요."

추한산장에서 보았던 담옥교는 상당히 냉정하고 도도한 인상이었는데, 오늘은 예의 바르면서도 조용한 모습을 보이고 있어 다른 여인을 보는 것 같았다.

"사례받을 일은 아니오. 다만 일정은 우리가 정한 대로 따라 주셔야겠소."

"당연한 말씀이에요."

장내의 분위기가 한결 밝아졌다. 담중호는 입가에 미소를 그치지 않으면서 아쉬운 듯 입맛을 다셨다.

"이런 자리만 아니었다면 술이라도 한잔하면서 진 장문인과 좀 더 진솔한 대화를 나누고 싶은데, 사정이 여의치 못한 것이 정말 아쉽구려. 나중에라도 꼭 본 가를 방문해 주셨으면 좋겠소."

진산월은 의외로 선뜻 수락을 했다.

"그렇지 않아도 무당산에서의 일이 끝나면 강소성 쪽으로 갈 일이 생길지도 모르겠소. 만약 그렇게 된다면 귀 세가에 신세를

지도록 하겠소."

담중호는 반색을 했다.

"진 장문인께서 오신다면 본 가의 기둥뿌리가 흔들리는 한이 있더라도 최선을 다해 모시겠소. 꼭 오시기를 간절히 바라고 있겠소."

뒤에서 묵묵히 대화를 듣고 있던 동중산은 다소 의외라고 생각했다. 진산월 일행이 종남파를 떠난 지가 벌써 여러 달이 지나서 문파의 사정이 어떻게 돌아가는지 걱정스럽지 않을 수 없었다. 그래서 동중산은 무당산에서의 집회가 끝나면 바로 종남파로 돌아갈 것으로 예상하고 있었던 것이다.

담씨세가는 강소성의 중심 도시인 금릉에 자리하고 있기 때문에 무당산에서 금릉에 들르기 위해서는 상당히 먼 길을 가야만 했다. 그런데도 진산월이 담중호의 방문 요청에 반승낙을 한 것은 청조각이 있는 보타산까지 가기 위해서는 금릉을 지나쳐야 하기 때문이었다.

모용단죽과의 만남 이후 진산월은 청조각에 들러야겠다는 결심을 굳힌 상태였다. 만약 모용단죽의 예상대로 청조각에 육합귀진신공의 하나가 남아 있기라도 한다면 그 신공을 회수하는 일이야말로 다른 무엇보다 시급하고 중차대한 일이기 때문이었다.

그런 자세한 사정을 알지 못하는 동중산이 진산월의 말에 의아해 하는 것은 너무도 당연한 일이었다.

담중호는 진산월에게 몇 번이나 꼭 담씨세가를 찾아 달라는 말을 하고는 담옥교를 남긴 채 떠나갔다. 자신들의 배로 돌아와서 멀어지는 남담선을 바라보고 있던 동중산이 담옥교가 선실로 들어가는 것을 확인하고는 진산월에게 다가와서 목소리를 낮추어 물었다.

"담 가주가 정말 세가에 바쁜 일이 있어서 동생을 우리에게 부탁한 것이라고 생각하십니까?"

진산월은 조용한 음성으로 대꾸했다.

"그거야 알 수 없는 일이지. 그의 의도가 무엇이건 우리는 우리가 할 수 있는 일만 하면 된다."

"그야 그렇지만……."

동중산은 담옥교의 갑작스런 합류가 못내 마음에 걸리는 모습이었다.

진산월은 담담한 눈으로 그를 응시하더니 나직하면서도 진중한 음성으로 입을 열었다.

"그가 다른 마음을 품고 있다면 이번 일을 거절한다 할지라도 다른 방법으로 우리에게 접근하려 할 것이다. 그럴 바에는 오히려 담 소저를 우리의 옆에 두어 그녀의 행동을 지켜보는 것이 그의 의도를 알 수 있는 더 좋은 방법일 것이다. 그리고 그의 말이 사실이라면 우리가 지레 겁을 먹고 그를 멀리하는 것이 결코 바람직한 일은 아닐 것이다."

동중산은 곰곰이 생각에 잠겨 있더니 이내 고개를 끄덕였다.

"장문인의 말씀이 옳습니다. 적(敵)은 가급적 가까이 두라는 옛 격언을 제가 잠시 잊었습니다. 아무래도 나이를 먹으면서 제가 갈수록 소심해지는 것 같습니다."

진산월은 그의 어깨를 가만히 두드려 주었다.

"매사에 신중한 것은 좋지만, 벌어지지도 않은 일을 미리부터 걱정할 필요는 없다. 담 소저에 대한 일은 너에게 맡기겠으니 그녀의 행동을 잘 지켜보도록 해라."

동중산은 힘차게 고개를 끄덕였다.

"맡겨 주십시오, 장문인. 그들의 의도가 무엇이든, 본 파에 누(累)가 되지 않도록 제가 잘 지켜보겠습니다."

제 271 장
심야풍정(深夜風情)

제271장 심야풍정(深夜風情)

여정은 생각 외로 순조로웠다. 날씨는 쾌청했고, 강물은 잔잔했으며, 바람은 순풍(順風)이었다. 은근히 분란을 만들지 않을까 하고 걱정했던 담옥교도 대부분의 시간을 선실에서 조용히 지내고 있어서 전혀 불편함을 느낄 수 없을 정도였다.

예전에 위수의 강물 위에서 흑갈방의 습격으로 한바탕 홍역을 치른 기억 때문에 마음 한구석에 수상여행(水上旅行)에 대한 불안함을 가지고 있던 일행들도 평온하고 쾌적한 뱃길이 이어지자 조금씩 마음을 놓고 있었다.

이런 상태라면 처음 계획했던 대로 의창까지 배로 이동할 수 있을 것이다. 의창에서 배를 내려 형산(荊山)을 거쳐 보강(保康)을 지나는 것이 무당산으로 향하는 가장 빠른 길이었다. 그렇게 된다면 오월 하순이면 무당산에 도착할 수 있을 것이다.

하나 다음 날 아침이 되자 사정이 달라졌다.

똑똑…….

문을 두드리는 소리에 진산월은 자리에서 일어나 의관을 단정히 했다.

"들어오시오."

문을 열고 들어온 사람은 뜻밖에도 배를 몰던 늙은 뱃사공이었다.

이 배는 구강 일대에서 장강을 왕래하던 배로, 뱃사공은 오랫동안 뱃일을 해 온 나이가 지긋한 노인이었다. 진산월 일행은 이 배를 통째로 빌려 타고 있었는데, 지금까지 조용히 배를 몰던 뱃사공이 이른 아침에 갑작스럽게 진산월이 있는 선실의 문을 두드린 것이다.

뱃사공의 얼굴은 햇볕에 검게 타 있었고, 잔주름으로 가득 뒤덮여 있었다.

"무슨 일이시오?"

진산월이 묻자 뱃사공은 주름진 눈 깊숙이 박혀 있는 유난히 탁한 눈동자로 물끄러미 진산월을 쳐다보더니 이윽고 갈라진 음성으로 입을 열었다.

"오늘 무창(武昌)과 한양(漢陽)을 지날 거외다."

진산월은 묵묵히 그의 말을 듣고 있었다.

"무창의 황학루(黃鶴樓)는 들르지 않을 생각이시오?"

황학루는 무창뿐 아니라 중원 전체에 명성이 높은 누각이었다.

그 절경의 빼어남을 칭송하는 시구는 무수히 많았고, 시인과 묵객들이 가장 좋아하는 소재이기도 했다. 무창을 지나면서 황학루를 들르지 않는다면 누구라도 아쉬워하지 않을 수 없을 것이다.

하나 진산월은 담담한 표정으로 고개를 저었다.

"들르지 않을 거요."

뱃사공은 다시 물었다.

"무창 맞은편의 한양에는 귀원선사(歸元禪寺)라는 사찰이 있소. 이곳의 오백나한상(五百羅漢像)은 인세(人世)에 다시없는 보물이라고 할 수 있을 거요. 귀원선사에 들러 오백나한상을 구경하며 인간세상의 오욕칠정을 간접적으로나마 느껴 보는 것은 어떻소?"

진산월은 다시 고개를 흔들었다.

"생각이 없소."

"한양을 조금 지나면 연자와(燕子窩)라는 곳이 있소. 그곳의 대곡주(大曲酒)는 강소성의 쌍구대곡주(雙溝大曲酒)에 못지않은 천하의 명주(名酒)요. 연자와에서 대곡주를 마시며 굽이치는 장강의 구절양장(九折羊腸)하는 풍광을 감상하는 것도 색다른 즐거움을 줄 것이오."

진산월은 말없이 고개를 저으며 가만히 뱃사공의 주름진 눈을 응시했다.

뱃사공도 더 이상은 권하지 않았다. 다만 뜻 모를 무거운 한숨을 내쉴 뿐이었다.

"후우…… 당신은 고집이 세구려."

진산월은 여전히 아무 말도 하지 않았다.

뱃사공은 진산월의 앞에 있는 작은 의자를 손으로 가리켰다.
"잠깐 앉아도 되겠소?"
"그리시오."
뱃사공은 의자에 앉으며 허리를 쭉 폈다.
"후우. 평생을 강바람을 맞으며 살았더니 아침만 되면 온몸의 뼈마디가 쑤셔 오는구려. 이해해 주시오."
"나는 상관하지 말고 편한 자세로 계시도록 하시오."
"고맙소."
뱃사공은 뻐근한 어깨와 다리를 몇 번 주무르더니 예의 탁한 눈으로 진산월을 물끄러미 바라보았다. 노인의 깊은 주름 하나하나에 평생을 노질을 하며 고단하게 살아온 사공의 굴곡진 인생이 그대로 담겨 있는 듯했다.

한동안 말없이 진산월을 보고만 있던 뱃사공이 이윽고 느릿느릿 입을 열었다.

"이맘때의 동정호(洞庭湖)는 수량이 많아서 장강과 넓은 지역에 접해 있소. 특히 의창으로 가기 위해서는 홍호(洪湖)를 지나야 하는데, 그 홍호는 동정호의 물이 불어날 때면 동정호와 분간하기 힘들 정도로 하나의 호수처럼 붙어 있게 되오."

늙은 뱃사공의 말은 넋두리인지 아니면 지나온 삶의 여정을 돌이켜 보는 것인지 분간하기 어려웠다.

"그래서 제법 노련한 사공들도 자칫 한눈을 팔다가는 홍호를 지나 의창으로 가는 게 아니라 엉뚱하게도 동정호로 들어가게 되는 경우가 곧잘 있을 정도요. 이 일대의 장강은 워낙 강폭이 넓고 물길이 사방으로 갈라지는 데다 크고 작은 호수들이 많이 있어서 정말 조심하지 않으면 복잡한 수로에 길을 잃어버리기 십상이오."

"……."

"들었는지 모르겠지만, 동정호에는 장강의 모든 수로를 관장하는 장강십팔채(長江十八寨)의 본산(本山)이 있소. 그 총채주(總寨主)는 천교자(天蛟子) 방산동(房山童)인데, 성정이 포악하고 손속이 잔인해서 장강 일대에서 그를 두려워하지 않는 사람이 없소."

천교자 방산동은 진산월도 몇 번 들은 적이 있는 이름이었다.

장강십팔채는 엄밀히 말하면 장강 일대의 수적(水賊)들의 연합체였다. 하나 그 규모가 크고 장강의 전역을 영역으로 하고 있기 때문에 강호의 어떤 방파도 그들을 무시하지 못했다.

특히 방산동이 총채주가 된 후로 장강십팔채는 급속도로 그 세력을 키우고 있어서, 장강을 기반으로 하는 지역에 있는 문파들이 그들의 횡포에 전전긍긍하고 있다는 소문이 파다하게 퍼져 있었다.

그런데 늙은 뱃사공은 왜 갑자기 장강십팔채와 방산동에 대한 이야기를 꺼낸 것일까?

뱃사공은 진산월이 자신의 말을 듣건 말건 신경 쓰지 않고 계속 말을 이었다.

"구강을 떠날 때, 사공들 사이에서 방산동이 총집결령을 발동하여 장강십팔채의 모든 인원들을 동정호의 군산(君山)으로 모으고 있다는 말이 풍문으로 떠돌았소. 뜬소문이라는 사람도 있고, 방산동이 또 무슨 엉뚱한 짓을 벌이려고 큰일을 획책하는 모양이라며 소곤대는 자들도 있었소. 그런데 오늘 새벽에 장도호(長渡湖)를 지날 때, 장강십팔채의 비조선(秘潮船)이 내 배 주위를 얼쩡거리는 것을 보았소."

비조선은 장강을 다니는 모든 배들 중에서 가장 빠르고 민첩한 배로, 장강십팔채에서 탐색선으로 주로 사용하는 배였다.

"그리고 조금 전에 홍호 쪽에서 이곳을 지나던 배가 내 배를 보더니 급히 방향을 바꾸는 모습을 보았소. 그 배의 주인은 나와 안면이 있어서 내 배 근처를 지나칠 때면 일부러라도 배를 가까이하여 아는 척을 했었는데, 이번에는 오히려 내 배를 피했던 거요."

늙은 뱃사공의 흐릿한 시선은 진산월의 무심한 얼굴에 한동안 고정되어 있었다.

"그래서 늙고 노쇠해서 머리가 굳어진 나도 이제는 무언가 심상치 않은 일이 생길 거라는 걸 피부로 느낄 수 있었소. 그리고 그때 비로소 내 배에 타고 있는 손님들이 누구인지 깨닫고 나니 안개가 걷히듯 모든 일이 어떻게 진행되고 있는지 확연히 알 수 있겠더구려."

진산월은 말없이 뱃사공의 말을 듣고 있다가 조용한 음성으로 물었다.

"어떤 일이 진행되고 있는 거요?"

"천교자 방산동은 귀하의 일행들을 노리고 있소. 군산에서 반나절만 배를 몰면 바로 홍호요. 그들은 아마도 홍호에서 진을 친 채 당신들이 아가리 속으로 들어오기만을 기다리고 있을 거요."

"방산동이 왜 우리를 노린단 말이오?"

"방산동은 수룡신군 황충의 제자요."

"황충?"

진산월이 되묻자 늙은 뱃사공은 물끄러미 그를 보더니 이윽고 무거운 한숨을 내쉬었다.

"정말 몰랐던 모양이구려. 황충은 얼마 전에 귀 파의 고수의 손에 죽지 않았소? 방산동은 자신의 사부의 복수를 하려는 거요."

진산월로서는 다시 한 번 반문하지 않을 수 없었다.

"그런 일이 있었단 말이오?"

"얼마 전부터 강호상에서 그런 소문이 퍼지기 시작했소. 정확한 건 알려지지 않았지만, 서안에서 종남파가 관련된 큰 싸움이 있었고, 그 와중에 수공의 제일가는 고수인 황충이 죽임을 당했다고 하더구려."

진산월로서는 처음 듣는 말이었다. 그도 그럴 것이, 섬서성에서는 그 소문이 파다하여 모르는 사람이 별로 없었으나, 워낙 일 자체가 은밀하게 진행되었기에 자세한 내막이 알려지지 않아서 반신반의하는 자들도 많았다. 그래서 섬서와 하남 일대에서만 사람들의 입에 오르내리다가 이제 겨우 다른 곳에도 조금씩 소문이 퍼지고 있는 상태였다.

그런데 진산월 일행은 구궁보에 들르기 위해 강남 쪽에 있느라 미처 그 소식을 듣지 못했던 것이다. 그들에 비해 장강을 오르내리느라 여러 가지 소문을 쉽게 접할 수 있는 뱃사공이 오히려 그들보다 빨리 그 소문을 듣게 된 것은 어찌 보면 당연한 일이라고 할 수 있었다.

진산월은 보다 자세한 사정을 알고 싶었으나 뱃사공도 그저 그런 소문이 떠돈다는 것만 귀동냥을 했을 뿐이었다. 그리고 지금 중요한 것은 황충의 죽음에 대한 진실이 아니었다.

뱃사공의 말이 사실이라면 이대로 배를 타고 장강을 계속 가는 것은 그야말로 섶을 지고 불로 뛰어드는 것과 다름이 없을 것이다.

일전에 위수에서도 흑갈방의 습격을 받은 적이 있었다. 하나 그때는 삼월보의 셋째 보주인 양중초의 도움과 전흠의 맹활약으로 간신히 위기에서 벗어날 수 있었다. 무엇보다도 흑갈방 측에 뛰어난 수공의 고수가 없었던 것이 결정적인 승리의 요인이었다.

그런데 지금은 그때와 상대가 너무 달랐다. 장강십팔채는 장강을 무대로 활동하는 무리들이라 그들 중에는 수공의 고수가 적지 않게 있을 게 분명했다. 더구나 총채주인 방산동은 수공에 관한 한 천하제일이라는 황충을 사부로 둔 인물이었으니, 자신들이 수공으로 이득을 볼 가능성은 거의 없었다.

그에 비해 이쪽은 전흠 외에는 수공을 익힌 자도 없고 배도 한 척뿐이니, 만약 홍호같이 넓은 호수에서 천라지망을 치고 있는 장강십팔채의 배들에게 포위되기라도 하는 날에는 아무리 진산월의 무공이 뛰어나다 할지라도 당해 내지 못할 게 분명했다.

뱃사공도 그걸 우려해서 무창이나 한양에서 배를 내릴 것을 은근히 권했던 것이다.

한동안 생각에 잠겨 있던 진산월이 늙은 뱃사공의 주름진 얼굴을 뚫어지게 바라보았다.

"노인께서 처음 보는 내게 이런 조언을 해 주시는 이유를 알 수 있겠소?"

늙은 뱃사공의 눈가에 회한에 가득한 빛이 떠올랐다.

"이게 모두 나의 못난 아들 녀석 때문이오."

"그게 무슨 말씀이오?"

늙은 뱃사공은 가는 한숨을 내쉬었다.

"내게 아정(阿定)이라는 아들놈이 하나 있었소. 어려서부터 무공을 익혀서 고수가 되겠다고 날뛰더니, 어느 날인가 집을 나가 소식이 끊기고 말았소. 나는 걱정이 태산 같았지만 사공 일을 그만둘 수 없어서 혼자 마음속으로 애만 끓이고 있었소."

늙은 뱃사공의 낮게 갈라진 듯한 목소리가 조용한 선실을 잔잔하게 울려 주었다.

"그렇게 하루하루를 그놈 걱정에 시름시름 앓고 있던 어느 날이었소. 장강을 건너던 손님 중 한 사람이 시름에 잠긴 내 얼굴을 보았는지 무슨 일이냐고 묻는 것이었소. 검을 찬 것으로 보아 무림의 고수인 것 같아서 두려운 마음이 들었지만, 인상이 너무 부드럽고 표정이 온화해 보여서 용기를 내어 사정을 이야기했소. 그 사람은 조용히 내 말을 듣더니 자신이 한번 알아보겠다며 내 아들의 이름과 인상착의를 자세히 물어보았소."

늙은 뱃사공은 탁한 눈으로 허공을 응시하며 말을 이었다.

"나는 반신반의했지만, 한 가닥 희망을 버리지 않고 그 사람을 기다렸소. 하나 열흘이 지나고 한 달이 지나도 그 사람은 돌아오지 않았소. 나는 역시나 하고 실망하고 말았는데, 그로부터 육 개월이 지난 어느 날, 그 사람이 다시 내 앞에 나타났소. 추레한 몰골을 한 내 자식놈을 끌고 말이오."

선실 천정을 바라보는 늙은 뱃사공의 눈에 뿌연 물막이 피어올랐다.

"알고 보니 그 사람은 나와 헤어진 육 개월 동안 내 아들 녀석을 찾아 장강 일대의 큰 도시들을 뒤지고 다녔던 거요. 결국 무창(武昌)의 뒷골목에서 흑도 무리들의 졸개 노릇을 하고 있는 아들을 찾아내어 데리고 온 것이었소. 정말 놀라운 사람 아니오? 자신과는 아무 상관도 없는 낯선 뱃사공의 사연을 듣고 육 개월이나 타지의 뒷골목을 헤매다니, 정말 그렇게 바보 같은 사람은 세상에 다시없을 거요. 허허……."

"……."

"아들 녀석은 무창에서 모진 고생을 한 탓인지 그리 오래 살지 못하고 몇 년 후에 병을 얻어 먼 곳으로 가 버리고 말았지만, 나는 지금까지도 그때 내 아들을 찾아준 그 바보 같은 사람을 한시도 잊은 적이 없었소. 지금도 눈을 감으면 그 사람의 부드러운 미소와 사람의 마음을 편안하게 해 주는 음성이 들려오는 것 같단 말이오. 그 사람이 누구인지 아시오?"

진산월은 묻지 않았다. 대답을 듣지 않아도 짐작할 수 있을 것 같았기 때문이다.

늙은 뱃사공은 물기 어린 눈으로 진산월을 바라보았다.

"그 사람의 이름은 임장홍이라고 했소. 몰락해 버린 종남파의 명목뿐인 장문인이니 굳이 기억할 것 없다고 허허거리며 웃던 모습이 지금도 눈에 선하구려."

늙은 뱃사공의 주름살로 뒤덮인 얼굴에 한 줄기 아련한 빛이 떠올랐다.

진산월 또한 예상치 못했던 곳에서 선사(先師)의 옛 인연 한 가닥이 이어져 있음을 알게 되자 가슴 한구석이 아릿해져 왔다. 세상의 인연이란 이런 것이었다. 언제 어느 때 길게 이어진 인연의 가닥이 누군가를 거쳐 자신에게까지 전해지는지 아무도 예측할 수 없는 것이다.

진산월은 동중산을 불러 상황을 설명하고 의견을 구했다.

동중산의 생각도 진산월과 마찬가지였다. 모르면 어쩔 수 없다고 해도, 알게 된 이상 굳이 제 발로 호랑이 아가리 속으로 들어갈 필요는 없다는 것이다. 수공의 고수들이 즐비할 게 뻔한 수적들의 본진과 수상(水上)에서 싸우는 것만큼 미련한 짓은 없을 것이다.

결국 일행은 한양에서 내려 육로(陸路)를 이용하기로 했다. 만약 방산동이 무리를 이끌고 육지까지 뒤쫓아 온다면 그때는 그들에게 종남파의 무서움을 여실히 보여 줄 수 있을 것이다.

걱정되는 것은 늙은 뱃사공의 안위였다. 졸지에 목표를 잃어버리게 된 방산동이 늙은 뱃사공에게 무슨 횡포를 부릴지 몰랐다. 하나 몸을 피하라는 동중산의 말에 늙은 뱃사공은 주름진 눈에 엷은 미소를 지어 보였다.

"나는 평생을 장강에서 배를 타며 지내온 늙은이요. 달리 갈 곳

제271장 심야풍정(深夜風情) 285

도 없고, 하고 싶은 일도 없소. 비록 그들이 포악한 수적들이지만 나같이 보잘것없는 늙은이를 해코지해 봤자 별로 도움이 안 된다는 걸 알고 있기 때문에 큰 불상사는 일어나지 않을 거요."

"하지만 방산동은 포악한 자요. 무슨 화풀이를 할지 모르오."

"장강십팔채는 어지간한 일로는 뱃사공을 건드리지 않소. 배에 탄 손님들은 몰라도 뱃사공을 건드리면 자신들의 영업에 막대한 지장을 초래한다는 걸 그동안의 경험으로 너무도 잘 알고 있기 때문이오. 그러니 이 늙은이의 걱정은 할 필요 없소."

늙은 뱃사공은 몇 번이나 거듭 만류하는 동중산의 손을 뿌리치고 진산월 일행을 내려 둔 채 홀로 배를 저어 구강으로 돌아갔다.

나중에 진산월은 늙은 뱃사공의 안위를 조사하여 그가 무사히 구강으로 돌아가 사공 일을 계속하고 있다는 것을 확인하고 나서야 비로소 그에 대한 마음의 짐을 조금이나마 덜 수 있었다.

한양에서 배를 내린 진산월 일행은 천문(天門)을 거쳐 경산(京山)을 지나 대홍산(大洪山) 쪽으로 가는 길을 선택했다. 길이 잘 닦인 관도(官道)로 가려면 형문(荊門) 쪽으로 가야 하는데, 그곳은 너무 돌아가는 길이었기 때문이다.

관도보다 편한 길은 아니었으나, 좁고 구불구불한 길을 가는 것은 또 그만의 색다른 매력이 있었다. 한양에서 여러 필의 말을 구입하여 길을 재촉하니 뱃길에 비할 수는 없어도 상당히 빠른 속도로 이동할 수 있었다.

동중산과 전흠은 혹시라도 있을지 모를 장강십팔채의 추적을 경계하여 뒤쪽을 수시로 확인했으나, 그날 저녁이 되도록 별다른 이상함은 보이지 않았다.

해가 어두워질 즈음, 그들은 한양에서 조금 떨어진 계마구(系馬口)라는 곳에 도착했다. 이름 그대로 이곳은 장강에서 한수(漢水)로 이어지는 지류가 지나는 곳이었다. 이곳에서 많은 사람들이 배에서 말로 갈아탔기 때문에 이런 특이한 지명이 붙게 된 것이다.

계마구를 한 바퀴 둘러본 동중산이 난감 어린 표정으로 진산월에게 다가왔다.

"객잔이 제법 많기는 하지만 비어 있는 곳이 없어서 우리가 모두 묵을 만한 마땅한 곳을 찾기 어렵습니다. 마방(馬房)이라도 알아볼까요?"

마방은 말을 보관하는 곳으로, 계마구처럼 많은 말들이 있는 곳이면 상당히 큰 규모의 마방들이 존재한다. 넓은 초지(草地)에서 말을 키우는 마장(馬場)과는 달리, 마방은 마구간을 비롯한 건물 위주로 되어 있어서 당연히 외부 손님들을 접견할 장소도 충분히 마련되어 있는 것이 보통이다.

규모가 큰 마방이라면 오히려 여느 객잔보다 화려하고 잘 차려진 객실을 가지고 있기 때문에 무림의 명성이 알려진 고수들이나 지방의 유력 인사들 중에는 객잔보다 마방을 더 선호하는 경우도 흔히 볼 수 있었다.

진산월은 잠시 생각에 잠겨 있더니 문득 주위를 둘러보았다.

"오늘은 날이 포근하고 이곳의 공기도 무척 맑구나. 노을이 유난히 붉은 걸 보니 날도 쾌청할 터, 노숙(露宿)을 하기에는 더할 나위 없이 좋은 조건이라고 생각하지 않느냐?"

동중산은 난색을 표했다.

"우리뿐이라면 상관없지만, 사고와 담 소저까지 있는데 괜찮겠습니까?"

"멀쩡한 남의 마방에 풍파(風波)를 불러오는 것보다야 낫지 않겠느냐?"

동중산은 즉시 진산월의 의중을 파악했다.

진산월은 혹시라도 장강십팔채의 무리들이 야습(夜襲)을 해 올 것을 우려하고 있었던 것이다. 그럴 경우 선의로 자신들을 머물게 한 마방이 한바탕 피로 씻길 것은 불을 보듯 뻔한 일이었다. 그럴 바에는 차라리 인적이 드문 야산에서 노숙을 하는 것이 만약의 사태에 대비하기에도 훨씬 더 부담이 없고 홀가분할 것이다.

진산월은 어느 쪽으로 가야 노숙을 하기 좋은지 열심히 주위를 두리번거리며 궁리하고 있는 동중산을 좀 더 가까이 불렀다.

"그나저나 그것은 알아보았느냐?"

동중산은 낮은 음성으로 대답했다.

"예. 아무래도 송 노인(宋老人)의 말이 사실인 듯싶습니다."

송 노인은 그들을 이곳까지 태워 준 늙은 뱃사공이었다.

진산월은 동중산에게 송 노인에게서 들은 종남파와 황충의 격돌에 대한 사건을 알아오게 했는데, 동중산은 객잔을 찾아다니는 와중에도 솜씨 좋게 주위의 소문을 수습해 왔던 것이다.

"처음에는 노해광 사숙조와 유화상단 사이에서 다툼이 벌어졌는데, 그 싸움이 점점 커져서 나중에는 황충이 끼어들 정도로 확대되었다고 하더군요. 결국 황충이 죽고 나서야 사태가 진정된 모양입니다."

"음. 본산에는 황충을 상대할 만한 마땅한 인물이 없었을 텐데, 노 사숙께서 어떻게 황충을 제거했는지 모르겠군."

동중산의 외눈이 어느 때보다 민활하게 반짝거렸다.

"노 사숙조께서는 누구보다도 심계가 깊은 분이시니 현명한 대처를 하셨을 겁니다. 하지만 사건 자체가 워낙 은밀하게 벌어진 터라 보다 자세한 내용은 알아낼 수 없었습니다."

"사태가 진정되었다니 다행이긴 한데, 과연 그 정도로 모든 일이 마무리되었을지 의심스럽구나. 황충의 제자가 우리에게까지 적의를 품고 달려들 정도면 본산에서도 무언가 더 큰 일이 벌어질지도 모르는데."

"노 사숙조와 소 사숙께서 계시니 다소간의 어려움은 있을지언정 큰 위험에 처하는 일은 없을 겁니다. 그분들을 믿어 보시지요."

진산월은 안타깝기도 하고 한편으로는 불안한 생각도 들었으나, 지금으로서는 동중산의 말대로 노해광과 본산에 있는 소지산 등을 믿고 있을 수밖에는 없었다.

'강호 경험이 풍부한 노 사숙이라면 지산과 정해를 잘 다독거려 위급한 상황에 대처할 수 있을 것이다.'

다만 진산월은 본산에 자신이나 낙일방 같은 수준의 절정고수가 없는 것이 못내 아쉬울 뿐이었다.

'성 사숙의 말씀대로라면 하동원 사숙이 본산에 합류했을 테니 적지 않은 힘이 되어 주실 것이다. 아! 이럴 때는 본 파의 인원이 너

무 적고 믿을 만한 우호 세력이 없는 것이 두고두고 안타깝구나.'

진산월의 얼굴에 한 줄기 쓸쓸함이 감돌았다. 동중산은 진산월의 표정만 보아도 그가 지금 무슨 생각을 하고 있는지 충분히 짐작할 수 있었다. 그도 또한 불안한 마음이 없는 것은 아니었다. 하나 용기를 내어 짐짓 자신에 가득 찬 표정을 지어 보였다.

"본 파의 역량이라면 앞으로 이삼 년 내에 강호의 어느 문파에 견주어도 부럽지 않을 탄탄한 세력을 형성할 수 있을 겁니다. 지금의 고난이 훗날 본 파를 더욱 강하게 하는 밑거름이 될 테니, 장문인께서는 너무 심려치 마십시오. 본 파는 그리 약하지 않습니다."

진산월은 가만히 동중산을 바라보고 있다가 그의 어깨를 두드려 주었다.

"네 말이 맞다. 그들이 나를 믿고 있는 만큼 나도 그들을 믿어야겠지. 멀리 떨어져 있어도 같은 꿈을 꾸고 있는 이상 우리는 결코 좌절하지 않을 것이다."

동중산이 노숙할 자리로 고른 곳은 숲과 상당한 거리를 두고 떨어진 얕은 구릉 위였다. 몇몇 사람들이 숲 근처의 평지를 놔두고 왜 이런 장소를 골랐는지 다소 의아해 하기도 했으나, 이내 혹시 있을지도 모를 장강십팔채의 야습에 대비하기 위해서 가장 적합한 장소를 선택한 것임을 알아차리고 쾌히 승낙을 했다.

곧 주변이 말끔하게 정리되고, 몇 개의 모닥불과 잠자리가 마련되었다. 진산월은 주위를 한 차례 둘러보고는 모닥불을 가만히 응시하고 있는 임영옥의 옆에 앉았다.

"야숙(野宿)은 오랜만이지?"

임영옥은 조용히 대답했다.

"사 년 전에 무림맹의 집결지로 갈 때가 마지막이었던 것 같군요."

"그래. 백토강이었던가?"

임영옥은 말없이 고개를 끄덕였고, 진산월도 더 이상은 그 일을 거론하지 않았다. 당시 무림맹의 방침에 따라 하락 지단의 집결지로 향했던 여정은 다시 떠올리고 싶지 않은 고통스런 기억이었다. 백토강에서 삼색귀파 호용의 암습 때문에 일정을 지체하여 무림맹에 합류하지 못했고, 결국 다음 집결지인 형자관으로 가다가 서장 나습고찰의 고수들에게 습격을 당해 임영옥과 뜻하지 않은 이별을 해야만 했던 것이다. 그 일은 그들에게 참으로 커다란 상처를 남겼으며, 그 후유증은 아직까지도 완전히 아물지 않고 있었다.

한동안 두 사람 사이에는 무거운 침묵이 감돌았다. 진산월은 흔들리는 모닥불을 무심히 바라보고 있다가 문득 피식 웃고 말았다.

소리 없는 웃음이었는데도 어떻게 알았는지 임영옥이 그를 돌아보았다.

"왜 그래요?"

"갑자기 생각나는 일이 있어서."

임영옥은 진산월의 얼굴을 물끄러미 쳐다보더니 혼잣말처럼 나직하게 소곤거렸다.

"불빛 아래 비치는 사형의 웃는 모습을 보는 건 정말 모처럼 만이군요."

"이상해?"

"아니에요. 정말 보기 좋아요."

"그런데 왜 그런 표정이야?"

"내 표정이 어때서요?"

"금시라도 눈물을 흘릴 것 같은 얼굴이야."

임영옥은 희미하게 웃었다. 모닥불에 비치는 그녀의 얼굴에 미소가 떠오름과 동시에 눈가에 살짝 물기가 내비쳤다.

"사형의 웃는 모습을 보니 갑자기 울고 싶어졌어요."

"왜?"

"너무 좋아서."

진산월은 가만히 그녀를 바라보았다. 그녀는 물기를 머금은 눈으로 그를 보며 간절한 음성으로 말했다.

"사형, 앞으로는 좀 더 자주 웃어 주세요. 적어도 내 앞에서는."

그 말을 할 때 그녀의 눈빛은 유난히 영롱하게 반짝이고 있었다.

진산월은 억지로 입가의 미소를 지우지 않으며 고개를 끄덕였다.

"그렇게 하지."

"이제 말해 봐요. 무슨 생각을 했기에 웃었던 거예요?"

"별거 아니야. 그저 옛날 일이 떠올랐을 뿐이야."

"옛날 일이라뇨?"

진산월은 아무 대답 없이 그냥 웃기만 했다.

그 모습을 가만히 지켜보고 있던 임영옥의 눈이 갑자기 반짝거렸다.

"사형은 그때 일을 생각했어요? 그날 우리가 처음으로 같이 노숙했던 날……."

진산월은 말없이 고개를 끄덕였다.

임영옥의 입가에도 희미한 미소가 살짝 떠올랐다.

진산월이 종남파로 들어온 지 삼 년쯤 지난 어느 겨울에 두 사람은 뜻하지 않은 노숙을 한 적이 있었다.

몰락할 대로 몰락해서 문하 제자도 거의 없는 텅 빈 문파의 장문인이 된 임장홍은 제자를 구하기 위해서 가끔 외부로 나가 몇 달씩 강호를 주유(周遊)하고는 했다. 하나 그 기간은 아무리 길어도 육 개월을 넘기지 않았다.

그런데 그 해에는 거의 칠팔 개월이 흘러도 그가 돌아오지 않아서 모든 종남파의 제자들이 그의 안위를 걱정하며 하루하루를 초조하게 보내고 있었다. 그중에서도 하나뿐인 아버지를 기다리는 임영옥의 모습은 너무나 애절해서 주위의 모든 사람들이 안타까워할 정도였다.

임장홍의 소식이 끊긴지 구 개월을 넘어서자 임영옥은 식사도 제대로 하지 못하고 하루 종일 산문만 바라보고 있었다. 그녀가 하루가 다르게 여위어 가자 모두들 안절부절못하며 그녀에게 밥이라도 제대로 먹이려고 노력했으나, 그녀는 입맛이 없다며 하루에 한

끼도 챙겨 먹지 않았다. 당시 종남파의 제자들은 진산월 외에 악자화와 매상이 있을 뿐이었는데, 그들이 모두 나이 어린 소년들인지라 그녀에 대한 뒷수발을 제대로 할 줄 아는 사람이 없었다.

날이 갈수록 임장홍을 그리며 초췌해 가던 그녀를 보다 못한 진산월은 종남산 아래로 내려가 임장홍을 찾아보기로 했다. 이른 아침에 산을 내려가 서안 일대에서 사부의 소식을 수소문하거나 관도 입구에서 하루를 꼬박 지내다 날이 어두워지면 다시 산으로 올라오는 일을 며칠이나 반복했다.

유난히 심한 눈보라가 천지사방을 휘몰아치던 어느 날이었다. 그날도 진산월은 서안 일대를 헤매다 허탈한 걸음으로 종남파로 돌아오고 있었다. 힘들고 지친 몸을 이끌고 그가 종남산의 가파른 산등성이를 오르고 있을 때, 그의 앞에 거짓말처럼 그녀가 나타났다.

그녀는 며칠 동안 제대로 먹지도 못하고 씻지도 못한 데다 머리카락이 온통 눈발에 휘날려 꾀죄죄한 몰골로 변한 그를 물끄러미 바라보았다.

진산월은 한달음에 그녀에게 달려가서 그녀를 안았다.

"사매, 무슨 일이야? 왜 여기까지 나온 거야?"

임영옥은 말없이 그의 품에 얼굴을 묻었다. 그녀의 배꽃 같은 뺨은 어느새 축축하게 젖어 있었다.

"사형……."

"사매."

"아버님은 꼭 돌아오실 거예요."

"나도 알아. 그래서 이렇게 마중 나가는 거잖아."

임영옥은 추위로 새파랗게 질린 진산월의 얼굴을 처연한 눈으로 올려다보았다.

"그러니 앞으로는 이러지 마세요. 나는 충분히 참고 기다릴 수 있으니까, 사형도 내 옆에서 나와 함께 아버지를 기다려 줘요."

진산월은 한동안 말없이 그녀를 내려다보았다. 두 사람은 한참 동안이나 서로의 눈동자를 들여다보고 있었다. 한참 후에야 진산월은 눈을 깜박거렸다.

"그렇게 하지."

임영옥은 손을 들어 진산월의 뺨을 살짝 만졌다. 꽁꽁 얼어붙은 차가운 뺨이 손끝에 닿자 그녀는 몇 번이고 그 뺨을 쓰다듬었다. 진산월은 자신의 뺨을 어루만지고 있는 그녀의 손을 가만히 잡았다.

"돌아가자. 날이 너무 춥잖아."

두 사람은 어깨를 나란히 한 채 눈보라를 뚫고 종남산을 올라갔다. 하나 며칠째 제대로 먹지 못한 그녀는 너무 허약해져서 눈길을 오래 걸을 수가 없었다. 그녀가 여기까지 내려온 것도 기적에 가까운 일이었다.

결국 진산월은 지쳐 쓰러진 그녀를 업고 눈발이 휘날리는 겨울 산을 올라야 했다. 그러다 눈보라가 거세어져서 도저히 더 이상 산을 올라갈 수 없게 되었다. 진산월은 종남산 자락의 어느 작은 동굴을 찾아 그곳으로 그녀를 업고 들어갔다. 눈에 젖은 나무에 간신히 불을 붙여 모닥불을 만든 다음에야 그들은 겨우 지치고 꽁

제271장 심야풍정(深夜風情) 295

꽁 얼어붙은 몸을 녹일 수 있었다.

진산월은 태을신공을 운기하며 추위를 몰아내려 했으나, 익힌 지 삼 년도 되지 않은 미약한 그의 내공으로는 한겨울의 매서운 추위를 몰아내기에 역부족이었다. 두 사람은 모닥불 옆에서 추위에 덜덜 떨면서 서로 꼬옥 끌어안고 밤을 지새웠다.

밤새 진산월은 잠들지 않으려고 무진 애를 썼다. 이런 상태에서 잠들었다가 모닥불이 꺼지기라도 하면 그야말로 얼어 죽기 십상이었다. 몇 번이나 졸다가 깨다가 하면서도 끊임없이 태을신공을 운기하던 진산월은 문득 누군가의 외침소리를 들었다.

"산월! 사매!"

아련히 들리는 그 소리에 간신히 정신을 차린 진산월은 어느새 지옥 같은 밤이 지나고 아침이 밝아 온 것을 깨달았다. 그리고 멀리서 자신과 임영옥을 애타게 찾는 악자화와 매상의 목소리를 들었다.

진산월은 황급히 임영옥의 몸을 살펴보고, 그녀가 쌔근쌔근 잠들어 있음을 알고 나서야 비로소 안도의 한숨을 쉴 수 있었다. 그가 태을신공을 운기하여 틈틈이 그녀에게 공력을 넣어 준 덕분인지 그녀는 별 탈이 없었던 것이다.

간신히 악자와와 매상을 부른 진산월은 본산으로 돌아와 삼 일을 꼬박 앓아누웠다. 그가 삼 일 만에 겨우 정신을 차렸을 때, 제일 먼저 눈에 뜨인 것은 자신을 내려다보고 있는 사부의 온화한 얼굴이었다.

"잘 잤느냐?"

사부는 마치 잠깐 외출 나갔다가 돌아온 아버지가 낮잠에서 깨어난 자식에게 말하듯 부드럽게 물었다.

진산월은 멍하니 사부의 얼굴을 보고 있다가 한참 후에야 짤막하게 대답했다.

"예. 정말 모처럼 푹 잤습니다."

사부는 언제나처럼 사람 좋아 보이는 미소를 지으며 그의 어깨를 가만히 두드려 주었다.

"수고가 많았다."

짧고 간단한 말이었으나, 진심이 담겨 있는 그 말을 듣자 진산월은 며칠 전의 혹독한 고생이 씻은 듯이 사라지는 것을 느끼며 활짝 웃었다.

"잘 돌아오셨습니다."

"축하한다. 너에게 이제 세 번째 사제가 생기게 되었구나."

진산월은 눈을 크게 떴다.

"사제를 구하셨군요? 어떤 녀석입니까?"

사부는 빙긋 웃었다.

"꾀죄죄하고 볼품없지만 제법 의지가 굳은 녀석이다. 본 파의 좋은 제자가 될 수 있을 것이다."

진산월은 누워 있던 침상에서 벌떡 일어났다.

"어디 있습니까?"

사부는 새로운 사제를 보고 싶어 하는 진산월의 마음을 훤히 알고 있다는 듯 껄껄 소리 내어 웃었다.

"허허. 지금 태화각에 있을 것이다. 먼 길을 와서 피곤해 할 테니 네가 잘 보살펴 주거라."

"그렇다면 닭죽이라도 끓여 줘야겠군요."

진산월은 사부에게 살짝 인사를 하고는 황급히 방을 벗어났다. 그리고 태화각으로 달려가서 마치 예전의 자신처럼 추레한 몰골을 한 작고 왜소한 소년을 보게 되었다. 그것이 그가 소지산을 처음으로 만난 순간이었다.

당시를 회상하고 있던 진산월이 담담한 음성으로 입을 열었다.

"지금 생각해 보니 그때 사부님께서 구 개월 넘게 돌아오지 않으셨던 것은 아마도 장강에서 송 노인의 아들을 찾고 있었기 때문이었던 것 같군."

임영옥은 잠시 생각에 잠겨 있더니 이내 고개를 끄덕였다.

"그런 것 같아요. 저도 그때 아버님께 왜 그렇게 늦었느냐고 여쭈어 보았는데, 아버님께서는 '꼭 해야 할 일이 있었단다.'라고만 말씀하셨어요. 전후 사정을 보면 그때 송 노인의 아들을 구한 다음 소 사제를 만났던 것 같군요. 정말 묘한 인연이로군요."

"사부님이 만들어 주신 인연이지."

"그래요."

두 사람은 서로를 바라보며 조용히 미소 지었다. 같은 경험과 같은 감정을 공유한 사이에서만 느낄 수 있는 따뜻하고 평화로운 미소였다.

한동안 두 사람 사이에는 훈훈한 기운이 감돌았다. 임영옥은 진산월의 어깨에 머리를 기대고 지그시 눈을 감았다. 모닥불이 비추는 그녀의 모습은 너무도 평온해 보였다. 진산월이 문득 주위를 둘러보니 어느새 모두들 멀리 떨어진 다른 모닥불 주변에서 잠이 든 듯 조용하기 그지없었다.

진산월은 자신의 어깨에 기댄 채 눈을 감고 있는 임영옥을 가만히 내려다보고 있다가 자신도 슬며시 눈을 감았다.

주위는 아주 고요했고, 밤공기는 따스했다.

임영옥은 눈을 감은 채로 나직하게 소곤거렸다.

"사형."

진산월은 천천히 눈을 떴다.

"왜?"

"우리는 돌아갈 수 있을까요?"

그녀의 말은 두서가 없었으나 진산월은 충분히 알아들었다.

그는 확신에 찬 음성으로 말했다.

"물론이지. 우리는 반드시 그 시절처럼 행복할 수 있을 거야."

임영옥의 눈꺼풀이 서서히 떠지며 아련한 눈동자가 불빛 아래 드러났다. 그녀는 넋두리처럼 낮게 가라앉은 음성으로 속삭이듯 중얼거렸다.

"모두 한자리에 모여서……."

"……."

"사형이 만들어 주는 음식을 먹으면서……."

"……."

"밤새도록 웃고 떠들고 노래 불렀지요……."

"……."

"정말 그 시절로 돌아가고 싶어요."

진산월은 간신히 목소리를 떨지 않고 말했다.

"반드시 그렇게 될 거야."

임영옥은 묵묵히 고개를 끄덕였다.

어두운 밤하늘을 올려다보는 그녀의 눈은 무어라 형용할 수 없을 만큼 아름다웠다. 검은 하늘을 보석처럼 밝히는 별빛들이 모두 그녀의 눈 안에 모여든 것 같았다.

진산월은 그녀의 눈빛을 보는 것만으로도 목이 메어 오는 것 같았다.

후두둑!

어디선가 산새 한 마리가 요란한 날갯짓을 하며 검은 하늘 위로 날아올랐다.

멍하니 허공을 바라보고 있던 임영옥이 그쪽으로 고개를 돌렸다가 조용한 음성으로 말했다.

"그들은 조심성이 없군요."

진산월도 그쪽을 슬쩍 바라보더니 이내 다시 고개를 돌렸다.

"성질이 급한 자들이 지금까지 참고 있었던 것만도 용한 일이었지."

"장강십팔채의 무리들일까요?"

"그렇겠지. 계마구에서부터 몇 명씩 조심스럽게 우리 뒤를 따라왔으니까. 처음에는 그래도 신중을 기하는 것 같더니, 인원이 제법 모이자 자신감이 생겼는지 조심성이 없어지는군."

"오늘도 많은 피가 흐르겠지요?"

진산월은 말없이 고개를 끄덕였다.

임영옥은 다시 애틋한 눈으로 어두운 밤하늘을 올려다보았다.

"이렇게 좋은 날인데 너무 아쉽군요. 정말 모처럼 사형과 옛일을 추억할 수 있었는데……."

"본산으로 돌아가면 예전처럼 잔치를 열도록 하지."

그녀는 별처럼 빛나는 눈으로 그를 돌아보았다.

"모두 모여서 말이지요?"

"그래. 본 파의 모든 제자들을 불러서 말이야."

"정말 재미있겠네요."

"그런 다음 우리끼리 며칠 주변을 돌아다니며 야숙을 하자고."

그녀의 눈에서 수십 종류의 보석들이 와르르 쏟아지는 것 같았다.

"우리 둘만?"

"그래."

"정말 기대가 되네요."

"이번에는 단단히 준비를 해서 그때처럼 춥고 배고픈 야숙을 하지 않도록 할 거야."

"음식도 미리 만들어 가요."

"그래도 상관없긴 한데, 그렇게 되면 야숙이 아니라 나들이가 될지도 모르겠는걸."

"아무려면 어때요? 사형과 함께 떠나는 여행이라면 내게는 어떤 식이든 다 좋아요."

"먹고 싶은 음식이 있으면 말해. 모두 준비해 갈 테니까."

그녀는 잠시 생각에 잠겨 있더니 몇 가지 음식을 입에 올렸다.

"녹두활어와 국화과자, 초향라도 좋고…… 무엇보다도 남전계 퇴를 먹고 싶어요."

진산월은 빙그레 웃었다.

"여아홍도 한 병 준비해 가지."

"그러면 좋겠어요."

두 사람은 서로를 마주 본 채 조용히 미소 지었다.

그때 인기척이 들렸다. 진산월이 돌아보니 동중산이 쭈뼛거리며 주변을 서성거리고 있었다. 아마도 진산월과 임영옥의 분위기를 깰 수 없어 망설이고 있던 모양이었다.

시선이 마주치자 동중산은 난감한 표정을 숨기지 않으면서도 고개를 돌리지 않고 계속 쳐다보았다.

임영옥이 배시시 웃으며 동중산을 살짝 가리켰다.

"어서 가세요. 아까부터 사형에게 할 말이 있어서 안절부절못하고 있던데, 더 기다리게 했다가는 동 사질이 심술궂은 사고라고 흉볼지도 모르겠어요."

"그다지 틀린 말은 아닌 것 같은데."

진산월은 못 이기는 척 그녀의 손짓을 따라 동중산을 향해 걸어갔다.

동중산은 황급히 다가와 머리를 숙였다.

"방해를 해서 죄송합니다, 장문인."

"오래 기다렸다. 준비는 다 되었느냐?"

"예. 사숙조와 두 분 사숙, 사제들은 모두 준비가 끝났고, 담 소저에게도 사정을 설명하고 양해를 구했습니다."

진산월은 어둠에 잠겨 있는 구릉 너머의 한쪽을 바라보더니 담담한 음성으로 말했다.

"밤이 깊도록 움직이지 않기에 계속 망설이다 오늘밤을 넘기나 했더니, 결국 결정을 내린 모양이군."

"강호의 소문대로라면 방산동으로서는 정말 많이 참은 걸 겁니다. 두 시진을 꼬박 숨어 있었으니 말입니다."

"좀이 쑤실 만도 했겠지. 저렇게 온 사방으로 살기를 날리고 있는 걸 보니 단단히 벼르고 온 모양이구나. 소응과 손풍을 잘 돌보도록 해라."

동중산은 조금 머뭇거렸다.

"소응은 괜찮은데, 손 사제가 자신도 한 손을 거들겠다며 계속 고집을 피우고 있습니다. 아무래도 요즘 본격적으로 본 파의 무공을 수련하다 보니 부쩍 자신감이 생긴 모양입니다."

"가서 내 말을 그대로 전해라. '장쾌장권구식을 모두 배울 때까지는 남과 싸우는 것을 금하겠다. 이를 어길 시에는 본 파로 돌아가는 즉시 면벽(面壁) 일 년의 벌에 처하겠다.'라고."

손풍의 성격에 일 년 동안 면벽을 하라고 하면 차라리 벽에 머리를 박고 죽겠다고 할 것이다.

동중산은 손풍이 펄펄 뛰는 장면이 눈에 선했으나 억지로 미소를 지으며 머리를 조아렸다.

"명대로 하겠습니다."

"눈 먼 칼을 조심하도록 해라."

"예, 장문인."

동중산이 물러나자 이번에는 성락중이 기척도 없이 다가왔다.

"저들의 기세가 생각보다 매섭군. 장강십팔채라고 해도 수적들의 집단이라 숫자만 많은 오합지졸들인 줄 알았더니, 상당수의 절정고수가 포함되어 있는 것 같네."

"눈여겨볼 만한 고수가 대여섯 명 있는 것 같습니다."

"그래도 나와 낙 사질, 그리고 흠아라면 충분히 감당할 수 있을 것이네. 자네는 제자들을 이끌고 먼저 떠나는 게 어떻겠나?"

진산월은 고개를 저었다.

"제가 어찌 사숙께 험한 일을 맡기고 혼자 편한 길을 갈 수 있겠습니까?"

성락중은 진산월의 성격에 적에게 등을 보이고 떠날 리는 없다고 생각했기에 더 이상은 권하지 않았다.

성락중은 진산월의 얼굴을 무심코 살펴보다가 그의 안색이 그다지 밝지 않은 것을 알아차리고 목소리를 낮추어 물었다.

"무언가 걱정되는 일이라도 있는가? 손풍 녀석에게는 내가 한 번 더 따끔하게 말해 놓겠네."

진산월은 씁쓸한 웃음을 지었다.

"그게 아니라, 그들의 행동에 의구심이 들어서 그렇습니다."

"어떤 점에서 말인가?"

"방산동이 비록 성격이 포악하다고 하지만, 그래도 상당히 머리가 뛰어나고 간계에도 능한 인물이라고 알고 있습니다. 수상(水上)에서라면 모를까, 뭍에서는 아무리 장강십팔채의 고수들을 끌어 모은다고 해도 우리를 상대하기 힘들다는 걸 알고 있을 텐데, 결국 고수들을 취합해 습격을 해 오는 것이 선뜻 이해가 되지 않는군요."

성락중은 방산동에 대해서는 오늘 이전까지만 해도 이름조차 들어 보지 못했을 정도로 전혀 알지 못했기 때문에 진산월의 의견에 무어라고 대답하기가 힘들었다.

"자네의 말을 듣고 보니 조금 이상하긴 하군. 아무리 수적들이라고 해도 천하를 진동시키고 있는 신검무적의 명성쯤은 익히 들어 보았을 텐데 말이지. 방산동에게 무언가 자신하는 게 있지 않겠나?"

"방산동이야 당연히 자신들에게 승산이 있다고 생각했으니 기세를 피우고 공격하려는 것이겠지요. 제가 신경 쓰는 건 그가 자신하는 게 과연 무엇일까 하는 것입니다. 단순히 자신과 수하들의 무공을 믿는 것인지, 아니면 다른 조력자가 있는 것인지…… 그것도 아니면 이번 습격으로 따로 노리는 게 있는 것인지……."

진산월의 마지막 말은 거의 나직해서 혼자 입 속으로 중얼거리는 것 같았다.

하나 성락중은 그의 말에 대답할 수가 없었다. 왜냐하면 그때 어둠 속에서 수많은 그림자들이 불쑥 일어나 그들이 있는 구릉을 향해 몰려들었기 때문이다.

(군림천하 27권에서 계속)

명왕회귀 - 明王回歸

상현 신무협 장편소설

바람처럼 전장을 휩쓰는 명왕(明王), 위지연
하지만 그에게 남은 것은 후회로 점철된 삶뿐
처절한 삶을 살아온 그에게 찾아온 기적

[네게 후회를 바로잡을 기회를 주마.]

눈을 뜨자 보이는 어린 시절의 손
아직 파괴되지 않은 단전
아직 멸망하지 않은 가문

'이번 생에서는 절대 후회하지 않겠어.'

더 이상 후회와 번뇌를 남기지 않기 위한
명왕의 행보에 천하가 진동한다!

환상이 숨쉬는 공간 파피루스 blog.naver.com/gnpdl7

『아카데미 학생회장으로 살아남는 법』

아카데미 최악의 개망나니 로엔 드발리스
이 빌어먹을 시한부 빌런의 몸에 빙의했다

[아카데미 유니온의 중학생회장직을 졸업까지 유지하십시오.]

역대급 악명을 쌓은 게임 속 캐릭터
모두가 자신이 없어서 포기한 직책
이권 다툼으로 치열하게 다투는 아카데미

단순하면서도 매우 어려운 클리어 조건

'……그렇다고 해도 못 할 건 아니지.'

비밀이 잠든 잠재력 풍부한 육체
고인물로서의 게임 지식과 경험

대륙 역사에 길이 남을 학생회장의 이야기가 시작된다!

아카데미 학생회장으로 살아남는 법

카카오닙스 판타지 장편소설

환상이 숨쉬는 공간 파피루스 blog.naver.com/gnpdl7

전 세계를 뒤흔들 초재벌의 신화!

『내가 제일 잘나가는 재벌이다』

촉망받던 화장품 연구원, 임준후
억울한 죽음을 겪고 나니
세상은 1960년 격동의 시대가 되어 있었다

'게다가 빙의한 몸은 부동산 갑부의 상속자라고?'

열정과 아이디어면 충분했던 그 시절
해야 할 일은 명확해졌다

"이제부터 전 세계의 화장품은 다 내가 만든다!"

낭만과 멋을 선도하는 개척자로서
한국을 넘어 세계가 열광하는
차준후의 위대한 도약이 지금 시작된다!

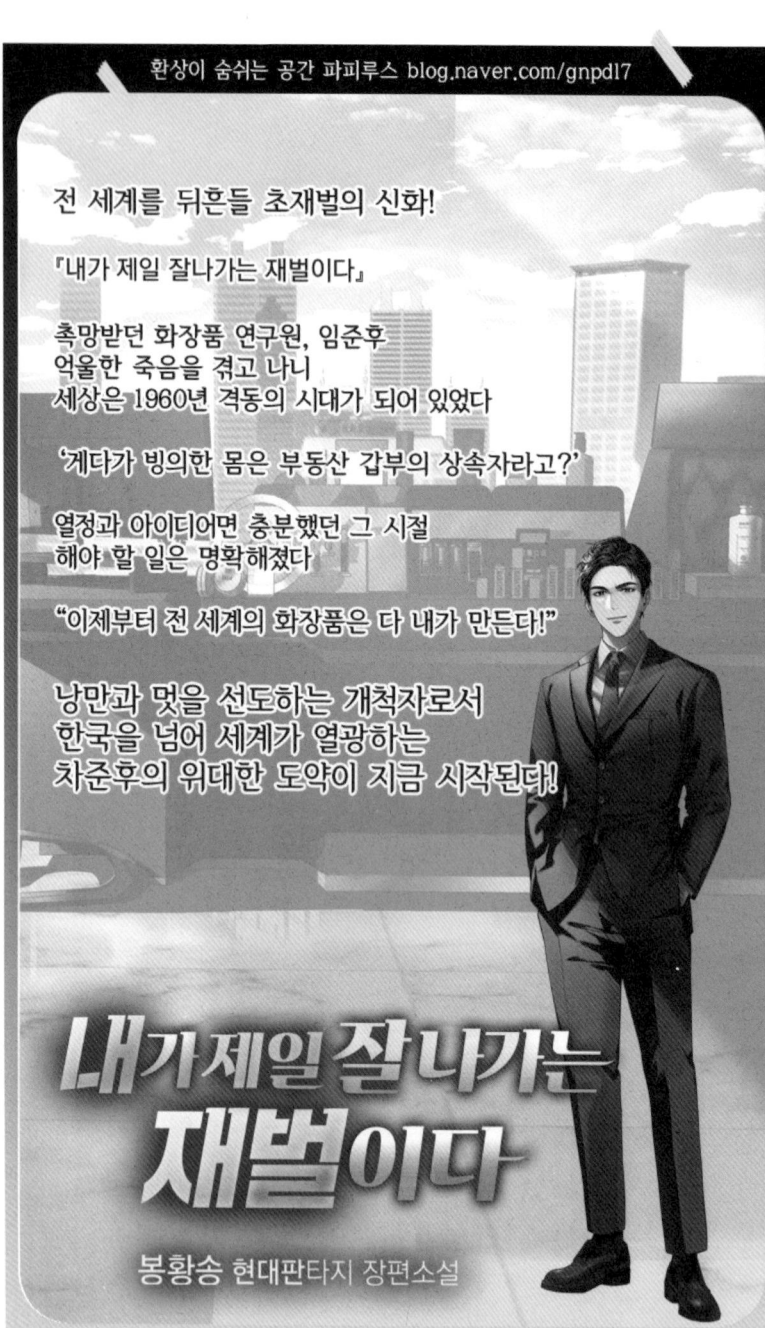

내가 제일 잘나가는
재벌이다

봉황송 현대판타지 장편소설